一 粒 红 尘

II 乔楚

独木舟 作品

湖南文艺出版社
HUNAN LITERATURE AND ART PUBLISHING HOUSE

博集天卷
CS-BOOKY

Collapse
of
Mundane Life Ⅱ

◇

> 但愿我所经历的岁月都不是虚度，未来能更游刃有余。
>
> 但愿曾经有过的软弱和痛苦，终究是酿出了一点点智慧。

目　录　CONTENTS

Chapter ◇6◇

她终于知道了，两个"不对"的人非要在一起，就只会制造出层出不穷的麻烦，一个麻烦接着一个麻烦。

不管他对她有多好多珍惜，不管她有多想成全他成全自己，总是会有各种各样的力量阻挡在他们之间。

Chapter ◇7◇

下一个盒子，现在就置于她双手之中，而她却并不急着打开。

她希望在打开这个盒子之前，她已经能够真正理解自己的命运。

后 记

Chapter ◇ *1* ◇

如今城池瓦解，盟友离她而去，
她只能独自面对这一堆废墟，一砖一瓦再砌生活。

1

在叶昭觉的记忆中，这是有生以来最漫长的一个春天。

天总是灰的，连云仿佛也比往年来得厚，来得重。

好像就在一夕之间，她失去了自己看重的一切。生活被一股不知名
的力量全盘推翻，碾成齑粉。

多年来充斥在胸腔里的钢铁意志消失殆尽，从前活得那样坚硬顽
强，目标清晰明确，不外是为了同贫穷斗争，为了超越自己出身的阶
层，完成进化，得到一种体面的、有尊严的生活。

如今她闷在小小公寓里，昏天暗地，与世隔绝，如同把自己囚禁在
一座孤岛。

命运拉起大幕，各路人马纷纷露出另一张面目，叶昭觉的人生从那
个雪夜划分泾渭。

从此，2106 门里的叶昭觉是一个世界，门外，是另一个世界。

　　她是掉了队的候鸟，同伴们都已经飞往了温暖的南方，只有她被独自遗留在冰天雪地里，她追不上他们了，也不想追了。

　　她曾无比向往自由，如今，她便获得了自由，尽管她也认为这种自由等同于失败、绝望、一事无成，但自由毕竟是自由。

　　齐唐发来信息，像是批评：叶昭觉，别拿堕落当自由。

　　搞什么啊？叶昭觉嗤之以鼻，你现在已经不是我老板了，凭什么用这种命令式的语气跟我讲话？

　　但她连跟齐唐呛几句的兴趣都没有。

　　这条信息，连同其他人发来的无数条信息一同被黑洞吞噬了，叶昭觉用无懈可击的沉默回绝了这些在她看来通通是打扰的关心和安慰。

　　在这套公寓里，时间的流逝失去了意义。

　　有那么几个瞬间，叶昭觉觉得自己的肉身已然衰老，可是起身一照镜子，还是那张面孔，连皱纹都没多出一条来。

　　镜中的自己，消瘦了不少。

　　正因如此，五官反而比从前突出，眉眼分明，而不规律的饮食和作息结果直接反映到了她的脸上，现在，她的确是太过憔悴了一点。

　　尽管如此憔悴，她面部的线条却比从前要利落、简洁，眼神也更有力量。

　　叶昭觉有点难以置信，这很滑稽，也很荒唐，在经历了那一连串的颠覆和打击之后，她竟然比过去更好看了一点！

　　过了几分钟，她在心里做出判断：一定是错觉。

在叶昭觉沉沦于自我消耗的这一段日子，其他人的生命进程却并未有过一刻停滞。

住在对面 2107 的乔楚，不得不强迫自己接受一个极其罕见的现实：她竟然——被另一个女生——给比下去了！

如果说对方真是国色天香、倾城绝色，她倒也无话可说，可是，一想起徐晚来那副装模作样、居高临下的劲头，乔楚就气得心口疼：我有哪一点不如你？

我方方面面都不逊色于你，我甚至比你更漂亮，谁会不选我选你？

很显然——闵朗。

嫉妒，使聪明的乔楚变得盲目而愚蠢。

她时时故意当着闵朗讲徐晚来的坏话："她啊，看着就很装 ×。"

闵朗解释说："她只是不喜欢和陌生人打交道，从小就这种性格，混熟了就好了。"

见闵朗为徐晚来解释，乔楚更生气了，谁要和那个装 × 的人混熟啊："你喜欢她什么啊，就她那万年禁欲的气质，我看也不像是你的菜啊。"

这样简单直接的人身攻击，换来的就是闵朗针锋相对的尖刻："你有多了解我，你知道谁是我的菜？"

闵朗没有说一句脏话，没有一个恶毒的字眼，可是乔楚感觉到自己被深深伤害了。

不仅是因为他立场分明，全心全意地捍卫徐晚来。

更是因为在这样的胡搅蛮缠里，乔楚看到了自己的苍白。

005 *Collapse of Mundane Life* II

对闵朗来说，她的感受是不重要的，她的自尊心是无须顾及的，她对他的感情是可以忽略不计的，她与那些成日死乞白赖待在79号能多和他说几句话就眉开眼笑的姑娘是没有区别的。

简洁一点，就是，闵朗是不在意她的。

推出这个结论时，乔楚觉得胸口闷闷的，想叫却又叫不出来。

她拎起包，甩门而去，刚迈出前脚，悲哀感就更重了，因为她知道要不了几天，她还是会再来到这里。

一次一次，周而复始。

最初听到徐晚来这个名字时，乔楚只是略微吃惊，但并未意识到这是一个强劲的敌人。

直到新年夜里，她与徐晚来在白灰里劈面相对，从那时起，她便开始心存芥蒂。

首先是不服气，然后脑中冒出十万个为什么，再加十万个凭什么。

接着她知道了，这些问题一一无解。

自此之后，乔楚和闵朗之间便形成了一个奇怪的循环：她数次想与他撇清，理性和感性日日夜夜撕扯着她，但最终，她只能一次次屈服于内心最真实的欲念。

自从爱上闵朗，她便发掘出了自己的软弱。

那个像冰一样的女孩子消失了。

某天夜里她再一次假装若无其事地来到白灰里，也想做个了断，于是开门见山地问："你会不会和徐晚来在一起，如果会，你告诉我，我退出。"

闵朗也不含糊："不会。"

乔楚有点诧异，她看着闵朗，紧紧地攥住拳头："为什么？"

闵朗背对着她，语调很平静："我们如果要在一起，不用等到今天。"

拳头一下就松开了，乔楚又坐了下来，她心里暗自盘算着：既然他们不会在一起，那么我和他，至少还有一线希望。

她完全忘记了自己来时的目的，也忘记了那句"当断不断，反受其乱"。

那天夜里，她又留在了 79 号。

次次都是这样，进一步退一步，退一步又进两三步。

闵朗被徐晚来挟持，乔楚又被闵朗绑架，而徐晚来和闵朗之间又若即若离——这个奇怪的局里，人人都没有自由。

乔楚日日都像是在跳楼机上，忽上忽下极速运动，失重，眩晕，胆战心惊。

这是一个让人倍感煎熬的春天，煎熬得让你麻木到感觉不到煎熬，因为都他妈煎煳了。

这是叶昭觉发在朋友圈里的一句话，乔楚看了好半天，不确定有没有语法错误，但跟自己错乱的心情还是非常吻合的。

她决定把叶昭觉从家里拖出来，两个被煎煳了的人一块儿出去透透气。

"昭觉，我们一起出去吃个饭吧。"

"不去，没钱。"

"我有啊，不就是钱嘛，我有的是。"

"……"

入春以来，这是叶昭觉第一次正式出门。

体重骤减带来意想不到的好处，她有点震惊地发现，旧衣服穿在身上都大出了一个号来，对女生来说，这可算得上是因祸得福。

她随便拎出一件黑色大衣松松垮垮地套在身上，又随便围了一条深色围巾，越发衬得她皮肤苍白。

头发全部拢上去松松垮垮地扎了一个马尾，露出光洁的额头，整张脸小了一圈，全身上下一件配饰也无，看着倒也清爽利落。

2107 的门一开，叶昭觉与乔楚一照面，心里便暗暗觉得惭愧。

同样活得不痛快，但乔楚脸上没有一丝愁容，她双眼亮得发光，充满了战斗气息。

乔楚一看到叶昭觉，就露出了嫌弃的样子："你气色也太差了，化点妆吧。"

叶昭觉摇摇头，脑后的马尾跟着甩了两下："算了，给谁看啊？"

"给自己看啊！"乔楚气得戳了一下叶昭觉的脑门。

叶昭觉两眼一翻："我看自己这个样子蛮顺眼的，走啦！"

两人去了一家日料店，乔楚兴致勃勃地翻着菜单："这个要一份……嗯，这个也要……啊，今天有这个啊，前几次我来晚了都售罄了，今天一定要吃……啊，这个是新品吧，看图片好像也不错，我们也要一份吧？"

叶昭觉一副意兴阑珊的样子："日料，来来去去不就是那几样东西，有什么好兴奋的。"

话音刚落，她就被乔楚用酒水单拍了一下头："哎哟，干吗动手啊！"

乔楚看起来真像是要动手打人了："你他妈的能不能别扫兴？"

食过一半，乔楚扬起手来正要叫服务员添水，忽然看到了什么，呆了一秒，扬起的手便尴尬地僵在了空中。

叶昭觉抬头看到乔楚这个样子，好奇地顺着她的目光望过去。

这一望，望得她全身为之一颤，如遭电击，连心跳的节拍都乱了。

她看见了齐唐。

世界太大，城市太小，命运也太爱开玩笑。

上一次见到他是在哪里？叶昭觉陷入了一阵茫然，还是在那家私人咖啡馆吧。

发生了些什么事？她在空虚之中寻找那时的痕迹，可记忆太轻、太浅，模模糊糊只记得邵清羽打了个电话过来。

可是在那之前呢？

一种本能的抵触——叶昭觉强制自己停止回忆，不要再想了。

那段日子经历的一切，都像是生命里平白无故多出来的疮疤，使她原本就悲惨兮兮的人生，又增添几分狰狞。

她怔怔地望着齐唐，像被定住了一般，挪不开目光，三张桌子的距离之外，他正谈笑风生。

当你专注地凝视一个人的背影，是不是只要时间够长，那个背影就一定会回过头来凝视你？

她的眼睛里涌起了薄薄的雾气，而这时，齐唐转过头来，恰好看到了她。

不过几分钟的时间，而对于她，却像是已经度过几世轮回。

齐唐过来坐下，先和乔楚寒暄了几句，然后才转向叶昭觉："好久不见。"

"也没有多久。"叶昭觉刻意控制自己不去看他，声音中有轻微的颤抖，不易觉察，如同在光线中飞舞的细小灰尘。

"世上已千年。"齐唐微微一笑。

这话自他口中说出来十分自然，丝毫不让人感觉造作。

叶昭觉一直垂着头，脑袋里却想起另一件完全不相关的事情。

她小时候，有一次在街上和妈妈走散了，熙攘的人潮很快将她湮没。

她又急又怕，哪里都不敢去，只能站在原地等着，小小的个子还不及大人的腿长。过了好半天，妈妈才急急忙忙地找来。

她是在见到妈妈的时候才开始哭的，之前她一直瘪着嘴，心里明明怕死了，可硬是忍着没哭。

现在，她好像又回到了那个时刻。

相逢来得太突然，彼此都有些措手不及。

叶昭觉全神贯注地盯牢手里的手卷寿司，目不转睛，好像以前从来没见过这样东西。

可是胸膛里的心跳，直到现在还没有恢复成正常的节拍。

更让人意外的其实是齐唐，他往日一贯坦荡大方，今天却如此局促。

他好几次试图想要说点什么，可都没有说出来，只有嘴角那一点若有似无的无奈笑意泄露些许端倪。

餐桌上的气氛一时有点诡谲。

"你怎么在这儿？"乔楚实在难以忍受这么凝重的气氛。

"噢，招待朋友。"齐唐说。

乔楚往齐唐来的那个方向瞟了一眼，不是女朋友。

"你们慢慢吃……再约。"最后两个字，齐唐踌躇了一会儿。

他走了之后，叶昭觉嘘出长长一口气，如释重负，现在她可真是什么都吃不下了。

结账时，齐唐顺手把乔楚她们那一桌也结了，临走也只是隔着老远挥了挥手。

乔楚眉开眼笑："运气真好，蹭了一顿。"而叶昭觉只是微微点了点头，从她的脸上看不出任何情绪。

送朋友回家的途中，齐唐在脑海中回放了一遍自己的表现，自我感觉风度还算维持得不错，没有失礼。

可是朋友却开口调笑："那位穿红色衣服的美女，弄得你整个晚上心不在焉啊。"

齐唐哈哈一笑："哦？这么明显？我还以为不露痕迹。"

朋友拍拍他肩膀："你一看见人家就魂不守舍了。"末了，话锋一转："不过，那位美女，确实是光彩夺目。"

不，不是她——齐唐心里默默地反驳。

朋友所指的当然是乔楚，那么显眼的美貌，又穿那么张扬的颜色，整家餐厅百分之九十的人都对她注目。

可是齐唐的注意力却只放在了一旁那毫不引人注意的瘦弱身影上。

她瘦了那么多……这个念头一直在他脑海中反刍着。

她以前不算是太出色的美女，可是一言一行皆有股浑然天成的狠劲，行事果敢，比男生还舍得拼命，任何人都会不由自主被她坚忍的气质吸引。

正是这种特质，使得她在这个美色至上的时代，轻易就能从一众美女中脱颖而出。

她是个性远胜于容貌的那一类姑娘。

可是今晚所见，她像是经过寒霜洗礼的植物，低落，无力，黯然。

齐唐回到家中，没有急着去休息，而是在阳台上坐了一会儿。

曾经有过好些美女流连于这个寓所，起初也有欢愉，后来……不知道为什么，总是发生争吵。那些美丽的身影和名字，渐渐从他的生活中一个接一个地消失，像一阵青烟，或是一滴露水，未留下一丝痕迹。

他偶尔也觉得可惜，但至多也就到这个份儿上而已。

他讨厌周旋、迂回、啰里巴唆的情感关系，他所属的星座更是以理性、冷酷、无情而著称，而这些特质，他全部具备。

叶昭觉，她需要被人锤炼，锻造，重塑原形。

齐唐觉得，自己有义务为叶昭觉做一些事情，也有权利为她做一些决定。

邂逅齐唐只是这个春天给予叶昭觉的第一个意外，不久之后，简晨烨的回归将在她心里引起更大的震动。

但在此之前，她不得不先应对最实际的困难：生活费已经见底，她眼看着就要山穷水尽了。

站在 ATM 机前，她死死地盯着屏幕上显示的账户余额。

那个可怜兮兮的数字，让她有点不敢相信，又从左至右数了一遍，个、十、百，小数点后面是千……她双膝一软，差点当场跪下。

好穷啊，穷得她都快哭出来了。

她先是在心里检讨了自己一万次，接着又声讨了这个残酷的社会一万次，可是骂完之后，那个数字还是一动不动地显示在屏幕上，不怀好意地提醒着她惨痛的现实：

你没资格再躲在公寓里扮弱者，你要站起来，走出家门，咬紧牙关承担人生。

生活可不是黄金档的言情剧，女主角只管化上美美的妆尽情伤春悲秋，自有英俊专情的男主角跑来双手奉上一片真心，口口声声承诺你现世安稳，锦衣玉食。

他们绝口不谈金钱，因为金钱庸俗，而真爱无价。

可眼下，叶昭觉窘迫得恨不得连视网膜都能明码标价。

再这么自怜自艾下去，一定弹尽粮绝，她终于振作起来，清醒地意识到了情况的严重性。

之前朋友们好心的劝慰和忠告，都不及现实扇来的这记耳光响亮有力。

生活已经到了最危险的时候，房租、水电、煤气、通信、饮食，这些名词将化作一张张具体的账单像雪花一般纷至沓来。

你以为人生二字有多抽象？这些通通都是活着的代价。

因为情感破裂而半死不活地熬过了整个冬天的叶昭觉，终于在这个春日的下午幡然醒悟。

她并没有资本忘却现实，沉溺于小情小爱。

早在同龄人还完全不明白"贫穷"这个词究竟意味着什么的时候，她就已经透彻地领悟了这个词究竟有多沉重。

没错，邵清羽那样的家世才可以由着性子，把失恋闹得惊天动地。

而她叶昭觉，打落牙齿要和血吞，长夜痛哭后没有时间语人生。

清晨第一道光线照进窗口，她就得整理好仪容，投身于由人类构成的大江大海。

一针一线，一饭一粥，都只能依靠自己的双手。

命运从来都不公平，社会就是有阶层，这才是世界的真相。

所谓公平，不过是极少数的幸运儿为了安慰平凡、平庸、贫穷的人们，而编造的善意谎言。

现在，叶昭觉只有一个任务：想办法，活下去。

她用钱包里最后一点零钱，在路边买了个烤红薯。现在钱包里只剩下最后两张红色钞票了，拉上拉链，瘪得令人抬不起头来。

手机响了，她一只手举着滚烫的红薯，另一只手艰难地把手机从包里翻出来："喂？"

"听说你终于肯出关啦？"闵朗还是那么吊儿郎当，"我还真想你了呢，昭觉。"

"有事说事，烦着呢！"烤红薯烫死人了，她十分不耐烦。

几分钟前她还在心里默算，如果一时半会儿找不到工作，光靠吃红薯果腹，自己那点微薄的存款……还能支撑多久？

"乔楚说你现在能见人了，我本来还打算去你家看看你，不过吧，我们孤男寡女的……喂喂喂，别挂，你那边好吵啊，你在外面吗？正好我和晚来在一块儿，你来聚聚呗。"

叶昭觉刚想拒绝，话还没说出口，那边已经换成一个女声："昭觉啊，我回来到现在还没见过你呢，过来吧。"

这个声音，正是徐晚来的。

叶昭觉可以跟闵朗直来直去，对他恶语相向，可是对徐晚来就绝对不行。

从很久以前，大家都还在青春期时，她们俩的关系就有点难以定论。

说是好朋友吧，又觉得欠点亲密，可是要说不太熟吧，又显得太不把闵朗和简晨烨放在眼里。

彼时，她们二人都是十六七岁的少女，各自的性格中都带有一点敏感和疏离，双方对交朋友这回事都不太主动，如果不是为了简晨烨和闵朗，她们大概根本不会凑到一起。

正是中间隔着这一层，叶昭觉才不好意思直接拒绝徐晚来。

按照闵朗他们给出的地址，叶昭觉坐了四十多分钟的公交车才到达目的地。

从大范围看，这里属于 S 城人流量最大的商圈，但根据手机上的电子地图显示，闵朗他们似乎又并不在商业街道或是百货商店里，叶昭觉随着指示拐了七八分钟，好不容易才找到。

"喂，昭觉，这里。"

老远就听到闵朗的声音，他站在一个独门院子门口，笑嘻嘻地冲她挥着手："快过来。"

　　无论什么时候看见闵朗，叶昭觉都想深叹一口气。

　　他啊，好像就是那种天生要让别人难过的男生。

　　从年少时期开始，一路帅到现在竟然还没残，甚至常年黑白颠倒的作息都没有能够摧毁他的美貌。

　　小时候，叶昭觉一直认为，闵朗如果不拐一两个女孩子跟他私奔，简直愧对"青春"这两个字。

　　这些年里，围绕在他身边的女生一个个前仆后继地沦陷，伤过心、流过泪、闹过、吵过，可是从来没听谁说过后悔。

　　叶昭觉每每看见那些姑娘，就忍不住在心里替她们惋惜——唉，怎么办呢，他可是只属于徐晚来啊。

　　跟着闵朗进了大门，眼前是一幢两层楼的仿古红砖建筑，一面墙上布满爬山虎，院内环境静谧清新，一阵风吹过，植物清香扑鼻。

　　虽然离喧闹嘈杂的商业区这么近，可是一声汽车鸣笛都无。

　　闹中取静，确实是绝佳的地段。

　　"你们在这里做什么？"叶昭觉被勾起了好奇心，暂时忘却了账户余额带来的心灵创伤。

　　"晚来想找个合适的地方做工作室，我陪她一起来看看。"闵朗面上有种奇异的神采，这件事好像比他自己所有的事情都来得要紧。

　　"工作室？什么工作室？"她刚问完这个问题，徐晚来便从二楼的窗口探出头："昭觉，你进来看看。"

　　叶昭觉侧过脸去看着闵朗，在这一刻她的心里涌起复杂的惆怅——是为了乔楚。

任何人只要望上闵朗一眼，都能如同明镜一般照见他内心所想。

他双眼如琥珀一般灿亮，望向徐晚来的瞳仁里有着未染尘埃的洁净与赤诚。

这不是往常白灰里 79 号的那个闵朗，这也不是那个风流成性的闵朗。

在这个瞬间，时光急速倒退，天空雾霾散尽，露出湛蓝底色，树叶在阳光的照射下散发着油亮光泽，他变回穿卡通 T 恤、白色球鞋的清朗少年，面对喜欢的女生，笑容里有一点退怯和腼腆。

天上的云飘了过来，又飘了过去，光线在他的眉目之间留下闪耀的印记。

那是往后这些年里，谁都不曾看见过的闵朗。

走入正门，叶昭觉发觉这幢小楼是一座私宅，但尚未进行装修，空空荡荡，连墙壁都是原本的水泥灰色。

徐晚来从还没有安装扶手的楼梯上下来，闵朗十分自然地走到了楼梯底部，伸手就要去扶她，然而却被徐晚来不动声色地拂开了。

她穿一双 CL 细跟红底鞋，下起楼梯来却如履平地，一身黑色，妆容清淡，留着利落的短发，与"烟视媚行"的乔楚完全是两种类型。

叶昭觉静静看着徐晚来。

比起当年，她似乎没有什么显著的变化，举手投足依然充满倨傲。但旁观她与房屋经纪交谈关于租赁的各项事宜，三言两语，讨价还价，拉锯之间完全已经是成年人维护自身权益的派头，哪里还有昔日那个文静女生半分影子。

齐唐说得对，世上已千年。

　　所有人的人生都在进步，只有她叶昭觉还在原地僵立。

　　"知道你前阵子不太好，就没去打扰你，现在身体怎么样？"徐晚来的口吻很客套，但未必不真诚，只是这语气……未免太像问候一个病人。

　　叶昭觉一转念又觉得，一段糟糕的经历和一场大病确实有共通之处，都需要时间消化负面情绪，对抗病毒因子，恢复体能和元气。
　　但她不想与徐晚来谈论自己的私事。
　　来这里的路上，她还一度觉得自己背叛了乔楚，无端端生出些愧疚："闵朗说你想租下这里做工作室？"
　　徐晚来环顾四周，点点头说："对呀，我们已经去看过不少地方了，我最中意这里。空间足够大，也没有各种庸俗的家具装饰要处理，一切都可以按照我的心意来布置。闵朗，你觉得呢？"
　　闵朗笑一笑："你喜欢就行。"

　　叶昭觉非常不习惯闵朗这个样子，这两人搞什么啊，秀恩爱也不分场合。
　　她急忙顺着先前的话题往下说："可是这里不太好找，会不会影响生意？"

　　徐晚来挑起一道眉毛，轻声笑："我只做高级定制，伺候好一小拨名媛阔太也就够了。"
　　听到"伺候"这个词，闵朗没忍住皱了皱眉："倒也不需要说得这么卑微。"

呵，徐晚来脸上浮起轻蔑的神情，并不是冲闵朗，像是冲着那些并不在场的客人。

"话是不太好听，可事实就是如此。我还算运气好，父母一直全力支持我做。有些同学回来之后，要么转行，要么开个网店，做些时下流行的爆款，吵的架比卖的东西还多。"

她的声音渐渐低了下去，大概是物伤其类，语气中有实实在在的悲哀。

徐晚来慢慢地踱着步子走到墙边，空旷的房子里回荡着她的鞋跟与地面撞击的声音。

她伸出手去轻轻地抚摩着粗糙的墙壁，那个手势既温柔又勇敢，像是抚摩情人的面孔，又像是抚摩旧年月里的某一段心事，宽松的袖子随着手臂动作而滑落，露出她纤细白皙的手腕。

叶昭觉在心里轻轻"呀"了一声。

那一年，闵朗的奶奶去世之后，他们三人陪同闵朗一起送老人的骨灰回乡下祖屋。虽然是一件悲戚的事情，但因为有好友陪伴同行，所以闵朗的情绪还算稳定。

他们下午出发，前后坐成两排，从没见识过田园风光的简晨烨和叶昭觉一路上盯着窗外各种新奇，兴奋地叽叽喳喳说个不停，竟有几分秋游的兴致。

好在那天车上乘客不多，其他大人看他们毕竟还是几个学生，也就没有太过计较。

车程过半，叶昭觉说话也说累了，转过头去想找闵朗和徐晚来要矿泉水。

她刚转过头去，又一声不吭地转回来。

简晨烨不明就里，疑惑地睁大眼睛，问她："怎么？"

叶昭觉冲他做了一个"嘘"的手势，又眨了眨眼睛，摇了摇头，示意他不要打扰到后面的两人。

后排的徐晚来靠在闵朗的肩头已经睡着，秋日艳阳从车窗帘子的缝隙里透进来，照在她侧脸上，依稀可见脸部边缘的皮肤绒毛，她的睫毛像蝶翼般轻微扇动。

闵朗的手紧紧握住徐晚来戴着镯子的那只手，他侧过头去，轻轻吻了一下她的额头。

当年的那只玉镯，如今依然稳稳当当地套在徐晚来的腕上。

◇2◇

自从查过存款余额之后，连日来，叶昭觉刷爆了各大招聘网站，个人兴趣抛到九霄云外，专业对口与否完全不是参考标准。

她将个人简历投进一个个联络邮箱，怀着虔诚的心情等待着回音。

这就像是很多年前，人们把自己的心愿和祝福写在纸条上，塞进瓶子里投入江河湖海，瓶子承载着希望顺流而下，漂向未知的远方。

眼前这些事情，对叶昭觉来说并不陌生。

大四实习期，她和同学一起背着双肩包去各个地方面试，大家都愣头愣脑，人生才刚刚揭幕，今天结果不好还有明天，明天没找到合适的地方还有后天，反正条条大路都是活路，完全不值得忧心。

因为年轻，所以眼睛只看生活中明亮的部分，有一种盲目的乐观。

后来她被汪舸的摩托车撞伤，养伤期间被无良公司辞退，虽然失去经济来源，可是身边好歹还有简晨烨的陪伴和宽慰。

身边有一个人和没有人，终究还是有些区别的。

如今城池瓦解，盟友离她而去，她只能独自面对这一堆废墟，一砖一瓦再砌生活。

发完最后一封邮件，叶昭觉关闭网页，合上电脑，整个人瘫软在电脑椅上。

这时，她才感觉到饥渴，抬头看看墙上的挂钟，距离上一顿进食已经过去七个小时。

就是因为这样疏于侍奉肉身才导致体重下降，精神萎靡吧……

她自嘲地笑了一下，能够感觉到饿，并亲自动手做点东西吃，这是再世为人的第一步。

终于停止堕落了——

她打开冰箱的时候，忽然想到早前齐唐发给她的那条信息，想象着如果是他说这句话，大概会是什么神情和语气。

呵呵，一定没什么好语气，叶昭觉自认为对前任老板的刻薄性情还是有几分了解的。

这是一个缺乏内容的冰箱，如果小区里举办"谁家冰箱里好吃的最多"比赛，这台冰箱一定会因为自己的穷酸而在整个小区的冰箱前抬不起头来。

冷冻室里有一个装速冻饺子的空塑料袋，大概是之前忘记扔掉了，塑料袋拿开，有小半块冻了不知道多久的鸡腿肉。

冷藏室里更凄惨，连一个鸡蛋、一把新鲜蔬菜都没有，只有一根脱了水的胡萝卜、一个脏兮兮的马铃薯，还有一盒尚未拆封的咖喱。

她走到厨房掀开米桶，所幸米桶里还有点余粮。

足够了。

她挤出洗手液，认真地把手洗干净，这个行为里包含着庄重的仪式感，以及某种坚定的决心。

用电饭煲焖上米饭。

用微波炉将鸡腿肉解冻，焯水。

胡萝卜先在清水里泡上几分钟尽最大可能恢复生机。

马铃薯削皮，切块，之后一并泡在清水里防止氧化。

从锅里捞出鸡块把浮沫冲洗干净，锅里加入油，倒入鸡块翻炒片刻，再加入胡萝卜块和马铃薯块继续翻炒，然后加适量开水，拆开咖喱的包装，倒入粉末搅拌至均匀，最后，盖上锅盖焖煮。

叶昭觉在做这些事情的时候，身体像是有一套自动的机制，虽然已经很长时间不下厨了，但是每个步骤都了然于心，信手拈来。

人生中有很多技能一旦掌握，无论荒废多久，至多不过生疏，绝对不会忘记。

现在，她只需要耐心等待一刻钟。

机场的国际到达大厅，电子屏幕上依次显示着航班落地的信息。

尽管已经是深夜，但到达厅的出口依然挤满了前来接机的人，有些人面孔上充满了期待，也有些人打着哈欠，睡眼惺忪地抵抗着疲倦。

简晨烨和辜伽罗一同拖着行李箱走出来，很般配的样子。

他们都没有通知任何人来接机，一起走到出租车载客区排队。

在飞机上睡了很长时间，两个人都不觉得困，被夜风一吹反而更加清醒。

简晨烨看见辜伽罗裹紧了身上的驼色羊绒披肩，便问了一句："是不是很冷？"

辜伽罗笑着摇了摇头，齿如编贝，一双漆黑的眼睛在五官之中尤为突出，她的神情像是想要说点什么，可又作罢。

在异国和小小的飞机舱里，已经讲了太多话，落地的那一刻就是回到充满距离感的现实世界。

辜伽罗很明白什么叫此一时，彼一时。

她心里暗暗告诫自己，无论对简晨烨多有好感，都应该保持一点矜持，"分寸"是成年人交往的第一要则。

况且……有一件事，在她心里留下了很深的印象。

离开巴黎的前两天，辜伽罗提议一起去上玛莱区走一走。

她计划先去参观博物馆、画廊，或者设计师们的店，逛累了就随意找家露天咖啡馆坐下来，总之是要闲适地度过一个下午。

她第一次来巴黎是随父母一起，当时年纪小，走马观花也挺开心，后来整理旅行的照片，对照资料，不免觉得遗憾多多。

她兴致勃勃地对简晨烨讲："我查过资料，那个街区经过了繁荣的十七世纪和十八世纪的前半期，在法国大革命期间被当时的贵族和布尔乔亚遗弃。二十世纪九十年代，当时的文化部部长——叫什么名字我可不记得了——下令翻新重修。这几年，有不少年轻设计师都把工作室安置在那里，我想一定很有趣……"

她一口气说了很多很长的句子，这些资料就像是储存在她大脑中的文件，可以信手拈来。

然而，简晨烨却流露出了些许尴尬的神情，他挠了挠头，十分不好意思地向她求助，请她带他去 LV 的店。

这个请求让简晨烨觉得自己俗不可耐，尤其是在辜伽罗提出那个建议之后。

静了片刻，辜伽罗点了点头。

出国的人，帮忙替朋友带包带鞋带各种奢侈品，如今已是司空见惯的事情，可是简晨烨的反应让辜伽罗觉得，这里面有些文章。

她问他："有指定款式吗？"

简晨烨垂下眼睑，轻声说："Neverfull。"他的声音里有一段人生。

辜伽罗当即就明白了，那个包的主人对简晨烨来说，应该很重要吧。

她强迫自己不要露出失望来，于是又微笑着建议："都来巴黎了，要不要多看几个牌子，Chanel 或者 Dior？"

"不用了。"简晨烨十分干脆，"不用麻烦。"

次日，他们还是一起去了上玛莱区。

穿行于纵横交错的狭窄街道，也没有免俗地去了最具盛名的咖啡馆，但整个行程中，辜伽罗明显兴致不够高，至少，没有前一天那么高。

在孚日广场，一对来欧洲度蜜月的新人拜托他们帮忙拍几张合影。

热情过头的新娘将他们误认成一对情侣，非要给他们也拍一张，一直笼罩在辜伽罗脸上的那层薄薄冰霜才得以消解。

为了表示感谢，新娘将那张宝丽来照片送给了他们。

这就有一点尴尬了，一张照片，两个人怎么分？

简晨烨开口之前，辜伽罗抢先说："留给你吧。"

简晨烨笑了笑，顺着她的意思说："我也是这么想的。"

辜伽罗心里微微一动，转过身去避开了他的目光。

他们之间，也就只到这里了，此刻她站在等候出租车的队伍里，想到那天的阳光，心里竟然有些酸楚。

队伍迅速前进着，很快就轮到她。

简晨烨替她把箱子放进后备厢，又为她拉开车门。

分离迫在眉睫，她终于鼓起勇气问："你会联络我吗？"她的眼神比语气更诚恳，一切已经昭然若揭。

问出这句话，相当于在向对方坦白心迹，换作平时的她是万万不可能这样做的。

不知道是分离这件事本身扰乱了她的心绪，还是人类本能的脆弱在黑夜的催化下加重了她的伤感，她在这一刻突然感觉惊慌。

而这惊慌的根源是，她担心他们就此失联。

"会的，放心吧。"简晨烨拍了拍她的头。

"你不主动找我，我是绝对不会主动找你的哦。"前面车的尾灯灯光照在她脸上，格外认真的表情和语气都在向简晨烨传达——你讲话要算数。

她有时候就像个儿童。

简晨烨在回去的路上，闭上眼睛，辜伽罗那张严肃的面孔又浮现在他眼前。

他没意识到自己在笑。

电饭煲"咔"地响了一声，趴在餐桌上险些睡着的叶昭觉也随之弹了起来。

可以吃了，可以吃了，真是漫长的一刻钟啊……

她赶紧盛饭，揭开锅盖，舀了一勺芳香浓郁的咖喱浇在米饭周围，深咖色的咖喱环抱着洁白的饭团。

肚子饿的时候，面前摆着食物，简直连人生观都要改写。

她拿起勺子，又放下，接着做了一件奇怪的事：用手机拍下这盘咖喱饭，将照片发给了齐唐。

然后她才坐下来，心无旁骛地开始享用食物。

"真好吃啊……剩下的咖喱可以冻在冰箱里放好几天，饿了的时候拿出来热一热配米饭吃。"她心满意足地摸着自己的胃部。

食物温暖了她的身体，也温暖了这个微寒的夜晚。

齐唐收到这张照片时，正在加班开会。

当他打开图片的那一瞬间，没忍住，轻轻笑了一声，立刻，他就意识到了失误。

　　会议室里所有人的目光都从投影幕转移到他脸上，众目睽睽之下，齐唐有点发窘。

　　"老板，您专心一点可以吗？"临时推掉了男朋友约会的苏沁，代表参加会议的全体同事表达了不满。

　　"不好意思，请继续。"齐唐有点惭愧。

　　负责讲解 PPT 的同事重新回到讲解状态："接下来，我们是这样计划的……"

　　大家的注意力再次被吸引过去，没人注意到，齐唐把手机藏在会议桌下面，悄悄地在编辑信息。

　　他打了一句：难吃吗？

　　想了想又删掉重新打：好吃吗？

　　又想了想，还是清除掉了。

　　词不达意，好像怎么说都差点意思。

　　"齐唐！你在认真听吗？"苏沁眯起眼睛，眼神中充满了怀疑和鄙视。

　　"喀喀……当然，不信的话我可以重复一遍。"齐唐丝毫不感觉心虚，可是谁不知道他从小就有过目不忘、一心二用的好本领。

　　苏沁狠狠地瞪了他一眼，吓得齐唐的手抖了一下。

　　接下来，他专心多了。

　　会议结束后，他滑开屏幕锁，看到了手抖那一下的后果。

　　为什么那么多表情里，他偏偏不小心点到了💩？

翌日上午，叶昭觉被敲门声吵醒。

从猫眼里，她看到两个大姐一前一后站着，地上放着一堆清洁用具，其中一个笑容堆满脸："请问是叶小姐吧？"

叶小姐懵懂地点了点头，那位满脸堆笑的大姐赶紧表明身份："我们是保洁员。"

"可是我没有联系任何家政公司呀。"叶昭觉很警觉，现在的骗术花样百出，一个独居的单身女青年，她可不能随便开门。

"是一位叫齐唐的先生让我们来的。"

"既然齐唐有心，你领情就是了啊！"对门的乔楚打开自己家门，生怕叶昭觉将这个免费福利拒之门外："喂，大姐，打扫完她家麻烦移步到我这边来，费用都算在齐唐先生账上就好了。"

"乔楚，干什么啊你！"叶昭觉一双眼睛瞪得老大，这会儿她可算是彻底清醒了。

"你少废话，Valentino 你都收下了，做个清洁你又不肯了？大姐，你们别管她，进去进去。"

叶昭觉被噎得半天没开口。

想起裙子上身的那天，乔楚就讲过——穿不起就不要穿，穿上身了就不要怕。

也罢，领了他的情就是了。

两位保洁员分工协作，一人打扫卧室，一人整理厨卫。

窗帘扬起，顷刻间房间里灰尘扑鼻呛人，大姐踩在凳子上一边取窗帘一边讲："姑娘啊，房间里灰这么多，对呼吸道不好的，窗帘也可以换一个颜色，你年纪轻轻的，用这个太老气了……"

脏衣篓里那些堆积如山的，说不上到底脏不脏的衣物，通通被倒进洗衣机，许久没有使用的机器里传来灌水的声音，接着便开始欢快地运作起来，一时间噪声充满了整个房间。

叶昭觉站在被摘去了窗帘的玻璃窗前，小区里的绿化尽收眼底，仲春的阳光照在周身，暖意洋洋，宇宙如斯慷慨，她在这一刻感激至极。

以及——齐唐，还要谢谢你。

保洁员转去乔楚那边之后，叶昭觉重新审视了一遍整个公寓：

桌椅案台全部被擦得一尘不染，卫生间里镜子上原本星星点点的水渍也不见踪影，盥洗池和马桶刷得干干净净，洗过的衣服一件件整整齐齐晾在阳台上，散发出淡淡的洗衣液的气味，很好闻，所有的垃圾都被打包放在门口，垃圾桶里换上了新的垃圾袋，就连喝水的玻璃杯都被里里外外清洗了一遍。

她坐下来，有些发蒙。

沉浸在哀感当中时，她并没有意识到清洁对于生活的重要性，而当一切污秽被擦拭和洗涤过后，生活才还原成本来的面目。

她轻声说："是的，生活本来应当是这个样子。"

又有人来敲门，门一开，叶昭觉就被馥郁芳香冲了个激灵。

送花的年轻姑娘，一张圆圆苹果脸满满都是胶原蛋白，声音清脆动听："叶小姐，我来给你送花和绿植，请让一让。"

这次不需要对方自我介绍叶昭觉也清楚来头。

在苹果脸小妹的指导下，花店的两个男生轮番往屋子里搬各种鲜花和绿植，细心周到得连花瓶都一并奉上。

叶昭觉瞠目结舌地看着这一切，公寓顷刻间成了一座小小的植物园，刚刚还稍显单调的房间，顿时变得生机勃勃。

苹果脸姑娘临走时留下一张名片："这是我们店的地址和电话，叶小姐是我们的 VIP 客户，有任何需要都请随时联络我们。"

还不算完。

刚坐下来不到半小时，敲门声再次响起，叶昭觉被深深地震撼了——还有什么花样没玩够？这次难道是他亲自来了？

她猜错了。

一位慈眉善目的中年阿姨，拎着几袋菜，还没来得及说话，叶昭觉先问了："齐唐先生？"

阿姨点点头，顺势将叶昭觉从头到脚打量了一番，语气有些埋怨："你也太瘦了，气色这么差，平时要多喝一点滋补的汤汤水水，年纪轻轻的不要光想着减肥减肥的。"

叶昭觉已经无话可说，抚着额头指了指厨房的方向："阿姨，您请。"

阿姨煲了一盅红枣枸杞乳鸽汤，这汤需要先用大火炖半个小时，再转为小火炖一个小时。

这一个半小时里，叶昭觉又陆陆续续迎来了几个派送员，派送的货物分别有有机农场的蔬菜、用来熬粥的粗粮、进口谷物麦片、巧克力和牛奶，各种果酱、面包、蛋糕、零食……

如果现在举办那个冰箱比赛，她的冰箱大概能拿小区冠军了吧。

这阵仗，连一向养尊处优的乔楚都深感佩服："看样子，齐唐对你是来真的。"

事实上，整个上午迎来送往的叶昭觉自己心里也发毛，但面子挂不住，只得强词夺理："这些花不了什么大钱，再说，反正他有钱啊，劫富济贫咯。"

乔楚白了她一眼："混账逻辑，人家欠你吗？"

"这是个什么社会？无利不起早，知道吧？当然咯，对齐唐他们那种人来说，撒点钱很容易，可你也要看钱是撒在什么地方——"乔楚边说边环视了一周，"他要是给你买包买鞋买香水，那也就是献献殷勤，但是你看——"她在一秒钟之内变换了一百种表情，"衣食住行，样样落在实处，这只是钱的事吗？"

乔楚讲得头头是道，叶昭觉却越听越想翻白眼："以前我给他做助理的时候，也都是这样服侍他女朋友的呀，就那个 Vivian，你记得吧？比这架势隆重多了，根本不是一个规格。"

"可是——"乔楚把脸凑过来，尖着嗓子，忽闪的眼睛里有种做作的纯情，"人家是齐唐的女朋友，你呢？"

…………

阿姨给两个姑娘一人盛了一碗汤，光是闻着香味就叫人垂涎三尺。

乔楚一边对着汤勺吹气，一边啧啧："托你的福呀，昭觉，以后阿姨每次过来炖汤，你都要记得叫上我，让我也占点便宜。"

桌子另一边的叶昭觉望着汤碗，迟迟没有动作，她有点害怕。

这是鸽子汤啊！是鸽子啊！

从小到大她和鸽子最近的关系就是仰头看天时，一群鸽子掠翅飞过，怎么都没想到有一日，鸽子会成为自己的盘中餐。

阿姨临走时千叮万嘱："小叶啊，这个汤补身体，还养颜美容，你要多喝一点。下周我再来给你炖山药棒骨汤。"

小叶刚喝进去的这一口汤差一点就喷出来："还有下周？"

"预订了两个月呢。"阿姨关上门，飘然而去。

饱食过后，乔楚回家午睡，临走时意味深长地讲："昭觉，给齐唐打一个电话吧。"

叶昭觉仰卧在客厅沙发上，很久没有这样进食过了，血液涌向胃部，大脑昏昏沉沉，她感觉瞌睡正在慢慢侵蚀自己的神志。

"好啊，我待会儿就打。"她嘟嘟囔囔地说。

乔楚顿了顿："不要拖，拖下去，你就不会打了。"

房子里彻底安静了下来，上午的喧闹一点点从门缝里流失干净。

叶昭觉一动不动地躺着，风吹进屋内，绿宝树的叶子就在头顶微微晃悠。

有一点眩晕。

她拿起手机，趁着这点眩晕的感觉还在脑中回荡，理智还没有跟上来，赶紧给齐唐打通电话道句谢谢吧。

电话刚接通，叶昭觉一个手滑，"啪嗒"一声，手机重重地跌在脸上，于是，齐唐听到的第一句话就是"哎哟，我 ×"。

再捡起，齐唐的话已经说了一半："……以身相许就行啦。"

"你给我滚！"人吃饱了，中气也足，"你做这些事，不过也就是替你前女友还我一个人情，我可不欠你什么。"

"你怎么判定 Vivian 是我前女友，而不是前前女友或前前前女友？"齐唐的语气和她一样懒洋洋的。

　　思绪忽然回到初次见面的时候，他坐在办公室里面试她，那时候她觉得，齐唐这个人真是刁蛮呢。

　　直到现在，陆陆续续发生了多少事情，穿插着多少路人甲乙丙丁，已经算不清楚了。

　　她的生活犹如被铁蹄踏平了的城池，过去视如生命般珍贵的东西被命运一样一样拿走，他却被留了下来。

　　齐唐又讲："需要帮忙的地方，不要跟我客气。"

　　叶昭觉很感动，但支吾了半天，最后也只挤出一句："等我找到工作，请你吃饭啊。"

　　"好啊。"

　　不好的事情总比好的事情提前一步到达。

　　还没有等到任何关于工作进展的回邮，叶昭觉就先收到了来自简晨烨的信息：我回来了，有空见一面吗？

　　她紧握住手机从电脑桌前站起来，走向阳台，一、二、三……九、十、十一，这段距离她走了十一步。

　　天边的夕阳呈现出火烧般的壮丽红色，所有建筑在这样的红色中只剩下剪影，连成一条黑色的天际线。

　　一种被延缓了许久，现在才浮出水面的痛，越来越清晰，越来越痛。

　　她慢慢地蹲下来，在对话框里打出一句话：好啊，你定时间地点。

◇3◇

"简晨烨回来了，你应该知道吧？"在去家居市场的路上，徐晚来问叶昭觉。

"嗯，知道啊……"叶昭觉的脸对着窗外，模模糊糊地应了一声，过了一会儿才说，"我们约了明天见面。"

徐晚来拍了拍她的手臂，好生相劝："见了面，好好谈一谈，都这么多年了，没有什么是不能当面讲清楚的。说真的，昭觉，我心里还是很希望你们能复合的。"

叶昭觉转过头来看着她，片刻失语。

那个瞬间，她差一点就要问出口——那你呢，这么多年，你和闵朗又有什么是不能摊开来，摆在桌面上讲清楚的呢？

她们四目相对，虽然一语不发，但都从对方的眼神里明白了所有疑问。

小小的车厢里，弥漫着一种悲伤的气氛，让人昏昏欲醉。

青春旧且远，名字还是从前那几个名字，人也还是从前那几个人，没有战乱流离却硬生生各奔东西。

溯洄从之，不知究竟是在哪一个路口，你选择了往左而我选择了往右，再往后，风尘仆仆又各自翻越多少山川河流。

当我们的人生再度重合交集，却已然对生命有了完全不同的诉求。

我越来越认清自己，与此同时，却也越来越看不清你。

"你和那个乔楚，是好朋友吧？"徐晚来终于把这个自己一直回避的名字淡淡地讲出来了，她暗暗觉得松了一口气，不就是一个姿色不错的姑娘嘛，有什么好忌讳的。

"嗯，是啊。"见徐晚来如此坦荡，叶昭觉也觉得不必遮遮掩掩，"是很好的朋友。"

"比和我要更好一点吧？"徐晚来微微一笑。

这个问题问得有点狡猾。

的确不太好回答，但叶昭觉决定说实话。

"准确地讲，是不一样的好法。你见证，并且参与了我人生里很年轻的那个阶段，青涩啊，纯真啊，这些东西无可取代。不过，乔楚呢，她看过我最狼狈最难堪的一面，陪着我一起流过眼泪喝过酒，说起来，算是我最孤单的时候，上天给我的一点安慰吧。"

徐晚来没有作声。

叶昭觉想了想，又补充了一句："我认为，对闵朗来说，也是同样的道理。"

徐晚来从包里拿出眼镜盒，取出墨镜戴上，她换了另外一种语气："不说这个，昭觉，我们不说这个了……师傅，前面路口停车，我们到了。"

谈妥了那栋小楼的租金后，近段时间里，徐晚来所有的时间和精力都用来规划装修工作室。

她白天东奔西跑四处搜罗理想的素材，晚上就通宵达旦地查阅各种资料，核算成本。

真正进入流程之后，不过短短十来天，她便感觉自己已经只剩下半条命。

如果不是闵朗不顾她的阻拦，非要鞍前马后陪着她一起操办各项事宜，恐怕连这半条命都完了。

这天，原本闵朗还是要陪着她一起。

但另外一边，乔楚在背地里跟叶昭觉合谋："你去缠住徐晚来，把闵朗让给我一天嘛！"

为了成全乔楚这个卑微的愿望，叶昭觉只好放弃个人原则。

就当跟着徐晚来一块儿长长见识吧，她一边这样想着，一边无意识地将顺手接过的一张传单塞进了包里。

乔楚在家里等着闵朗，好不容易啊，终于有机会单独相处了，太他妈不容易了！

自从徐晚来回来之后，现在，任何人想约闵朗见个面都难得要命！

他的电话老是不接，信息也总要延迟很久才回，即便回了也总是说"下次"……想到这里，乔楚不免有些心酸，风水轮流转，她得意的时光一去不复返了。

换作从前，她想要见一个人，哪里需要使出调虎离山这种低等手段。

"你不是说你病了吗？"闵朗来到乔楚家，一见她就知道自己上当了，"你明明好得很啊，为什么要撒谎？"

乔楚也不打算和他硬碰硬："就是病了嘛！"

她一边讲话一边用食指卷着发梢，十足的小女生模样。

"那你说是什么病？"闵朗记挂着徐晚来，担心她被那些奸商坑，虽说叶昭觉和她在一起……等等，为什么叶昭觉会自告奋勇要陪徐晚来一起去选家具？

她们俩明明没那么要好……想到这一层，再看着眼前乔楚惺惺作态的样子……闵朗心里已经明白了八九分。

"心病。"乔楚站起来，可怜兮兮地拉着他的手，"好长时间见不着你，想你了，行不行？"

她说这种话的时候不如往常自然，可是闵朗听得懂，她说的都是实打实的大实话。

她几乎从没有过这一面。

从最初相识到后来达成一种默契的暧昧，她一直憋着一股劲——你不就是担心我不懂规则吗，放心，我懂。

新年夜里她在 79 号撞见了徐晚来，因为委屈而第一次在他面前流下眼泪，离开时她跟跟跄跄地走在巷子里，影子投射在墙壁上晃晃荡荡，可即便是那样难堪，她也仍然是坚不可摧的。

在这个时候，闵朗像是被针扎了一下某个穴位，心里有一点点难受，和一点点的疼。

他意识到自己对待乔楚的方式，太过残忍，现在连他都觉得自己太不是个东西了。

"那你现在想做什么？"他在她身边坐下来，语气缓和了很多。

"不做什么。"乔楚笑嘻嘻的，故意加重了"做"字。

"别闹，好好讲话。"闵朗也笑了一下，"我没你以为的那么色情。"

"那你陪我看个动画片吧。"乔楚像树懒抱树一样抱住闵朗，把头埋在他的脖子里，她深深地呼吸，心底渐渐晕开一片潮湿。

我呼进肺里的，都是你的气味，你的气味，非常非常好闻。

凌晨四点四十二分，叶昭觉在黑暗中睁开眼睛，她从枕头底下摸出手机。"跟你说了多少次，睡觉时把手机放远一点。"简晨烨的声音在她脑中回响。

但是这个坏习惯就是没法改掉啊，唉。

她叹了口气，摸到台灯的开关，"咔"的一声，房间里亮了，她起身去厨房里倒了一大杯水喝。

再躺下的时候，才过去十分钟。

她翻了个身，房间再度归于黑暗的寂静。

要么，就马上天亮，否则，就永远都别天亮吧。

简晨烨坐在咖啡馆里，心情忐忑又复杂。

随着时间的推移，他越来越坐立不安，每当咖啡馆那扇小木门被推开，"嘎吱"一声——他的心就会被高高地吊起，直到看清来人并非叶昭觉——才慢慢落回原位。

这太折磨人了，他差一点就想打电话给叶昭觉说改期再约。

想了半天，他终于还是决定不要干这么没出息的事。

挑选见面时间之前，他也很犹豫，到底是约在白天还是晚上？

白天是最佳工作时间，光线充足，精力充沛，可是如果约在晚上的话……

世人都知道，夜晚的迷离会催发出潜在的另一重人格，容易让人流于脆弱、伤感，以及细碎的情情爱爱。

他认真思考了很久，最终决定约在白天。

他想，用理性的面目去面对对方，也许对彼此都比较好。

曾在青草地里被蛇咬过的人，在伤口愈合之后，也许还能够有勇气再接近那块草地。但一个仅仅是旁观了这一切的人，却将终生绕着那一处走，因为他弄不清楚，危险的疆界在哪里。

叶昭觉和简晨烨，他们因为太过靠近地目睹了对方所承受的伤害，从而变得小心翼翼、如履薄冰，将任何风吹草动都提前掐灭。

他们或许没有意识到，又或许都意识到却极力回避着，一个很悲哀的事实。

他们都无法再走进那片草地了。

又是一声"嘎吱"，这次推开门的，确实是叶昭觉。

仿佛已经十载春秋，简晨烨一动不动地看着眼前的人。

她没有惊人的变化，穿着打扮五官发型，都还是原先的样子。

但她在你眼前坐下，就在这一刻，你知道，她已不是你熟悉得就像熟悉你自己一样的那个人。

"你好歹随便说点什么。"咖啡已经凉透了，叶昭觉终于开口打破了僵局，"我们俩总不至于这么找不到话题吧。"

"唉，我一向都不太会讲话，你又不是不知道。"简晨烨面露愧色。

很多时候，沉默并非无话可说，而是一言难尽。

从看见她的那一分钟开始，简晨烨心里便止不住地翻涌着伤感，尽管叶昭觉没有诉苦也没有抱怨，但他看得出来她分明过得不太好。

　　她瘦了太多，宽松的藏青色上衣罩在她嶙峋的身体上，稍微动一动，肩膀和锁骨就全露出来了。

　　他对这件衣服有印象，是某个大牌的仿版。

　　当初她买回来的时候穿在身上刚刚好，为此，她还兴高采烈地说过"好合身，不用浪费退换的快递费啦"。

　　他想起她当时的表情，那种天真还历历在目。

　　那条毒蛇又开始啃噬他的心，有生之年，他都不会忘记这种尖锐的疼痛。

　　"你不说话，那就我说吧。"叶昭觉沉吟片刻，终于说，"你去法国的消息，是清羽告诉我的。我没想到，我们之间竟然会走到这一步。

　　"起初我完全无法接受，在那段时间里，我甚至连吃饭睡觉这种基本的事情都做不到。除了分手之外，还有一个原因，我没有对任何人说起过。"

　　讲到此处，她停顿了一下。

　　眼泪顺着她微笑的脸一直往下落，看上去，她下一秒就会破碎。

　　"你走了之后，我无数次地想，为什么？我们在一起的时候，你的事业方面一直没有突破，而你一离开我，马上就有了起色，这是为什么……你让我说完，这件事差一点把我弄疯了，你让我好好说完。

　　"那阵子我好像变成了两个人，我一时会想，也许是我阻碍了你，是我身上的不知道哪一种特质，妨碍了你。我认为一定是我的问题才会招致这样的结果，然而当我稍微清醒一点点的时候，我又要安抚那个偏激的自己，说这一切与她无关，只是我们的缘分已经完结，我没有运气去分享你的成绩和荣耀。

"我不敢和任何人说我的真实想法，无法启齿，太荒唐太难堪了。所以我只能自己慢慢地，消化那种不好的情绪。我用尽所有力气去抵御它对我的精神、身体和生活的侵略，到现在，我已经不能够回想自己究竟是怎样度过的。"

深埋于内心的秘密终于被自己亲手揭示，她如释重负，却也因为陡然卸载这个包袱而感到极端空虚。

她连续不断地把自己给掏空了。

简晨烨的脑中有巨大的轰鸣声，像是飞机即将起飞，巨轮在海面鸣笛，像是一万列火车的轮子同时摩擦铁轨，不计其数的金属剧烈撞击，碎片飞向空中。

他的一生，从未有过，将来也不会再有，如此沉重至不可饶恕的罪孽感。

他突然顿悟了，他和叶昭觉之间那座桥梁已经被命运彻底摧毁，他与她被万丈深渊分隔开来，再无回头路。

他手心的这颗小小甘甜果实，使她更加充分地品味到了经久不散的苦。

他的进步，没有带给她一丝一毫慰藉，而是为她制造了更深更重的灾难。

属于他的那一点点荣耀，不仅没能照亮她艰辛的人生，反而置她于比晦暗还更晦暗之地。

已经没有立场可以去揣测，我们还能不能够再在一起。

如果曾因你自身的原因而使你挚爱的人陷入这样暗黑的深渊，那么你没有资格说，我原本只希望你幸福。

就在这时，叶昭觉止住了哭泣："幸好……"
就在这时，简晨烨刚刚想要问她："现在呢？"

"齐唐鼓励了我。"

叶昭觉用这六个字，在简晨烨的胸膛上砸出了六个窟窿。
他原本前倾的身体慢慢地靠回了椅背，激动的心情一点一点冷却下来，理性再次占据了头脑。
他知道，最后这句话，她是故意这么说的。

"那就好。"他知道自己此刻的笑有多虚伪。

"你呢，画展做得怎么样？"
"其实是个意外的机会啦，那家画廊想获得几位前辈的作品代理权，老师又想提携一下晚辈，所以是我运气好而已。"他故意用满不在乎的语气说。
"不管机会是怎么来的，终归是值得高兴的事情。"

"嗯，我给你带了礼物。"简晨烨把纸袋推到她的面前。
刹那间，叶昭觉的脸变得惨白。
她眼睛里原本的那一点点亮光，微微地颤了颤，然后，熄灭了。

齐唐在当天晚上比较晚的时候，接到叶昭觉的电话。
手机响起的时候他很诧异，这不是叶昭觉一贯的风格，她是那种打电话之前非要先发一条信息确定对方是否方便讲话的家伙，好像天生就给自己戴着一副镣铐，生怕一个不当心就给别人制造了麻烦。

"你今晚约了人吗？"她有点急切，声音有点抖。

"到目前还没有。"

"那……请来这里找我。"叶昭觉说了一个地址，那是一家酒店，她说完房号之后就把电话挂了。

齐唐有点愕然，更多的是气恼，他连多问一句的时间都没有。

搞什么名堂，叶昭觉是不是疯了？

她是有点疯了。

时间倒转回几个小时之前，她和简晨烨在咖啡馆里为了那个包僵持了很久。

最后，简晨烨明显是恼怒了："以我们这么多年的感情，你收下它有什么问题？"

"没有问题，问题不是在于包……"她觉得自己和简晨烨根本讲不清楚。

"为什么别人送你的裙子就可以收？所以不在于包，而在于人是吗？"

既然简晨烨把话说到这个份儿上，那么，她只好收下了。

回去的路上她一边走一边掉眼泪，幸好天已经黑了，路上的行人步履匆匆，谁也没有多余的精力去在意这个奇怪的女生。

她个人的悲喜啊，对于这个世界真是一点也不重要。

她不知道回到家中多久之后，自己才有勇气去拆礼物。

　　简晨烨说得很明白，这些年来他一直都知道她想要这个包，在邵清羽几乎集齐了所有一线品牌的包包之后，叶昭觉心心念念的还是一个LV的入门款。

　　这件事无关虚荣，而是一个进入社会之后的女生，对于生存基础以上物质的向往，一种只有到了这个人生阶段才能够明白的对待物质的态度。

　　我想要拥有那么一两件有质感的单品，就像我想要过上一种有品质的生活。

　　就在她把包拿出来的时候，从纸袋里带出了一张纸片。

　　她原本以为是小票或者收据单之类，可从地上捡起，翻过来一看——那一刻，五雷轰顶。

　　那是简晨烨和一个女生的合影，两人的肢体并没有多亲密，可是神情……

　　叶昭觉瘫坐在地上，她的第六感，她的直觉，她对简晨烨的了解程度通通直指一个结果。

　　照片的底端有黑色的笔迹，时间、地点。

　　那不是简晨烨的字体。

　　时间一分一秒过去，当她从地上爬起来的时候，一个荒诞的念头冒了出来。

　　她把那个念头往下按了按，没有用，它好像更坚定了。

　　"那么，"她对自己说，"就这么办吧。"

　　齐唐在房间门口站了很久之后才敲门，门马上就开了。

刚刚洗过澡的叶昭觉，裹着酒店的浴袍，头发还没有完全吹干，晶莹的小水珠顺着发尾一滴一滴，无声地跌落在厚厚的地毯里。

齐唐背过身去把门关上，深呼吸，在心里骂了一句脏话。

这是自他唐突的表白之后，两人第一次单独相处，他想过要找个机会和她认真地谈一谈，关于那件事，他觉得是自己太过冒昧了。

空调效果很好，房间里的温度一直在升高，他隐隐感觉到自己的后背在出汗，却不肯脱掉外套。

在这个场景之中，任何一个细节不留神，都有可能导致不可挽救的严重后果。

齐唐看得出来，此刻的叶昭觉是非理性状态，正因如此，他必须保持高度警觉。

"你想怎么样？"

叶昭觉坐在床边，一声不吭。

齐唐又问了一遍："你到底想干什么啊？"

"我想干什么你看不出来啊？"叶昭觉突然火了。

其实在她看见齐唐的第一时间她就后悔了，明明是她和简晨烨的陈年旧账，就算现在加上一个不知名的陌生姑娘，可是不管怎么样，齐唐是局外人。

无缘无故把齐唐拖入这个窘况，她也知道自己这次实在是太失礼，太越界了。

但是事已至此，她只好硬着头皮强撑下去。

"你受了什么刺激？"齐唐刻意离她远远的，靠着墙上上下下仔细打量她，眼见她垂着头，闷不作声，他敏感地察觉到了一点方向，"感情问题？"

"你烦不烦啊齐唐，是不是男人？"她不耐烦极了，想起自己曾经不小心撞破他和Vivian在办公室里那件事，开始口不择言，"装什么正人君子。"

齐唐的脸冷了下来，他不想和她做无谓的争论。

"我不需要用睡你来证明我是男人。叶昭觉，如果你不准备向我解释清楚来龙去脉，那我也就不必浪费时间了。"

他边说着，边向门口走去。

在这个时候，叶昭觉站起来追上去，一把拉住了齐唐的手。

"等等。"她的声音很低，已几乎是在哀求了。

齐唐余怒未消，仍然铁青着面孔，不发一语，但终归还是停下了脚步。

不知道究竟是谁迈近了一点，等叶昭觉回过神来的时候，自己已经在齐唐的怀里。

这是他们第二次拥抱，两次拥抱之间仿佛隔着前世今生。

仍然是这样洁净清白的肢体接触，没有丝毫情欲的气息，尽管发生在这样暧昧的环境里，齐唐的手轻轻地拍打着她的背，一下接一下，与她的心跳保持统一频率。

她什么也没有说，却在这个拥抱中把什么都解释清楚了。

她心中的爱与恨，错乱和挣扎，不肯承认的挫败感和抵死维持的尊严，都在这个拥抱中毫无保留地告诉了他。

雨水落入江湖，河流汇入大海，森林被阳光普照，植物舒展了第一片绿叶，她对他的信任、他对她的包容就像这些事情一样自然。

这是他们之间浑然天成的密码。

他低下头看着她的脸，几个小时之前哭过的脸仍然有一点浮肿，眼睛像是被大水冲洗过后的玻璃，清亮见底。

他看着她，就像看着自己儿时养过的那条小狗。

然后，他轻轻地吻了她的额头。

今夜她的放纵和越界，都因此被赦免。

“我或许确实不算君子，但也绝对不愿意在这样的情形中得到你，更何况‘得到’这件事，并非要和肉体扯上关系。”齐唐轻声地说。

叶昭觉羞愧得不敢看他。

她的确应该感到羞愧——在齐唐的坦荡面前，当她看到那张照片上简晨烨和那个女生的笑脸之时，理智已经荡然无存。

在那个时刻，她的精神世界彻底崩塌，正因如此，躯体才格外渴望得到常规之外的安慰。

如若灵魂仓皇无依，便只有寄望于肉身登峰造极。

她想通过和齐唐的肌肤之亲，去洗刷那张照片带来的心灵耻感。

她想要攫取另一个人的温度，来抵挡内心最深处散发出来的，凛冽的寒。

“也许有一天，我们还是会做这件事，要你情我愿地做，这件事才美好。而不是像今晚这样，你因为生别人的气，为了想要报复别人，用这件事来泄愤。

"要发生的迟早都会发生，但不是今晚。"

叶昭觉始终没有说话。

不久前，他请人为她打扫了住所，给了她一个干净舒适的居住环境。

而这个晚上，他用自己的操守，清除了她内心的暴戾。

他们并肩躺在酒店的大床上，窗外明月高悬。

Chapter 2

会被忘记和忽略的，只能说明并不重要。

对于人生至关重要的那件事情，你只是不会轻易提起。

◇1◇

那张传单……

是叶昭觉为了弄清楚家里还有多少现金，而翻遍自己所有的外套口袋和包包夹缝时，跟着其他过期的票据一块儿被扫出来的。

四百八十三块七毛，有零有整。

毫无疑问，这点钱支撑不了多久，如果找工作的事情再没有任何实质性的进展，她恐怕连生存的基础保障都无法维持下去。

她抓着那一堆可怜兮兮的钞票，好半天喘不上一口气来。

"可能……要活活饿死了。"

但最严重的问题还不只是食不果腹、捉襟见肘，而是，她清晰地意识到自己的脑子越来越不好用了，这就是思维停滞太长时间的典型表现形式。

作为一个社会人，她脱离社会太久了，久得足够大脑生一层锈。

没有每天清早准时响起的闹铃，不再害怕迟到扣工资而去拼命追公交车，不必与不相识的陌生人在拥挤的车厢里抢占落脚之地，远离朝九晚六的固定工作时间，不再需要殚精竭虑去应付老板和客户突然抛来的难题，甚至没有同事在忙碌之余一起悄悄谈论公司八卦。

没有加班，没有会议，甚至没有早出晚归而衍生出来的疲惫和抱怨。

失业的她被摈弃在一切规章制度之外，天天都是休息日。

所以，她成了一块废料。

她的目光瞟向镜子。

镜中那个呆滞压抑紧紧皱着眉头的自己，脸上早已不复往日的聪敏机灵，那是一张被现代化抛弃的脸，一张引发她自我厌弃的脸。

"×！"她用骂脏话来表示决心，"叶昭觉，你不能再活得像一条丧家之犬了！"

所有过期的优惠券、票据、餐厅外卖单，通通揉成一团扔进垃圾桶，没有价值的东西全部都扔掉。

做完这件事之后，她起身去倒水喝，可是……一种奇怪的引力，把她的注意力吸引到垃圾桶里，最上面那张皱皱巴巴的彩色铜版纸。

她从垃圾桶里捡回那张传单，摊在茶几上抚平。

"妮妮饭团烧！强势来袭，诚邀加盟！……万元起家，一人即可操作！成功率100%！超轻松！"她把那张传单翻来覆去地看了好几遍，一边看一边回想，这张传单是哪儿来的？

顺着最近的生活轨迹捋了一遍，她终于想起来，这应该是那天陪徐晚来去家居市场时无意中收到，又无意中塞进包里的吧。

往常接到传单都会扔进垃圾箱，可是机缘巧合之下，这张竟然被带回了家里。

难道说——她迟疑着——难道说，这是某种暗示？

就在她即将陷入沉思之时，手机振了一下。

那是一条短信，来自一个陌生的手机号码。

她以为是垃圾信息，正想随手删掉，可是点开一看，却让她万分诧异：叶昭觉你好，我是何田田。不知道你是否还记得我，如果记得的话，请回复，我有很重要的事情需要跟你面谈。

何田田，光是看到这三个字都像是上辈子的事情。

叶昭觉有点惊恐：她找我做什么？我和她之间能有什么重要的事谈？

何田田那个心机女不仅故意给邵清羽设下了圈套，更不可原谅的是，还因此连累自己被汪舸的摩托车撞伤，丢了工作……

想起这些事，叶昭觉不免一阵胆寒：真是阴魂不散啊。

命运最擅雪上加霜，一波未平，一波又起。

叶昭觉实在猜不出来何田田的目的，虽然好奇心的确已经被勾起，但一想到对方的品性，她觉得还是不招惹为好。

过了几分钟，手机又振了一下。

叶昭觉不耐烦地拿起来一看，这一条信息，何小姐把话挑明了：我和蒋毅要结婚了，我想送张请帖给你，当面。

叶昭觉慢慢放下手机："我 ×，不去不就行了。"

她们坐在中学门口的奶茶店里，正是上课时间，四周都很安静，只有不远处的田径场上隐隐约约传来一些正在上体育课的孩子的嬉笑声。

物是人非，此情此景的确惹人感伤。

叶昭觉的目光顺着这条路一直望过去，望向往昔岁月。

她心中有个声音在轻轻问：如果再顺着这条路走上一千遍、一万遍，我是不是能够找回那时的你和我自己？

何田田轻轻咳了一声，将叶昭觉自往事中拉回："我还记得，我们读书的时候，这里是一家拍大头贴的店，十块钱就能拍一大版，对吧？"

"嗯……"叶昭觉一时不辨敌友，只得模糊地回应着，"我也不太记得了，过去太久了。"

"是啊，过去太久了。"何田田叹了口气，她能感觉到叶昭觉对自己的抵触。

也不能怪她，何田田心想，毕竟……那次她被撞伤，自己总归是难辞其咎。

既然如此——

何田田决定开诚布公："那次车祸，我真的非常抱歉。本来打算一块儿去医院看看情况，但是蒋毅阻止了我。他说如果我们也跟着去的话，以邵清羽的脾气，还要在医院再大闹一场。"

至少从表面上看来，她是诚恳的。

叶昭觉摇摇头，不以为意，心里却冷笑了一声：虚伪。

眼见叶昭觉并不打算叙旧，何田田只得微微一笑，不做勉强，她从包里拿出一张红色喜帖放在桌上，轻轻推到叶昭觉的面前："请收下吧。"

一张很普通的折页大红色请帖，印有烫金双喜的图案。
喜宴时间地点一目了然，手写的一对新人名字：蒋毅，何田田。

叶昭觉盯着那娟秀字体出了神，此时此刻，她脑中蹦出一句老话：造化弄人。
当年那些老同学，谁能预料到，和蒋毅结婚的人竟然不是邵清羽？

一同度过长久的岁月和时光，到最后身边竟全是与从前毫不相干的人，你能说过去的感情都是错付吗？叶昭觉有无限伤感，可如果不是错付，又有谁能承担现在这一切？
物伤其类，兔死狐悲。
她从这张与自身并不相关的喜帖，联想到了自己和简晨烨之间那已经夭折的未来。

过了好半天，她终于回过神来："恭喜你们，替我向蒋毅转达祝福，以前他和清羽在一起的时候，我也麻烦过他不少事情。"
虽然听起来像是外交辞令，但叶昭觉一字一句都发自肺腑。
前尘往事不可追，现在邵清羽都已经有了新男友。
既然她自己都放得下，旁人又有什么理由为她放不下。

"谢谢……"何田田欲言又止。
叶昭觉敏锐地察觉到了一丝端倪："还有别的事情？"

　　何田田停顿片刻，像是下了很大决心，从包里又拿出一张请帖："这个能不能麻烦你，带给邵清羽？"

　　叶昭觉一时反应不过来，错愕地看着对方。

　　何田田的笑容充满惭愧："我知道很难为你，但希望你能看在过去，你和蒋毅朋友一场，勉为其难成全我这个心愿。"

　　过了好半天，叶昭觉才缓过来。

　　从她听到第一个字起就不准备揽祸上身，抛却她们之间现在的尴尬关系不提，光是想想清羽接到这张喜帖的反应，她就不寒而栗。

　　这个忙，绝对不能帮。

　　她心中正在盘算着如何推辞，何田田已经先开口讲话了。

　　"酒店那件事，我唯一觉得对不起的人就是你。但对邵清羽，我只觉得自己做得还不够。"

　　"还不够？你已经把蒋毅从她手里抢走，那是她喜欢了多少年的人啊，还不够吗？"叶昭觉忽然动气了，邵清羽再不对，毕竟是她多年至交好友，"她那么要面子的一个人，你已经让她蒙受了人生迄今为止最大的羞辱，还不够？你还要让我去帮你送结婚喜帖给她，何田田，你为人未免太过霸道。"

　　讲完这一番话，叶昭觉伸手去拿外套和包，她一分钟都不想多待。

　　何田田一把摁住她的手，眼神里有着请求的意味。

　　"叶昭觉，我跟你讲讲学生时代那件事的真相。你评判一下，到底是谁太霸道，到底是谁赶尽杀绝。"

她的语气十分凄厉，尽管已经过去了那么久，但想起当初，她仍然面露愤恨。

叶昭觉迟疑了，她思虑了片刻，最后决定坐下来好好听一听故事的另外一个版本。

往事在回忆里翻涌。

这是下午四点半，正午强烈的阳光到这时已经转为温和的淡黄色，何田田的面孔在这样的光线里沉静如深湖。

那其实已经是十六岁时的事情了，人的记忆力真是一样很诡异的东西，过去近十年的时间，她还是能够一闭上眼睛就清晰地想起所有的细节，以及自己当时的心情。

会被忘记和忽略的，只能说明并不重要。

对于人生至关重要的那件事情，你只是不会轻易提起。

那一年何田田的爸爸忽然被诊断出某种罕见病症，全家上上下下几乎跑遍了所有医院，通过各种渠道搜集相关信息，但一直没有得到一个最佳治疗方案。

正在焦头烂额之际，她妈妈从亲戚那里听闻一个消息，邻省某家医院有位医生对这种病症颇有研究，亲戚还说，听说好像有同类型的病患已经治好了。

她记得，得到消息的当天，妈妈就开始收拾行李，买车票。

正好是假期，她自然也陪着妈妈一起送爸爸去那里入院接受治疗。

在火车上，她看着父母辛苦疲劳却一语不发的样子，有生以来第一次开始真正理解了什么叫作生活给予你的磨难。

"医院那边安置妥当后，我妈跟我深谈了一次。家里经济条件本来也不算多宽裕，给爸爸治病又花了很多钱，如果再请专人看护，无疑只会增加更大开销，在那样的形势之下，妈妈必须留下来亲自照料爸爸。"

听到此处，叶昭觉不免联想到自己的身世，顿时动了恻隐之心。

同样都是普通人家的小孩，推己及人，她能够体会到在那种情境下，一个十六岁的女生有多么无助，有多么害怕，又有多么无能为力。

何田田记得，那天妈妈哭得很厉害，一半是因为父亲的病，一半是因为她。

她永远不会忘记妈妈捂着脸一边哭，一边对她说对不起的样子，一个未成年的女孩子被自己亲人澎湃袭来的巨大悲伤包裹得近乎窒息。

妈妈在情绪稍微平复了一些之后，告诉她，因为要照顾爸爸，妈妈已经和舅舅一家人讲好了，拜托他们帮忙照看她一段时间。

妈妈还请她原谅自己擅自做主，没有经过她的同意就决定帮她办转学，去离舅舅家最近的学校。

她呆呆地听着这些，想要反驳却又哑口无言。

是啊，自己年纪还太小，根本无法为父母分担痛苦。

在那个关口，乖乖听从安排，就是她能够做的全部了。

"我原本想说，我可以照料自己，我也很想告诉妈妈，我特别不愿意离开熟悉的环境，离开自己的好朋友、朝夕相处的同学和老师。但是当时那种情况，为人子女者，又怎么能够反对长辈们的决定，况且你心里知道，他们真的是为了你好。"

"你们的母校啊，真的很难进……"说起这一段，何田田依然很低落，"我那位老实巴交的舅舅，受了自己姐姐所托，不得不绞尽脑汁找朋友，想办法，疏通关系，再加上我学习成绩确实还算优秀，学校才终于接收了我。"

她轻描淡写地将这一段草草带过。

她没有提起在舅舅为她的事情四处找寻关系时，舅妈的脸色有多难看，也没有提起寄人篱下的日子有多不好过，连多夹一筷子菜，多添半碗饭这种琐碎的小事都要反复斟酌。

她只是说："从入学的那天开始，我告诉自己要尽快适应新的环境，在这里我要比从前更努力，只有这样才能安慰爸爸妈妈，才对得起舅舅为我操那么多心，费那么大力。"

后来的事情，叶昭觉便知道了。

"清羽和蒋毅因为你起了争端，打了一架，清羽还摔下了楼梯。其实大家都知道不关你的事，只是你运气不好。那时候邵清羽确实是蛮横跋扈，但是……换了我是你，既然进来这么不容易，为了这么一件小事就走，也太不值当了。"

何田田微微挑起一边嘴角，冷笑一声："你以为，是我不愿意忍耐？"

不知怎的，叶昭觉忽然内心一片澄明：明白了，当年不肯忍让的，另有其人。

不是何田田负气要走，而是邵清羽容不下这个害她摔得头破血流、颜面扫地的眼中钉。

在何田田的记忆里，那天原本是风和日丽的好天气，她正在上她最喜欢的地理课。

她埋头用心做笔记时，班主任忽然把她叫出了课堂。

办公室里等着她的人，除了教导主任之外，还有一脸阴沉的舅舅，没有人告诉她具体是为什么，究竟她做错了什么，冷漠的大人们并没有将事情的原委讲给她听。

他们只是说："何田田同学啊，你先跟你舅舅回去两天，学校会好好研究一下怎么处理。"

"就是这样，莫名其妙，不到放学时间，我就被舅舅领回家去了。在路上的时候我一直哭，一直哭，书包就在地上拖着，灰尘不断地往我的嘴巴鼻子里钻，那种感觉简直比死还要难过。"

何田田讲到末尾几句，声音里有轻微的颤抖。

叶昭觉知道，人在年轻的时候所遭受的创痛，会因为年轻，无力反抗，而显得特别痛。

对何田田来说，那个夜晚比冬至的晚上还要漫长。

"舅舅没有多说什么，只是一直叹气，但是舅妈就在旁边一直冷嘲热讽，说什么……田田，你怎么这么不让人省心呢？为什么要去招惹那个小姑娘呢？人家家里可是财大势大，稍微给校方施点压，你爸妈、你舅舅，还有我，我们大家这么多人的心血就白费了。

"学校最终的处理是'建议转学'，我妈得到消息，匆匆忙忙赶回来，见我第一面劈头就是两个耳光。但是自始至终，我没有为自己辩解一个字。叶昭觉，你知道为什么吗？"

是，叶昭觉知道，没有人比她更知道——因为我们最擅长的事，就是把别人的过错归咎于自己。

我们出身于市井，生命卑微寒酸，为人处世更应当谨小慎微，不可越过阶层界限，不可惹是生非，尤其是不属于我们的，不可贪婪觊觎。

如果我们被欺凌，而对方又力量强大，手握生杀大权，那么，不要反抗，乖乖低头认错。

叶昭觉不自觉地闭上眼睛：这是我们自小便懂得的丛林法则。

基于这份理解，她原谅了何田田所做的一切。

她轻声问："后来呢？"

"后来，家里又想方设法帮我转回原先的学校。那时已经开学好一阵子了，等我再回到课堂时，课程已经落了一大截，一些来路不明的风言风语也在同学之间传播开，但这还不是最糟糕的。

"最糟糕的是，从那之后，我心里有一股浓浓的恨意，它日日夜夜没完没了地折磨我。因为邵清羽这个贱人，我的青春期再没有一件值得开心的事情。"

"所以你耿耿于怀，即使过了那么久，还是要把这笔账算清楚。"到此时，叶昭觉完全不再觉得何田田有任何错，是邵清羽欺人在先，后来发生的种种事情，不过是为了与之扯平。

"可是，就因为憎恨邵清羽，你就要赌气，赔上自己和蒋毅两个人的人生，这太傻了。"叶昭觉想起他们婚事将近，忍不住多了一句嘴。

没想到，何田田莞尔一笑："你误会了，我和蒋毅结婚，是深思熟虑之后做出的决定，不是为了赌气，更不是为了报复任何人。"

叶昭觉松了一口气，真的是这样吗？

如果真的是这样，她也会真心为蒋毅感到高兴。

何田田说："起初……我只是想利用蒋毅刺激邵清羽，我也没想到他们竟然真的会分手。当天你也在场，你目睹了邵清羽的所作所为，换了任何一个有自尊心的男生，都不可能原谅她。

"后来我与蒋毅接触得越多，越发觉他是一个不可多得的好人，为人老实，凡事先为别人考虑，他有一些很珍贵的品质，但邵清羽从来都不会欣赏，更不用说珍惜了。他们分手，其实是蒋毅的幸运。"

见何田田说起蒋毅时的语气和温柔神情，叶昭觉便知道这场婚姻确实没有其他目的，没有算计与阴谋，纯粹是情感的结合。

"那我只能再次说声恭喜。"叶昭觉心中不再有任何芥蒂，她真心祝福这对新人。

"现在你已经知道了整件事情的始末……"何田田吐尽了心事，卸下了青春中最沉重的包袱，她看起来像一个终于刑满释放、重获自由的人，"我送请帖给你，是希望你能赏脸来喝杯喜酒。假如你不愿意来，也没有关系。"

"那邵清羽这张……"叶昭觉其实已经完全明白了，但她希望这句话能够由何田田自己说出来。

"如果你愿意替我带给她，我会谢谢你，如果你不愿意，我也还是谢谢你。我只是想通过这件事来证明，我已经放下了。"

当她说完这番话，那个受困于仇恨的少女便脱身，消失在时间之中，从此之后，她是一个真正的大人了。

但对叶昭觉来说，直到若干年后才得知自己最好朋友的真面目，一时间仍然难以相信，她垂着头，喃喃自语："我一直以为她只是刁蛮，品性还是很单纯的。"

何田田冷漠地笑了："单纯的是你吧，你也不想想邵清羽是在什么环境里长大的。

"她从那么小的时候起，就被迫和自己厌恶的继母一起生活，当着爸爸的面，要装乖巧装听话，背着爸爸，要算计后妈母女分走了多少本该属于她的宠爱。成年之后最重要的事情，是提防她们算计属于自己的那份财产……叶昭觉，你真的认为以邵清羽的家庭背景和成长经历，她会是个单纯的人？"

"我从来没有从这个角度去揣测过她，以后也不愿意这样去揣测。"

这一切对叶昭觉来说，太复杂，也太沉重了。

她起身，告别何田田时，把两张喜帖一并收入包里。

为了当这个信差，叶昭觉只得先把加盟"妮妮饭团烧"的念头搁置在一边。

自从新年夜里，邵清羽故意当着一众人的面说出叶昭觉的私事，让她难堪得下不来台之后，昔日最要好的闺密便没有再见过面。

起先邵清羽还主动发过几次信息向叶昭觉示好，但叶昭觉通通没有回复。

渐渐地，蛮横惯了的邵清羽也窝了一肚子火："什么意思啊她，这是要绝交啊她？"

时间一久，她也懒得再联系叶昭觉，两人之间彻底陷入一个你不动我也不动的死局。

叶昭觉在打电话给邵清羽之前，心情很沉重，这不是一个愉快的差事，但是她也并没有后悔应承何田田。

说不清楚为什么，她在听何田田叙述过去那些事情的时候，心里竟然也有一种隐隐约约的愧疚。因为她，曾是邵清羽唯一的朋友，某种意义上来说，她就像是一个恶霸的帮凶。

她又想起了学生时代的那个下午，自己翘课去医院看望摔破了头的邵清羽，她站在病房门口看见那个平日不可一世的富家千金一个人躺在床上，神情寂寥地发着呆。

每当想起邵清羽当时的样子，叶昭觉就觉得，很多事情都无须与她太计较，只当她是个叛逆乖张的小孩，让着她一点好了。

至于为什么会这样想，叶昭觉自己也说不清楚。

正因为这种毫无来由的悲悯，无论邵清羽怎么闹，怎么任性，怎么错，叶昭觉至多也就是不理她，却永远无法真正憎恨和厌恶她。

那是一条极不公道的定理：一生之中，总有那么几个人，你无法用普世的价值观去要求和对待他。

"清羽，我是叶昭觉。"

"……"

"你这几天哪天有空，来趟我家吧。"

"干吗？"邵清羽态度很差，"你叫我去我就去啊！"

"我受人之托，有一样东西要交给你。"叶昭觉冲着空气翻了个白眼。

"受谁之托？不会是齐唐吧，你们倒是蛮亲近的嘛。"

邵清羽明显话里带刺，但叶昭觉决定暂时忍耐。

依照她多年来对邵清羽的了解，等她知道究竟是什么事的时候，呵呵，看她还有心情挖苦我。

"你来了就知道了，不说了，就这样。"

邵清羽嘴上那么不友好，真正来的那天却没有空手登门。

她给叶昭觉带了一个香水和香氛蜡烛的套装，往桌上随手一扔："给你挑的小苍兰，本来是新年礼物，哼，谁要你故意躲着我。"

叶昭觉有点窘，这可怎么好，拿人手短，待会儿要怎么样把重磅炸弹抛出来？

好在邵清羽的本性很快暴露出来，将叶昭觉刚刚萌生的仁慈之心打消得丁点不剩。

"哦哟！昭觉，你好雅兴哦！"邵清羽自顾自地将叶昭觉家里里外外仔仔细细巡视了一遍，"我还以为你和简晨烨分手之后过得很糟糕呢，没想到你心情不错啊，房间布置得很漂亮很温馨啊。"

"噢，这些啊，是齐唐的意思。"叶昭觉说得很直白。

原本背对着她的邵清羽，猛然回过头来，讲话毫不客气："我就知道！我就知道你跟齐唐有一腿！"

"喂喂喂，你积点口德！"叶昭觉忍不住皱起眉头，"你也是受过教育的人，讲话不要那么粗俗。"

邵清羽瞪了她一眼，很不以为然的样子："你是被我说中了，恼羞成怒吧。"

叶昭觉不想再浪费时间跟她讨论这种没有意义的话题，直接拿出请帖往桌上一扔，"啪"的一声响，吓了邵清羽一跳。

过了几秒钟，邵清羽爆发出一声尖叫，动静大得恐怕连对面的乔楚都听到了。

"搞什么！！你们要结婚了！！"

"放屁！"叶昭觉脸色难看极了，这次她真的有点生气了，"你先打开看看再发疯好吧！"

邵清羽一脸狐疑，又一脸难以置信。

她从桌上拿起请帖，打开，目光直直地落在新郎新娘的名字上，脸色渐渐苍白，越来越苍白，犹如全身血液都自脚底流失殆尽。

她就那么站着，一动不动地站着，目不转睛地看着那两个名字，因为极度的震惊混着极度的愤怒，酒红色的假指甲直接戳破了纸面。

她的身体不自觉地颤抖着，全身每一个关节都变得僵硬，牙齿互相碰撞，在口腔里发出极其轻微，几乎不可耳闻的细碎声响。

好戏开场了。

叶昭觉静静地看着邵清羽：也是时候挫挫你的嚣张了。

安静的时间仿佛足足有一百年，久得叶昭觉都开始发慌，她正想轻声叫邵清羽，邵清羽动了。

她转过脸来，如同幽灵一般惨白的脸，两只眼睛像两口深不见底的黑井，尖锐的声音又像是来自另一个次元："你为什么会有这个？"

叶昭觉摁住自己：不要慌。她轻声回答说："我也收到了一张。"

"你说受人所托……是蒋毅要你带给我的？"邵清羽扶着椅背，慢慢地坐下，她的语速极慢，如果不拆成一个字一个字说，她就不知道该如何说话了。

"不，是何田田。"叶昭觉非常平静。

山雨欲来，她明白。

但她更明白，人生中所有的问题，归根结底只有两个——你能够解决的和你不能够解决的。

如果是前者，你要想办法解决，如果是后者，你要想办法止损。

无论是哪一种情况，哭泣和逃避都于事无补。

在邵清羽的怒骂声如狂风暴雨一般席卷而来之前，叶昭觉已经做好了承接这一切的准备。

"你为什么会跟那个贱人搅在一起？"叶昭觉一边听着，一边隐隐发笑，何田田和邵清羽两个死对头对对方的称呼倒是出奇地一致，"你帮那个贱人拿请帖给我是什么意思，报复我吗？就因为那天晚上我让你难堪了？你至于这么小心眼这么记仇吗？还是说，你其实早就对我不爽，早就想看我笑话了？你这么做，和那些从小到大嫉妒我、排挤我、孤立我、算计我的人有什么分别？"

叶昭觉预料到了邵清羽的反应会很激烈，言辞会很偏激，但当她亲耳听到这些话的时候，还是感觉自己被刺痛，被侮辱了。

相比涨红了脸的邵清羽，叶昭觉还有几分理智："我和那些人有什么分别？邵清羽，这么多年的朋友，今天你问我，我和那些人有什么分别？"

邵清羽知道自己的话触及了叶昭觉的底线，但覆水难收，她只好紧闭双唇，不发一语。

叶昭觉站起来，走到她面前，一字一顿："如果我真的像你说的那么阴险，那么恶毒，那么睚眦必报，我完全可以把你约到一个公共场所，让周围的人，认识或者不认识的，都来看看你现在气急败坏的样子。

"但是我没有那么做，我没有像你对我那样对你。"想起那件事，叶昭觉心里依然觉得很委屈，她的眼睛红了，"因为，不管怎么样，我还是把你看成我最好的朋友。"

"那你为什么……"邵清羽仰起脸来，那张脸上有愤恨，也有不甘心。

"我只是觉得，每个人都要为自己所做的事情承担相应的后果。"

对邵清羽来说，这张请帖是她成年之后最凶险的一场噩梦。

午夜，家里其他人都已经入睡，只有她的卧室依然亮着黄色灯光。

她刚刚沐浴过，披散着的头发还散发着鼠尾草洗发水的香味，她坐在地上，一动不动，望着那张请帖发呆。

她的床上铺着前几天保姆刚换的埃及棉床品，洁净素雅。

好几个一线牌子的包包被随意地堆在房间一角，这是她最近经常背的几个，另外还有一大堆在后面的衣帽间里。

上个月刚买的灰色的羊绒外套，还有好几条限量款的大牌围巾，卷成团放在脏衣篓里，明天保姆就会来拿去洗。

她的房间总是这样，再昂贵的物件来到这里也都是寻常，邵清羽最烦的就是那种买个包回去当祖宗似的供着的人，那样有意思吗？你伺候它，还是它伺候你？

以前叶昭觉来她家玩，目睹此番情形，差点怄得吐血："朱门酒肉臭啊，邵清羽，你能不能稍微考虑一下我们这些贫民的感受？"

可是，邵清羽觉得自己无辜极了："你们眼里的奢侈、浪费、暴殄天物，真的就是我的日常啊。"

她真是得意惯了，骄纵惯了，目中无人惯了，一直以来生活在云端，脚不沾尘，从没想过人生中还有这样的陷阱静候着她。

蒋毅彻底离开她了，这件事，在她收到请帖的这个夜晚变得更鲜活，更尖锐。

　　她这才发觉，她现在已经很少想起这个人了，猛然一下甚至会记不清楚他的样子。

　　但是这不意味着自己没有爱过他，更不意味着眼看他即将成为别人的丈夫时，自己的内心能够毫无波澜。

　　叶昭觉下午说的那句话又在她的脑海中响起：每个人都要为自己所做的事情承担相应的后果。

　　可是我做错了什么？

　　邵清羽恨恨地想，你又不是我，你们都不是我，你们根本不可能明白我的感受，所以你们一个个占据道德制高点，道貌岸然地谴责我、声讨我。

　　当叶昭觉将何田田所说的一切复述过后，邵清羽不但没有推诿，反而大大方方、理直气壮地承认了。

　　“是，当年我是以退学为要挟，逼我爸想办法把何田田弄走，这又怎么了？那么多同学眼睁睁地看着我从楼梯上滚下去，我难道不丢脸吗？你们上课的时候，我在干什么？你知道的——我他妈躺在医院里！那个伤疤到现在还在我后脑勺上，叶昭觉你不要给我装圣母，换了是你，你难道不想出口气？”

　　叶昭觉的眼睛里有种很深邃的东西，她深深地看着邵清羽，并没有打算与邵清羽争辩什么。

　　这么多年了，她早已经习惯了邵清羽这一套处世原则：别人欠我的，我一定要讨回来，我欠别人的……但是我怎么可能欠别人的？

　　“他们不会有好下场的！”盛怒之下，邵清羽口不择言，“这些死穷鬼，没钱还好意思结婚，蒋毅他买得起钻戒吗？以前和我在一起的时候去哪里不是我付钱，他连个好一点的餐厅都去不起。还有，她何田田穿什么结婚，恐怕连稍微讲究一点的婚纱都买不起吧，像她那样的货色，也就配去破影楼租条发黄的破裙子凑合一下。"

叶昭觉实在听不下去了："我只是负责把请帖送给你，其他的事情都与我无关，你走吧。"

邵清羽对叶昭觉的态度感到非常不满，她瞪大了眼睛，难以置信地望着叶昭觉："你不站在我这边吗？"

"我也很想站在你这边……"叶昭觉轻声说，"可我也是你说的那种，死穷鬼。"

气氛冷到极点，两人都不再说话，只是沉默而坚定地对视着。

不知过了多久，邵清羽深吸一口气，拿起包，穿上鞋，头也不回地离开了叶昭觉家，走时故意重重地甩了门，以此表示她的愤怒。

那动静太大，以至屋内的绿植都抖了抖叶子。

从下午到晚上，在商场里怒刷了几万块之后，回到家里，邵清羽依然没能平复心情。

她恨何田田，也恨蒋毅，甚至连带着对叶昭觉她都有点恨：你们所有人都是王八蛋，你们全都对不起我！

当她意识到自己在流泪时，狠狠地吓了一跳。

为什么？为什么要因为那些死穷鬼做的事情哭？

她知道他们想让她不好过，可没想到自己竟然真的会很难过。

她狠狠地抹眼泪，毫不在意过于用力拉扯皮肤会导致面部皮肤松弛，这时，她的视线落在了角落里一大堆公仔布偶上。

其中有一只打瞌睡的白色兔子，平时她连瞄都懒得往那儿瞄一眼。

可这个时刻，她记起来了。

那是很多年以前的事情了，在他们都还很喜欢去打电玩的年纪。

蒋毅什么都会玩，什么都玩得得心应手，不管他在哪台电玩机打游戏，背后总是会站着一群围观的陌生人，随着蒋毅的操作发出"哇哦"之类的赞叹声，而邵清羽作为他的女朋友，站在一旁时也觉得脸上有光。

但比起蒋毅，她完全是一个电动游戏的白痴，无论玩什么游戏，她都会在几分钟之内歇斯底里地大叫："啊！啊！快来救我啊！"

时间一久，不是没有一点挫败感和沮丧的。

于是后来她就学聪明了，她只玩夹娃娃。

在她看来，夹娃娃可是比那些一顿噼里啪啦打的游戏要简单太多。

可事实证明，这个她也还是玩不好。

无论她盯上的那个娃娃离洞口多近，她有多么志在必得，每次都是她一边大叫着"我×"，一边眼睁睁地看着娃娃稳稳当当地落在距离洞口几厘米的地方。

无一例外。

投光了游戏币而一无所得的邵大小姐，怒火中烧，不顾周围人的鄙视，用力地踹了机器好几脚。

而这只白色的兔子，是某一次，蒋毅为了安抚她，用自己手里最后那几块游戏币夹来的。

"凭什么我夹了这么多次都没夹到，你一夹就夹到了！！"时隔多年，邵清羽还记得自己当时抓狂的语气。

"可能是我比你聪明吧。"

邵清羽气得说不出话来，她紧紧地攥着这只小兔子，发誓以后再也不会来这种乱糟糟闹哄哄的鬼地方了。

之后他们确实没有再去过电玩城，因为好玩的东西总是层出不穷，而她又是那么有钱，有那么多机会可以去尝试更新鲜有趣的东西。

可是，直到这么多年后，她才终于知道——

那真的就是他们的最后一次。

她记起来了。

她和蒋毅一同有过的那些温馨、甜美而又忧伤的时光，那些饱胀着希望又充满残缺不安的岁月。

那些她不愿意待在自己家里面对姚姨的假期，躲在蒋毅小小的卧室里，看漫画书，玩游戏机，困了就倒在他的木板床上睡一觉。

而他趁着父母不在，在厨房里手忙脚乱地给她煮东西吃，把冰箱里最后一个鸡蛋煎成荷包蛋埋在那一碗泡面底下，自己在一旁笑嘻嘻地看着她。

她记得彼时少年清澈的眼神和笑容，也记得隔着瓷碗，自己的手触碰到那碗面的温度。

直到这么多年过去之后，她的鼻尖仿佛还萦绕着那个煎蛋的香味。

这些她原以为自己早就忘得一干二净的事情，又全部回到她记忆里来了。

　　她曾经那么爱他，在她极度缺失家庭温暖又缺少同伴朋友的岁月里，是因为这个男孩子，才让她感觉到自己是被爱着的，是因为有这么一个人，她才觉得自己没有那么孤单。

　　这不是她人生中第一个喜欢的人，却是她第一个认认真真想过与之结婚，组成一个家庭的人，是她在跟继母明争暗斗的青春岁月里望向未来的真切寄托，可是……

　　一切都被搞砸了。

　　分手初期，她曾经笃定地认为他一定会回头来找自己复合，而自己坚决不会给他这个机会。

　　可直到她和汪舸在一起之后，这一幕仍然没有发生。

　　世界这么热闹，物质如此丰盛，何况她的新恋情又来得那么及时，汪舸比愣头愣脑，整天一副没长大的孩子模样的蒋毅更适合做男朋友。

　　她以为一切早就已经过去了，好过的、不好过的，快乐的、破碎不堪的，通通早就过去了。

　　直到她收到这张喜帖。

　　她坐在柔软的地毯上，也坐在回忆的沼泽里。

　　一个主意钻进了她的脑子里，像萤火虫钻进了黑色的夜。

　　那点飘忽不定的影影绰绰的微小光亮，引来了更多星星点点的光，而当它们汇集成群的时候，一个壮举般的决定，在她的心中生成了。

　　她脸上出现了一个奇怪的表情，一点点哭泣，一点点欢笑，像是要打喷嚏又控制住了，而她的眼神，随着急促的呼吸，越来越亮。

　　你们这些人，永远别想赢我。她擤了擤鼻子，恶狠狠地想，想用你们结婚的消息来刺激我，呵呵，你们也配！

简晨烨正在吃早餐，刚咬了一口全麦吐司，手机响了，他一抬头正好看见墙上的挂钟指向九点十五分。

这使得辜伽罗在他生活中再次出现有了一个极为具体的时间。

"你不是说你会主动找我吗？"辜伽罗一点矜持和含蓄都懒得顾了，"说话不算数是什么意思？"

简晨烨嘴里塞着吐司，使劲咽了好几下才咽下去。

他心里一面想着"完了，放女生鸽子的人下场一般都很惨"，一面又有种没来由的愉悦："刚回来那阵子很忙，后来又想等一个合适的时机再约你。"

他话没有说完就被辜伽罗打断了："所谓最恰当的时机，往往只是敷衍对方的借口。"

简晨烨一听她的语气，这通电话整个就是来兴师问罪嘛，那只得赶紧认错："那我现在邀请你今天来我工作室玩，还来得及吗？"

如果换成叶昭觉，只有两种回应结果——好，或者不好。

可辜伽罗有一套完全不同于其他女生的逻辑体系："这个电话是我打给你的，你在这个通话过程中邀请我，是不真诚的。如果你有诚意，应该由你打给我。"说完，她竟真的把电话挂了。

在简晨烨极其简单的人生经历中，辜伽罗这样想法天马行空、不着边际的姑娘，他还是第一次遇到。

好奇引起兴趣，兴趣催生好感，在这个时间段里，他尚未明晰自己和辜伽罗之间，那种若有似无、你退我进的情愫其实正在层层推进。

当他拨通电话的那个瞬间，脑中所想的仅仅是，这个姑娘还蛮特别的。

辜伽罗穿了一件特别扎眼的外套，密集的热带花卉图案，里面却是一条黑色的连身长裙，长得令人担心她走路时会不会踩到裙摆摔一跤，但这还不是她最令人意外的搭配，直到她坐下来，简晨烨才看到，她竟然穿了一双球鞋。

三种完全不是同一风格的东西，穿在她身上却有种说不清楚的妥帖。

简晨烨暗暗想，这大概就是以前老听叶昭觉她们说的，人穿衣，不是衣穿人。

"你不冷吗？"这是他们从法国回来之后第一次见面，简晨烨不免有点紧张，只好问些等同于废话的问题。

他不擅长和异性打交道，这一点他从小就不如闵朗。

"不冷呀——"辜伽罗做了一个简晨烨万万没有料到的动作，她掀起了裙子，"你看，我里面还穿了打底裤呢，心机重吧，哈哈哈……"

短暂的窘迫过后，简晨烨忽然有种莫名其妙的感动，他说不清楚为什么。

在他过去的生活中，除了叶昭觉之外，稍微接触得比较多的姑娘无非就是邵清羽、徐晚来以及乔楚她们几个。

他对她们之中的任何一位都不存在偏见，可是他很清楚地知道，自己和这几个姑娘之间充满了距离感。

他最不愿承认的是，连成年后的叶昭觉，也经常让他有类似的感觉。

但是辜伽罗，她和他之前认识的所有女生都不一样。

尤其是当她再次出现在他面前，坐在他最熟悉的工作室里，笑嘻嘻地掀起自己的裙子，这个貌似粗鲁的动作由她做出来，却丝毫无关性感和肉欲。

她身上有种极为率真的气质，到这时，简晨烨才知道自己为什么会被她吸引了。

她的笑，她时而流露出来的清高和傲慢，她对所有事物的爱憎的表达，都是浑然天成的。

每次见她，她总呈现出一种与实际年龄不符的天真，就连她的冷淡，也是天真的冷淡。

这个社会上，比实际年纪老成的姑娘有一大把，但辜伽罗完全相反，她眉宇间有种少年般的豪气，是那种特别年轻，对金钱名利有种"我知道，但我不 care"的豪气。

她不太笑，但一旦笑起来，惊艳无比。

简晨烨尚未能领悟，那就是很多雄性动物达到人生巅峰时，又不惜花大代价去换取的笑容。

"喂，我没吃早餐，你有东西吃吗？"辜伽罗的视线四处扫荡，一点也不见外。

还没等简晨烨回答，她已经走到餐桌前，看到他咬了一半的全麦吐司："就只有这个吗？"

"是啊，就剩这个了。"他还挺不好意思的，"我们出去吃吧。"

"不用啊。"辜伽罗挑起一道眉毛，然后又做了一件令他觉得匪夷所思的事。

　　她拿起那两片残缺的吐司，用餐刀取了一点黄油抹在上面，毫不在意地咬了一大口。

　　简晨烨认真地看了她一会儿，确定她并没有任何暗示。
　　不知道为什么，这个女生，好像再怎么出格的事情由她做出来，都很正常。
　　他笑了笑，又想起那个词，嗯，浑然天成。

　　再次和邵清羽不欢而散之后，叶昭觉连着好几天都在生自己的气。
　　"你也不看看自己现在的惨状，居然还有心情去管别人的闲事。"

　　老话说，吃饱了撑的才多管闲事，可她叶昭觉马上就快吃不饱了。

　　"再挣不到钱你就直接去死吧。"
　　那个久违了的声音又从她心底钻出来，不知怎的，当她重新感受到荆棘抽在背上的那股力量时，第一反应并不是巨大的压力，而是一种近乎喜悦的心情。
　　就像是抛弃过自己的神，又返回到了原来的位子。

　　所有治愈系电影和励志故事中，不厌其烦地重复着一个主题：即使你失去了一切，但只要还有重新开始的勇气和毅力，那么你的人生，就还没有彻底失败。
　　她决定相信这个朴素的道理。

　　按照传单上给出的联络电话，叶昭觉直接拨了过去。

接电话的是一个甜腻的女声，带着一点刻意模仿的台湾腔，但并不令人反感。

"……我看宣传单上说，万元起家，一人即可操作，是这么回事吗？"

"这位小姐，是这样的哦，我们所说的万元是一个大概的数字，这笔费用仅限于加盟和技术传授哦。开店所产生的其他费用是不包含在里面的哦。至于是否单人操作，要取决于您的操作能力和精力哦。"

"这样啊……这个，风险大吗？"叶昭觉被那一连串"哦"砸得有点蒙，明明有很多问题想问又不知道如何问起，索性心一横，问出了最直接的这一个。

"如果是担心这个问题的话，我建议叶小姐您先去几个加盟商的店看看情况，并且品尝一下我们的饭团烧哦。相信您在观摩之后，会对我们的品牌更有信心哦。"

电话挂断之后，叶昭觉伸手一摸额头，才发现有一层薄薄的汗。

太久没有和外界进行正常交流了，她在无意识的状态下一直紧绷着身体，对比从前整天忙于工作时的敏捷伶俐，她必须承认，自己现在真的很没用。

夜长梦多，不能再这样举棋不定，瞻前顾后，她决定采纳那位客服小姐的建议，去踩点看看情况。

她洗了把脸，拍了点隔离霜和粉底，实在是受够了所有人都对她说"脸色不太好哦，气色很难看哦"，好像她们自己气色有多好似的！

女生出门必须要做的事情是什么？

如果问叶昭觉这个问题，她一定会马上回答你——画眉毛！

精心画完眉毛之后，其他就简单多了，刷刷睫毛膏，苹果肌上扫点腮红，涂个唇膏，就这么几个简单的步骤，已经足够令一个女生面貌全新。

自大学时期开始，她经常听到很多男生说自己喜欢不化妆的女生，这也就算了，可是最让叶昭觉痛心的是，有些女生，竟然——真的——相信了！

天哪！

她们难道不明白，这些阴险的男生其实只说了一半啊！

"不化妆的女生"全展开，其实是"不化妆但也很漂亮的女生"。

更何况一个女生究竟有没有化妆，化到什么程度，这些直男看得出个屁啊！

当初叶昭觉还在给齐唐做助理的时候，有天临时被派去给客户送资料。

毕竟要代表公司形象，那就尽量不要给公司丢脸，出发之前，她从抽屉里拿出一支备用的唇膏，大红色，涂上之后，整个人的气场立马就提升了。

可就在她要动身的时候，被齐唐抓住，好一顿训："去送个资料而已，不需要浓妆艳抹吧，你不是坚决反对职场潜规则吗？"

气得叶昭觉半天说不出话来。

　　刚巧苏沁从旁边经过，被齐唐顺手抓来做正面教材："苏沁这样清清爽爽就很好啊，还不快把嘴上的血擦掉。"

　　叶昭觉抬头一看苏沁，火眼金睛的她立刻看出来，这他妈也叫清爽?

　　眉毛、眼影、睫毛膏、高光、侧影、腮红一样不少，她只不过是没涂颜色艳丽的唇膏。

　　叶昭觉只沉默了一秒，接着就爆发了："齐唐! 你瞎了吧!"

　　当她想起这些事情的时候，忍不住轻轻笑起来。

　　那段日子里，虽然也曾被百般刁难，但毕竟也有过愉快的时光。

　　乔楚打开门，眼前一亮："啊呀，总算是活过来了! 你早就应该这样了，我跟你讲，放弃自我形象管理的女人，没有未来!"

　　叶昭觉没有时间在这个话题上做过多的延展，她急切地问："有空没，陪我去几个地方，现在就走。"

　　乔楚大叫一声："你自己打扮得这么漂亮居然不留时间给我化妆! 你要不要脸啊!"

　　但谁都知道，乔楚的好看，是不需要仰仗各种化妆手段的好看。

　　时间紧迫，她只来得及涂个防晒霜就被叶昭觉拖出了家门，可一路上偷偷瞄她瞟她的路人并不比往日她精雕细琢时来得少。

　　"是这里吧……"叶昭觉拿着记事簿，上面写着好几个地址，是客服小姐提供给她的，"她说是在商场的地下一层，我们下去看看。"

　　在来的路上，乔楚仔仔细细问了一遍情况，起先她以为叶昭觉是在开玩笑，直到确定是来真的之后，便立刻换上了一张严肃的面孔："我去买饭团烧，你去占位子。你的任务是要统计一个时间段内的人流量，有了数据，我们才可以回去好好研究一下这个事是否可行。"

那个瞬间，叶昭觉忽然意识到，乔楚可并不是个空有姿色的美女。

饭团烧买回来，她们一人捧着一个，一二三，一起咬下去。

两人瞪着对方，眼睛放出精光，咦，居然真的很好吃！

乔楚秉承着帮朋友就要帮到底的原则，吃了整整三个，到最后撑得话都说不出来了。

而叶昭觉也没时间说话，她像个小学生一样，眨巴着眼睛盯着饭团烧的柜台，口中念念有词："七，八，九，十……"

她们去了两家店，直到傍晚才回家。

乔楚挽着叶昭觉的手臂，抚摸着自己圆圆的小肚子，有种阔别已久的满足感，她感叹着说："人哪，在吃饱了的时候幸福感是最强烈的。"

叶昭觉本想问，你和闵朗在一起的时候没有幸福感吗，但她很快意识到这可不是个愉快的话题。

"咦，你等一下。"乔楚撒开手，闪进了路边的一家小店。

当她出来的时候，手里拿着一个小东西，冲叶昭觉晃了晃。

"这是什么？"

"计数器啊笨蛋！"暮色四合之下，乔楚笑得像一个精灵，"明天我们再去剩下的几家看一看，你拿这个计数，就不用自己傻乎乎地一个一个数啦。"

叶昭觉牢牢地看着手掌中这个四四方方的小盒子。

春天的傍晚即使起了风也不觉得寒冷，在她的身后，高远的天边有几朵小小的粉红云彩，路边盛开着许许多多她叫不上名字但也觉得丰盛美丽的花朵。

"加油呀。"她听见自己轻轻地咕哝了一声。

她忽然感觉到寒冬真的彻底过去了，在她的心里，万物终于复苏，开始重新生长。

◇3◇

开店这件事，起头容易，等到真正操办起来，叶昭觉终于明白为什么在徐晚来为工作室选址时，闵朗非要寸步不离地跟着她了。

因为，对一个女生来讲，真的太累啦！

为了找到合适的店面，叶昭觉几乎把 S 城跑了个遍，早出晚归比上班那会儿还勤奋，腿细了一圈儿，体重又减轻了几公斤。

最后在两家店面之间，她卡住了，不知该怎么抉择。

人流量大的那家，租金和转让费实在太高昂，但便宜的那家，她稍微掂量一下就知道了，恐怕回本都难。

果真是世事难两全。

她关在家里，拿着计算器来来回回地算账，算完才知道，刨去加盟费，再刨去基础生活保障之后，光想靠自己那点微薄的存款来开店，实在是太过勉强了。

记账本上的笔迹满满当当，租金、转让费、装修、设备、食材……

样样都是钱，并且，任何一个环节都不能省略。

眼看着计算器都快被她摁坏了，得出的结论就是，东墙拆光了也补不了西墙。

她静了静，知道此刻自己只有两个选择，要么放弃，要么求援。

放弃太容易了，只要撒手，跟自己说"老子不干了"，就可以了。

可是对有一些人来说，放弃，真的太难了，尤其是当它承载了你对生活所寄予的新的希望，这个时候，你能够轻而易举地放弃吗？

叶昭觉不愿意放弃。

那么，要向谁求助呢？她一边抠着手指甲，一边把自己认识的所有人在脑子里过了一遍。

换作从前，她根本不用这么费事去想要找谁当自己的债主，除了邵清羽之外，她也不可能考虑其他人。

可是现在……好尴尬啊，还是不要找清羽了吧。

绞尽脑汁搜罗了一圈，叶昭觉对自己的人生有了新的认识：第一，我朋友真少；第二，我认识的有钱人真少。

大概，也没有其他办法了，她只能硬着头皮，厚着脸皮去找乔楚。

乔楚一听叶昭觉的来意，尽管有点意外，但仍然没有迟疑："你需要多少？我得看看我够不够。"

叶昭觉说了一个数字，不算很吓人，但对经济状况大不如前的乔楚来说也不是一件特别轻松的事。

她没有马上答应，而是示意叶昭觉稍等，她要查查自己的账户。

叶昭觉握着玻璃杯子，因为不好意思而一直低着头。

她没有告诉乔楚的是，自己很感动，不是因为钱，是因为她的态度。

乔楚没有表现出丝毫推诿之意，也没有假惺惺地找一两个理由搪塞她，光是这份郑重，已经是超过金钱之外的礼物。

这不是一件小事，像晚上吃中餐还是西餐，这条裙子买黑色还是红色，口香糖要草莓味还是甜橙味，喝咖啡还是喝茶。

借钱给好朋友，这件事在生命中的比重仅次于婚丧嫁娶——稍微不慎，人财两失。

叶昭觉在心里暗暗地想，即使最后乔楚分文不借，这个交情也值了。

过了一会儿，乔楚合上电脑，说了一个数，比叶昭觉说的那个数字要略微少一点，她面有难色："要是换作从前，这点钱白送给你都不算什么大事，唉，真是今非昔比了。"

叶昭觉连忙摇头："足够了，剩下的我自己再想想办法，大不了找家里借点。按照品牌商告诉我的利润值，今年之内应该就能把这笔钱还给你。"

乔楚抱歉地笑了笑，眼睛忽然闪过一点灵光又生生停住了。

叶昭觉敏锐地捕捉到这一丝动静："你想说什么？"

"啊……没什么。"乔楚稍稍斟酌之后，决定把原本的那句话藏起来。

刚把加盟费交给品牌商，叶昭觉马上就被安排去了总店学习操作技术。

明面上是学习，暗地里其实还有免费帮工的含意。

总店位于一个车水马龙、常年拥堵的地段，几百米的距离开车却要花上二三十分钟，作为 S 城最时尚的街区之一，即使是在工作日的白天，也有令人叹为观止的巨大客流量。

鱼贯而出的年轻人，穿着最流行的服装，拎着价格不菲的包包，他们每个人脸上都有统一的表情，就是面无表情，个个都冷峻得仿佛下一秒钟就要登上 T 台走秀。

繁华而虚浮的青春，在这里遍地生长。

差不多和他们同龄的叶昭觉，穿着店内统一发放的工作服，系着印有饭团烧 Logo（标志）的围裙，马不停蹄地穿梭在工作间与客人之间，忙得连喘息的时间都没有。

到了可以稍微歇息片刻的时段，她会从店的后门溜出来，透口气。

不记得是从什么时候起，她也试着在特别疲劳或压抑的时刻，给自己点一根烟，一呼一吸之间，仿佛真的可以暂时缓解些许郁闷。

一天中白昼与夜晚交接的时段，霓虹灯早早亮起，她倚靠着路边一棵粗壮的梧桐树，带着一点百无聊赖的神情，看着那些五光十色的路人。

"为何这些人的面孔上，没有一丝生活的气息？"这个句子从她的脑子里冒出来时，她轻轻地笑了一下。

这个笑容里，有五分苦涩、三分羡慕、一分清醒，再加一分没心机。

末了，她伸了个懒腰，从后门溜回了店内。

而这个意味深长而又弥足珍贵的笑容，被堵在车里的齐唐完整地收入眼里。

他一直没有说起过，每每看见她露出类似的神情，他就会有一种不知从何而起的愧疚感，对比她一直跌跌撞撞的人生，他为自己的顺遂感到内疚。

叶昭觉，她的身上有一整个寒冬。

"你怎么来了？！"

叶昭觉端着餐盘按照座位号码走到客人面前，看到是齐唐，一时间没控制好音量，被店长狠狠地瞪了一眼。

齐唐穿了一件红色的毛衣，胸口处有一只小小的鹰，不久之前刚刚剪过头发，整体看起来显得比平时要小个好几岁，他漫不经心地说："顺路。"

叶昭觉偷偷摸摸地瞟了店长一眼，确定她没看到自己，转过来，冷着脸，压低声音："你赶紧走。"

"我为什么要走？"齐唐一脸假正经，"这是你的店啊？"

论起胡搅蛮缠，叶昭觉知道自己和齐唐从来都不是同一个量级，此时此刻这种情况，跟他硬碰硬也不是办法，只能先服软麻痹对方："你在这里，我会很尴尬的。"

齐唐收起戏谑，换了另一副表情："尴尬什么？你不是说，找到了工作会请我吃饭吗？"

"这不是一回事。"她知道一两句话解释不清楚，只想尽快从这个局面里脱身，"改天我找时间向你解释好吗？"

"你哄小孩啊？"齐唐拖长了尾音，"择日不如撞日，我等你下班呗。"

叶昭觉气结，又无心恋战，只好冲着齐唐比了一个手势。

齐唐又补充了一句："我主要是想问你，为什么你愿意向乔楚求助，却不愿意向我求助？"

他话音刚落，叶昭觉整个人如遭雷击——妈的！乔楚你出卖我！

她不是没想过齐唐可能会知道这件事，她只是没想到，他会知道得这么快，快得她还没有编出一个冠冕堂皇的，足以解释为什么自己没有请他帮忙的理由。

大脑一片空白之际，店长一声"小叶"拯救了她，她赶紧头都不回地蹿回工作间。

离下班还有三个小时，她如同鸵鸟一头扎进沙土之中，能躲多久，算多久。

打烊之后，叶昭觉换回自己的衣服，和同事们道别，其中一个姑娘用眼神指了指外面："有人在等你。"

她其实不用看也知道，齐唐这个人，说得出肯定做得到。

心里有点堵，她幽幽地叹了口气，忙了一整天，一边学习制作饭团烧，一边帮衬着店里的生意，白天还不觉得，到了这个时候，倦意像惊蛰时破土而出的虫豸，一点一点从骨头和血液里渗出来。

可是，就算这样，她也还不能回去休息。

从齐唐的表情来看，关于之前提出的疑问，他势必要得到一个明确的回复。

距离她上一次坐在齐唐的副驾驶，已经过去很久了。

叶昭觉记得，那个雪夜，她深一脚浅一脚地踩在雪地里，寒风灌满了华丽的裙子，从手指尖到脚趾，全身上下没有一处不是冷的。

想起那个夜晚，她叹了一口气，轻至不可耳闻。

"齐唐……"既然逃避不了，索性自己一头撞过去，"你关照了我太多，点点滴滴，事无巨细，我不想再给你添麻烦……"

她正说着，齐唐的手机响了，她立刻噤声。

齐唐拿起手机看了一眼，带着一点不以为意，直接摁了关机键："你继续说。"

"呃……你不接吗？"作为他曾经的助理，叶昭觉多多少少还保留了一点从前的惯性，"会不会耽误工作上的事？"

"让你说你就说。"言外之意，就算是工作上的事，又关你什么事？

不在其位，不谋其政，叶昭觉也知道这个道理。

她定了定神，把说到一半的话头捡起来想继续，可是她发现，即使没有这个突然来电，她要说的话也已经说完了。

于是，她很直白地强调了中心思想："没有什么不能启齿的苦衷和内情，很简单，我就是不想再麻烦你。"

齐唐一直没有流露出明显的情绪。

在很多事情上，叶昭觉对他的了解其实还停留在表层，她并不知道，他看起来越平静，事情就越不好收场。

"我饿死了，"他完全不接她的话，只管先说别的事，"两个饭团烧已经消化完了，你陪我去吃东西吧。"

"我不去，我累死了！！"叶昭觉一听暂时不能回家休息，整个人都炸了，"你自己去吃，我要回家洗澡睡觉，明天还要干活儿呢！"

"我们就去吃串儿吧！"齐唐根本没有和她对话，兴致勃勃地擅自决定行程，"我知道有一家川菜馆子，营业到早上六七点呢。"

"不去！！"叶昭觉气得快疯了，"你聋了啊！"

"是啊，聋了。"齐唐踩了一脚油门，完全不顾叶昭觉的歇斯底里，径直往目的地开去。

怀着满腔的怒气，拖着疲惫不堪的躯体，叶昭觉像人质一般被齐唐挟持到这家川菜馆子，一进门她才发觉，城市里不肯睡觉的人真多啊。

整个大堂坐得满满当当，无论男女都是一副情绪高昂的模样，这边刚叫着"服务员，拿菜单来"，那边立刻有人呼应"这里加个座"。

相对井然有序的白天，夜晚确实更容易勾起人类心底那丝丝躁动的、不安分的、放浪形骸的鬼魅。

对远离光怪陆离的夜生活的叶昭觉来说，这是她极少踏足的维度。

"我点完了，你看一下有什么你想吃的。"齐唐把菜单推到叶昭觉面前。

"我想吃个屁！"叶昭觉怒火未消，掀桌的心都有了。

齐唐撇了撇嘴："想吃屁啊？口味太重啦。"

"你去死！"叶昭觉狠狠地翻了个白眼，眼珠子都翻没了，"我怎么会认识你这种人！"

"我想——"齐唐把菜单递给服务员，转过头来对她笑得一脸人畜无害的样子，"应该就是我们中国人经常说的，缘分吧。"

她知道，自己其实是可以走的。

齐唐并不是那种非要强人所难的人，况且自己有手有脚，起身，出门，打车，很简单的几个步骤就可以直接到家。

可是，某种奇怪的力量把她摁在位子上，使她无法动弹。

算了，让他一次。

她暗自想着，毕竟欠他一点人情。

她不记得自己是怎么开始喝酒的，她甚至不记得桌上第一壶酒是齐唐叫的还是她自己叫的，她能够回忆起来的就是自己一杯接一杯，一壶接一壶，没吃几口食物，酒倒是喝了不少。

那种酒真好喝啊，带着一点梅子的清香，刚入口时就像糖水一样，微微甜。

几杯酒灌下去之后，她整个人变得轻飘飘的，火药般的脾气也没了，只是有点说不上原因的伤心，但这点伤心没有出处，非要扣个原因的话，大概就是——

她真的很困。

她越喝越多，越喝越委屈，嘴一瘪，讲话竟然开始略带哭腔。

"你是人吗？啊？"叶昭觉醉眼蒙眬里看齐唐，好一个蛮不讲理的衣冠禽兽啊，"你看看我，我还不够惨吗，没工作，没钱，没男朋友，一败涂地……我就想早点回家睡个觉，你还要逼我陪你吃消夜，你说你是人吗？"

她脑子里最后那根理智的弦已经断了，说话毫无逻辑可言。

齐唐啼笑皆非地看着眼前这个脸红扑扑的叶昭觉，一点酒精，卸去了她平日装腔作势的倔强，这个样子的她显得可爱多了。

"丧尽天良……"她说着说着，往桌上一趴。

齐唐瞠目结舌地看着她，这是他有生之年第一次看到一个人因为太想睡觉而哭起来了。

时间已经进入深夜，徐晚来独自一人在刚刚布置好的工作室里拆包裹。

这是她拜托国外的朋友寄来给工作室添色的一些小物件，复古的收纳盒、造型别致的灯具和摆件。

她隐隐约约有些兴奋，万事俱备，只等正式开业的那天，让这一切完美亮相于众人眼前了。

拆完所有包裹，她又将整个工作室环视了一圈，露出了一个骄傲的笑容。

这就是她未来几年要全力战斗的地方，是她将要一展壮志的王国，一切都将从这里开始，她的锦绣前程。

只有三天时间了，超量的兴奋和期待无处排遣，它们混合在一起形成一股巨大的力量，颤颤地在她胸口跳动。

一定要找一个人分享一下，她拿出手机开始翻看通讯录。

甲是她在媒体圈的一位朋友，早先已经承诺她会在开业之前为她做一个专访，但从对方微信朋友圈刚刚更新的内容来看，她似乎还在加班。

乙，最近在热烈追求她的一位青年建筑工程师，人还算好相处，但他老是喜欢讲与自己工作相关的事情，有点书呆子气，想想觉得可能会扫兴，还是算了。

丙，一位算是嫁入了豪门的女性朋友，但夫家门禁森严，这个点估计是出不了门的。

…………

思来想去，除了闵朗这位自由人士，好像也没有更合适的人选了。

"衣不如新，人不如故。"打车去白灰里的路上，徐晚来想起了这句老话，嗯，老话总是有它传承下来的道理。

　　夜风把她的头发吹得有点乱，妆也有点花了，但是一想到是去见闵朗，她就觉得这些细枝末节根本不重要。

　　她从出租车上下来走向 79 号时，脚步轻盈，快乐得像是回到了多年前还在学校念书的时候。

　　徐晚来的好心情，在看到乔楚的那一刻，立刻烟消云散。

　　她看到，乔楚依靠在闵朗的肩头，闵朗端着笔记本电脑，不知道在看什么电影，两人嘻嘻哈哈的，不知道在讲什么，笑完之后，闵朗还拍了一下乔楚的头。

　　四周忽然静了。

　　一股寒气顺着徐晚来的背脊往上爬，因为极度震惊，她一时间竟然不知自己到底该如何进退。

　　她拿不准分寸——我是否应该即刻转身，不要惊扰他们？

　　可是就在下一秒，莫名其妙而来的愤怒直冲上脑门——凭什么我要走？

　　该走的是乔楚！

　　情绪的洪峰破堤而出，她伸出手重重地叩门，手指关节用力敲打在木质门板上，发出空洞而强烈的声响。

　　"我好像来得不是时候？"她笑了笑，那个笑容充满了挑衅和讥诮。

　　闵朗一抬头，完全呆住了，他下意识的第一个动作便是，一把推开了乔楚。

　　慌乱之中，一只玻璃杯应声砸向地面，碎成无数片，将这个原本静谧安宁的夜晚划出千万道细碎的裂痕。

无比漫长的一分钟。

乔楚站起来，捋了捋头发，拉了拉衣服，瞥了一眼地上的碎玻璃。

这哪里是碎玻璃，这分明是她的自尊。

这是她生命里的一场重大灾难。

然后，她扬起手，当着徐晚来的面，干脆利落地给了闵朗一个耳光。

叶昭觉是被齐唐扛回公寓去的，她虽然昏沉，但并没有意识模糊，当她的头垂在齐唐肩头的时候她还在口齿不清地嘟囔着："不要你帮，我自己可以走。"

"我只是想省点时间让你睡觉。"不知是吃饱了还是其他缘故，齐唐终于开始用比较友好的语气和她说话了，"你放心，我把你送到家就走，不会占你便宜。"

叶昭觉还想说些什么，但在酒精和疲劳的双重作用下，她的舌头已经捋不直了，说什么听起来都是卷舌音，像那种刚学会说话的小孩，嘴里一顿咕噜咕噜，可什么也表达不清楚。

齐唐刚刚酝酿出来的那点温柔很快就用尽了："叶昭觉，你就闭嘴吧。"

到了 2106 门口，齐唐伸手在叶昭觉的包里找钥匙，他皱了皱眉，这甚至不算是包，只是一个比较高端的环保袋，里面叮叮咚咚一阵声响，杂七杂八的东西装了不少，钱包、卡包、文具盒、记账簿、面巾纸、润唇膏、护手霜、小镜子……应有尽有。

他翻了半天，终于在环保袋的底部翻到了那一把钥匙。

一把钥匙！

齐唐真有点不敢相信，一个成年人竟然只有一把钥匙，简陋得甚至连个像样的钥匙扣都没用。

这是他第一次真正进入叶昭觉的私人领地，尽管在他的安排下，房子里的洁净程度有过短暂的提升，但一段时间过去之后，效果已经不大看得出来了。

他把叶昭觉扔在了卧室的床上，原本就要走，忽然，又鬼使神差般地在沙发上坐了下来。

沙发的拐角处有一只暗红色袋子，尽管不显眼，但齐唐还是一眼就认出了这个牌子。

他有点讶异，女性对名牌手袋的热爱简直丧心病狂，她都快吃不上饭了，居然还花钱买包？他把纸袋拿起来，想看看款式，鉴定一下她的品位。

这时，包包里带出了一个小东西。

他盯着看了几分钟，很快，他明白了一切。

叶昭觉在迷糊之中，感觉到有一只手拿着温热的湿毛巾在替她擦脸。

是齐唐吗？她想问，可是睡意沉沉，她张不开嘴。

"为什么你总是要刻意跟我保持距离呢？"

叶昭觉听得出来，这声音的确来自齐唐，她想要回答他："因为我们原本就是存在于这段距离的两头。"

"我希望能够尽我所能，让你生活得轻松一些，你为什么不明白？"

她想说："我明白，但我不能够接受。"

"你有你的自尊，我也有我的。你在维护你的自尊时，就不能够稍
微考虑考虑我的想法吗？"
她想说："我们说的自尊，根本不是同一回事。"

睡眠是一个光滑无底的黑洞，她将自己全身交付于它，滑落其中，
一路下坠。

关于这个夜晚，她最后一丝残存的印象是，有一只干燥的手掌小心
翼翼地摩挲着她的脸颊，紧接着，有极为短暂的温热轻轻落在她干裂的
嘴唇上，随即立刻消失。

要等到很久之后她才会晓得，这就是她和齐唐的第一个吻。

Chapter 3

　　我是如此拙于表达，我所经历过的时间和万物，真正能够算作美好的……并不多，所以才会对你如此珍而重之。

即将开业的 Nightfall，暗合着徐晚来的名字。

每一件东西都摆放在它该放的位置，大到桌椅沙发，小到一本杂志、一只花瓶，一切看似随意，其实都经过徐晚来反复精心的调试。

在国外留学的那几年，她和身边一些热爱购物的女性朋友不太一样，大部分课余时间，她都用来跑设计博物馆、旧货市场以及各种设计展。

现在看来，那些时间毕竟没有浪费。

徐晚来靠在沙发上，十分满意地扫视着整个工作室，她的姿势是慵懒的，但姿态是高傲的，正如朋友们对她的评价——像一只充满灵异气质的猫。

"只有你知道，我盼望这一天到来已经盼望了多少年。"她幽幽地说。

闵朗没有吭声，只是伸出手去握住了她的手，在这个动作里，他表达了自己对她的所有理解。

099 Collapse of Mundane Life II

是啊，不会有人比他更清楚，深植于时光之中的她的理想她的梦。

这么多年，她步步为营，也可以说是破釜沉舟，为自己的追求，她已经付出了她所能够付出的全部努力。

"我记得你刚去米兰的时候，经常会在视频里哭。"闵朗想起这些的时候，心里有种很柔的东西在慢慢滋生。

徐晚来闭上眼睛，像是不愿意再提起那段岁月："是啊，那时候觉得很孤单，可是现在回想起来，只觉得很可笑。"

他知道她不愿意聊这个话题，对今时今日的徐晚来来说，因为孤单、寂寞、不适应新环境而哭泣的那些日子实在太羞耻了，也不值得回忆。

然而闵朗没有说的是：对于我，那是很珍贵的记忆。

虽然那时相隔万水千山，可是她对他怀有深沉的依赖和信任，所以纵然距离再远，他也感觉彼此亲密无间。

而现在她就坐在他的身边，他轻轻呼吸便可以闻到她身上散发出来的香水后调的淡淡馨香，可是他清晰地认识到，她离他已经很远，而且在往后的时间里，只会越来越远。

你在远方时，我离你很近，你在身边时，反而离我很远，这就是徐晚来和闵朗之间的相对论。

"你脸上这一道……没事吗？"徐晚来从闵朗手里抽回手，细细地抚过他脸上那道被乔楚的指甲划出的细长红印。

闵朗只是摇了摇头，并没有说其他话。

前一天晚上乔楚扇了闵朗一耳光之后，拎起自己的包，看都没看徐晚来一眼就走了。

　　目睹了那么尴尬的一幕，徐晚来也不好再留下来，紧跟着也走了。

　　"我×！你们都有病吧！"被遗留在 79 号的闵朗，虽然知道是自己活该，但还是不免有些窝火。

　　当时他并没有想到，就在次日晚上，徐晚来会邀请他来自己的工作室。

　　"我们有多久没有这样待在一起了？"闵朗猝不及防间，徐晚来脱掉了外套，钻进他怀里，两只手臂围成一圈钩住他的脖子，面孔凑上去，离他的脸只有几厘米。

　　连他自己都万分惊讶的是，他竟然脸红了："是很久了……"

　　他结结巴巴地回避着，她又凑近了一点，鼻息轻轻扑在他的脖子上。

　　"你现在喜欢上别人了是不是？"她直直地逼视着他，眼睛里有涟漪在晃动，这充满了委屈的语气并非假装出来的，她是认真地在问这个问题。

　　闵朗完全呆住了。

　　他们之间的关系，就连他们自己都说不清楚。

　　在她即将出国留学的前期，简晨烨曾经严肃地问过他："闵朗，小晚就快要走了，你真的准备什么都不跟她讲吗？"

　　闵朗记得自己当时选择了沉默，他不知道要怎么回答自己最好的朋友问出的这个问题。

　　事实上，他知道，即使自己真的对徐晚来说了什么，也无法改变她的决定，而即使他什么都没说，他不信徐晚来就真的什么也不明白。

　　一直以来，她心里清清楚楚，他对她的感情，她只是故意装作什么都不知道的样子。

人一生之中，非要说得明明白白的话，并不是那么多。

有一些人，十分的话他们一定会说到十分，而另一些人，他们宁可一分也不表达。

所以，当这么多年过去之后，徐晚来劈头盖脸地直面从前她一直回避的这件事——闵朗你是爱我的——对闵朗来说，这不仅仅是一个问题而已。

某种程度上，徐晚来终于肯诚实、坦白地面对他们之间的关系了。

"没有。"闵朗斩钉截铁地说，"我对你，没有改变过。"

就在他说出这句话的下一秒，乔楚的样子浮现在他眼前："那我呢？"

他忍不住叹了口气。他必须暂时忘记乔楚的存在。

此情此景之下，他非得这样不可。

徐晚来深深地凝视着闵朗，眼泪簌簌滚落，轻轻地砸在闵朗的胸口，却有雷霆之声。

她并不是在演戏，每一颗眼泪都酝酿了许久，她忍了一天一夜才让它们流下来。

在回国之前，她偶尔会从朋友们口中得知一些关于闵朗的消息，知道他现在有多风流无情，她甚至也想过，也许闵朗已经放下对她的执念了。

直到重逢的时刻，她看到他看自己的眼神，便心知一切如旧。

那些乱七八糟的女生，怎么可能和自己相提并论？她觉得自己也真是太不自信了。

但是"乔楚"——她记得这个名字。

在第一次听到这个名字的时候，她就察觉出了异样，这是个很大的威胁，尤其是在见过乔楚本人之后，她心里更加确定：这个女生不是普通的对手，她打定了主意要和我抢闵朗。

最让徐晚来感到愤怒的是，乔楚或许真的有可能做到。

"晚来，跟你想的不一样。"闵朗正式地向她解释，言辞十分诚恳，"错都在我，和其他人无关。如果你真的很介意，我可以跟乔楚讲清楚，你不要难过了。"

她想听的，就是这几句话。

徐晚来悬着的心渐渐回归原位，她的额头抵住闵朗的额头，耳语轻不可闻："我很想你，一直以来，我没有一天不想你。"

连她自己都听不出来这话里有几分真几分假。

无论她出于何种初衷，为了什么目的，包含了多少心机，在闵朗听到这句话的时候，他已经没有理智可言了。

他知道，她不是善类，但在当下这一刻，他愿意相信她所说的一切。

前方是悬崖，是深渊，是沼泽，你通通知道，但你对自己没有办法——你对这个长在你心里的人，没有一点办法。

两层楼高的玻璃窗正对着沙发，徐晚来伸手关掉了落地灯，满天繁星目睹着人间这一幕，众神静默不语。

他们在沙发上紧紧拥抱，互相亲吻。

就像多年前在 79 号的阁楼上，那个静谧无人的下午，徐晚来第一次在闵朗面前脱掉校服、衬衣，露出自己仅仅穿着白色吊带的瘦骨嶙峋的身体，抱住泫然泪下的少年，亲吻他悲伤的脸。

那是当时的她想到的唯一能够安慰到这个孤儿的方法。

若说她不爱闵朗，就连她自己也不会承认。

可是……

半夜醒来，她扯过沙发旁边一条毯子，裹住自己裸露的身体，去厨房倒水喝。

回到沙发前，闵朗在半梦半醒之间，揽住了她的腰肢。

"我爱你。"她听见闵朗喃喃地说。

"我也爱你。"她听见自己机械地说出这句话，在这个偌大的灰色空间里，她的声音冷漠、冷静、毫无感情，"真的，我真的爱你。"

可是——

可是，闵朗，我更爱惜我自己。

清晨的阳光从玻璃窗砸进室内，砸醒了一夜好眠的闵朗，他睡眼惺忪地看了看周遭环境，马上意识到这不是在他熟悉的阁楼，紧接着，昨晚发生的一切他都想起来了。

前所未有的狂喜充斥在他的胸腔里，他飞快地穿好衣服，一边叫着徐晚来的名字。

她早已经起来了，或者说，她这一夜几乎没有睡觉。

欢愉过后，她被一种巨大的空虚笼罩在其中，这是何其煎熬的一夜，思绪混乱，自己与自己互相拉扯，一时左一时右，上天入海辗转翻腾惊涛骇浪之中，她确实有过几个瞬间的迷失。

就在天开始微微发白时，她恢复了正常。

心底那一点点小小的火焰，被她亲手泼灭。

"二楼卫生间里有洗漱用品，你快去吧。"她指了指二楼，示意闵朗去进行个人清洁，而她自己一大早就已经沐浴过了，身上还残留着沐浴露的香气，"待会儿我们一起去吃早餐。"

她说得很客气，脸上一直保持微笑，并没有任何不对劲的地方。

尽管如此，闵朗还是怔了怔。

直觉告诉他，事情，或许与他预想的，不太一样。

在吃早餐的咖啡店，闵朗这一点隐约的猜测，得到了证实。

这么早的时间，咖啡店里还没什么客人，他们坐在露台上，一人点了一杯黑咖啡和一份三明治。事实上，这不是闵朗的饮食习惯，他完全是跟着徐晚来点的："我跟她要一样的就行。"

徐晚来的位子正对着太阳升起的方向，所以她理所应当地戴上了墨镜，因此在无形之中，两人之间的距离被拉长了。

闵朗咳嗽了一声，刚想要说什么，徐晚来便先开口了。

先声夺人，她必须如此。

"在什么时候发生的事情，就让它停在那个时候好了。"她端起咖啡杯，轻轻地抿了一口，"我们现在都长大了，有些事情，不必太过当真。"

寥寥数语，已经判了闵朗死刑。

早先胸腔里那阵狂喜，在短短的这一瞬间土崩瓦解。

闵朗的脸色在刹那间，无比阴沉，他盯着徐晚来，一动不动地盯着她脸上的黑色镜片，试图看透她隐藏于其后的真实眼神。

她没有再继续说话，只是专心致志地喝着咖啡。

如果她不是徐晚来……

　　闵朗觉得，如果眼前换成其他任何人，他都不会这么轻易放过她。

　　一个字都讲不出来，他心里剧痛着，这比乔楚扇他的那个耳光痛一万倍，可是他知道，已经没有必要再多说什么了。

　　"你慢慢吃，我先走了。"他起身，去柜台结了账。

　　不知道过了多久，徐晚来终于摘掉了墨镜。

　　她轻轻地抹掉了眼角那些许泪水，端过原本属于闵朗的那杯咖啡，一饮而尽。

　　辜伽罗从桌上拿起一只白色信封，朝简晨烨挥了挥，我可以看看这封 invitation（邀请函）吗？

　　最近她往简晨烨这儿来得越发勤了，相处了一段时间之后，她也不再掩饰自己对他的好感。

　　"噢，那是我一个发小寄来的，你看吧。"

　　白色的信封上只有一个单词——Nightfall，这是前几天徐晚来寄给他的，她还特意打了电话来威胁他说"敢不来你试试看"。

　　"是时装设计工作室呀……"辜伽罗把邀请函翻来覆去看了好几遍，忽然，灵光乍现，"你和她谈过恋爱吗？"

　　简晨烨正在喝水，差点呛死："怎么可能啊！我跟她认识都快二十年了，而且，我最好的哥们从小就喜欢她！"

　　"这样啊……"辜伽罗有些腼腆地问，"如果我也想去看看，方便吗？"

　　简晨烨脑子一时没转过弯来，或者说，以他的直线思维，根本没有考虑到他们那群人之间错综复杂的人际关系。

　　他当即应了下来："这有什么不方便的，一起去就是啦。"

"好啊！"辜伽罗眯起眼睛笑，像个小孩。

简晨烨和辜伽罗到场的时候，Nightfall 已经宾客云集，他们目光稍微扫过人群就能发现好几张平时经常在各类媒体上曝光的面孔。

不要说辜伽罗，就连简晨烨都暗暗有些吃惊。

没想到回国仅仅小半年时间的徐晚来，竟然有这么大的面子、这么广的人脉，可见她暗地里为今天已经筹谋了很长时间。

"来啦。"徐晚来抱着一只白猫，笑意盈盈地朝他们走过来，看见辜伽罗时，她有点吃惊，但又马上调整好表情，继续笑着问好，"这是……"

"这是我朋友，辜伽罗。"简晨烨略微有点尴尬，他没有料到，更大的尴尬还在后面等着他，"这是徐晚来，我最好的朋友……之一。"

"之一？谁在乎啊。"徐晚来撇撇嘴，又转向辜伽罗："那边有甜品师做的蛋糕和甜点，喝的也在那边，你自便。"

趁辜伽罗不在，徐晚来赶紧收敛起那已经僵硬了的笑脸，逮着简晨烨一顿骂："你是不是傻了？怎么带了女伴来？"

简晨烨一脸茫然——有什么问题？邀请函上又没标注不得携伴参加。

徐晚来简直要被他的迟钝气死了："我又不是只给你发了邀请函！你前女友也有啊！"

直到这个时候，简晨烨终于明白自己做了一件多么愚蠢的事。

他怔怔地望着不远处的辜伽罗，脸都快绿了。

怎么办，刚来就走吗？这也说不过去啊。

但如果不趁着现在走，待会儿真要撞上叶昭觉，岂不是更尴尬？

就在他手足无措之际，正对着他的徐晚来表情变得十分微妙。
他转过身去，看到了他做梦也没有想到的一个画面。

此刻，闵朗站在门口，但他不是一个人来的。
他的身边，是叶昭觉。

时间倒退到前一天，闵朗接到叶昭觉的电话，在电话中，她将他骂
得狗血淋头。
"你知道我也不是道德感多强的人，这些年你怎么玩，作为朋友，
我从来没多过嘴。可是你他妈的……你……"叶昭觉顿了顿，声音压得
有点低，"闵朗，你这样对乔楚，你自己心里真的过得去吗？"

从徐晚来处承受的差辱，闵朗还没有消化彻底，又被叶昭觉一顿狂
批，他心里的苦闷顿时成几何倍数增长。
"我会找个时间好好跟乔楚谈一次。"闵朗疲倦地说，"她恨我是应
该的。"
"闵朗，乔楚什么也没有跟我说。"叶昭觉原本是去找乔楚商量，开
店的前期能不能请她过来帮忙收银，结果就发觉她情绪不对劲，不用说
了，肯定跟闵朗有关。

叶昭觉的声音又低沉，又嘶哑，于是讲出这句话的效果与往常完全
不一样："你不要欺人太甚啊。"
闵朗心里一颤。

闵朗忽然理解了乔楚像鱼一样一次次从他身边溜走，又一次次随着水流的方向回到他身边的原因。

他不想让人认为他太认真，玩不起，乔楚也一样。
他深爱着一个冷血的人，乔楚也一样。
徐晚来对他有多残酷，他对乔楚也一样。

当我清晰地意识到在与他人的关系之中，我有多么微不足道，我才真正理解了在你与我的关系中，你曾做出多少退让。
只有我看清了自己的卑微，我们之间才终于获得了平等。
在这一刻，乔楚不知道，闵朗自己也不知道，他们的关系发生了本质的变化。

"昭觉，明天你跟我一起去，我们露个面就走好吧？"闵朗在挂电话之前，向叶昭觉提出了这个请求。

此刻，Nightfall 的门口，他们四个人僵硬得就像四个木偶。

叶昭觉怔怔地看着简晨烨，她的表情难以捉摸，像是意料之中，又像是完全没有料到。
闵朗漠然地与徐晚来对视着，他们一夜缠绵过的那张沙发，此刻就在工作室的中央，满堂对此毫不知情的陌生人在它周围穿来绕去。
简晨烨在这一刻，陷入了究竟是承接叶昭觉的目光还是望向辜伽罗的两难选择。

上一次他们四个人这样整整齐齐、一个不少地出现在一起，已经是很多年前的事了，久得在场的每一个当事人都感到恍惚和心酸。

那短短的几分钟，工作室被割裂成两个平行的空间，他们身处其中一个，其他所有人身处另一个。

其他人色彩斑斓，只有这四个身影是黑白的。

最先回过神来的人是叶昭觉，她朝徐晚来走近了一步，这个结界便在瞬间被打破了。

"说恭喜好像也不太对，不过还是恭喜你啊。"随着叶昭觉开口说话，其余三个人也恢复成了自然状态。

闵朗和简晨烨多日不见，又怀揣着各自的尴尬，趁着机会，赶紧互相推推搡搡地闪去了一边。

徐晚来望了望远处的辜伽罗，她有点担心，想要替简晨烨挡一挡，但叶昭觉对她摇了摇头："我进来之前，已经从窗外看到了。"

末了，她又加了一句："我早就知道了。"

徐晚来有些于心不忍："他们只是朋友……"她的话并没有说完。

叶昭觉果断地打断了她："我没有那么脆弱，也没有那么不讲道理，既然分手了，彼此都是自由的，我不会，也不可能要求他一直爱着我。"

叶昭觉说者无心，徐晚来却听者有意，她觉得自己被嘲讽了。

她不自然地笑了笑，旋即转去了一堆媒体朋友围成的小圈子，扔下了叶昭觉一个人。

简晨烨和闵朗避开屋内嘈杂的人群，来到庭院里。

"我真没有想到，小晚还蛮厉害的。"简晨烨依然沿用了小时候对徐晚来的称呼，他拍了拍闵朗的肩膀，"你怎么死气沉沉的？"

闵朗没有解释缘由，点了一根烟叼在嘴上，岔开话题："你挺做得出来啊，明知道昭觉会来，竟然还带个姑娘。"

简晨烨被他激得话都说不利索了："我……我他妈真不知道昭觉会来，就算小晚请了她，依她的性格也不见得会来……"

说到这里，他像是终于想起什么了："你怎么会和她一起来？"

"噢……"闵朗朝着天空的方向吐了一口烟，"我让她陪我来的呀。"

从庭院望向满室的衣香鬓影，徐晚来笑靥如花，春风得意马蹄疾，她终究是做到了。

但这个精致的、有一点虚伪的、在社交场上游刃有余的徐晚来，让闵朗感觉非常陌生，记忆深处那个沉默寡言、不合群的白衣少女，似乎已经被凝固在时光的琥珀之中。

现在，她所身处的环境，他是理解不了了，甚至连靠拢和参与的资格都没有。

看她的样子，也没有打算邀请他来自己的新世界——他连她什么时候请的助理，助理叫什么名字，她又是什么时候开始养猫的……通通都不知道。

"我要走了。"闵朗把烟蒂摁灭在庭院的垃圾桶里，低头给叶昭觉发了个信息：我们走吧。

简晨烨心一沉："这就走？"

闵朗笑了笑："你应该谢谢我，新欢旧爱撞在一起这么尴尬的事，哥们替你解围了。"

待在一大群不认识的人中间，叶昭觉既无聊又焦躁，果汁已经喝了四五杯，闵朗的暗号终于来了。

手机提示音一响，她如蒙圣眷，赶紧逃命似的从里边溜了出来。

可是，还有一关要过。

闵朗识趣地走开了几步，简晨烨勉强自己笑了笑，那笑容就像是有人硬用手在拉扯他的面颊。

叶昭觉吸了吸鼻子，她不是没有话想要对他说，可是又能从何说起。

声讨他？分手才多久你就交了新女友，我们过去那些年算什么？

或是含沙射影讽刺他？从前不知道你喜欢的是这种类型，耽误你那么长时间。

也可以不用言语刺激挖苦，无视他，当作不认识。

…………

但以上都不在叶昭觉的考虑范围之内，尽管在刚到场时，她确实被那一幕刺伤自尊，但冷静下来思考，简晨烨有他选择的自由。

对自己真正爱过的人，内心始终怀有悲悯。

正因为她理解这一切，所以，即便她那么气闵朗，却也还是和他一起来了。

"我猜到你今天应该会来，所以把这个带给你。"

她从包里拿出一个白色的小信封，里面是那张被简晨烨不慎遗忘的宝丽来照片。

这张照片，他在自己的行李箱里翻过很多次，各种边边角角，每本书的夹页都没有放过，就是不见踪迹。有那么一两次，辜伽罗提出想再看看这张照片，他都故意岔开话题去说别的。

他一直以为，这张照片，自己在巴黎时已经弄丢了。

他想破头都没有想到，竟然会遗落在送给叶昭觉的礼物里。

接过那个小信封时，简晨烨的手都在抖。

"你从来都是这么丢三落四的，以后重要的东西，还是妥善保管吧。"叶昭觉轻描淡写地说着话，心里却疼得厉害。

简晨烨想解释，却一句话都说不出来。

这时，辜伽罗也出来了。

她刚叫了一声简晨烨的名字，随即便看见一个陌生的女孩子与他面对面站着，两人的表情一看就是旧相识，而且，气氛完全不同于简晨烨和徐晚来照面时那种轻松随意。

他们都带有若有似无的愁容，像是找不准节拍，老踩到舞伴的脚。

她的目光往下偏移了一点，就这一点，她全明白了。

她想收声，还想躲，但什么都来不及了，她只能呆呆地站在那里——任凭简晨烨和那个陌生的女孩子，同时望向自己。

◇2◇

邵清羽刚踏进车行的门，立刻被一群热情活泼的年轻人团团围住，不住地听见他们起哄"谢谢嫂子请客"。

她一看，原来她为大家叫的外卖比她本人要先到达。

小小的车行里终年充斥着机油气味，此时又混合了各种食物散发出的香味。

邵清羽下意识地皱了皱眉，幸好自己今天用的这款香水留香相当持久，风吹了一路依然清晰可闻，否则她混在这些发腻的气味中，非得呕吐不可。

她喜欢汪舸，也喜欢汪舸常年跟机械打交道而培养出来的男性气质。

但汪舸的工作环境……她实在做不到爱屋及乌。

汪舸在人群之外对她微微一笑，笑容中包含着些许感激。

有一个慷慨阔绰的女朋友，他在兄弟们面前确实比从前更有面子，而邵清羽本人的虚荣心也因此得到了强烈的满足。

叽叽喳喳的一群人很快把注意力投去了美食那边，汪舸这才顺势把解脱出来的邵清羽拉进了车行里面的小屋子。

这是一个十几平方米的房间，一张行军床、一张小沙发、几块看不出本来颜色的毛毯，车行里谁不回家谁就睡这里。

屋子里乱七八糟，堆满了各种汽车杂志和邋遢衣物，找个下脚的地方都难。

邵清羽站在门口没动，汪舸知道她心里是在嫌弃，但他也懒得开口，大刀阔斧地将沙发上的东西扫进角落，又拍了拍灰："坐吧。"

邵清羽依然在犹豫——她今天穿的这件风衣可是新买的。

"男人们生活的地方就是这样的，下次你要来，我提前收拾，行吗？"

汪舸算是个好脾气的人，但有些时候，就连他也觉得受不了邵清羽。

　　到底不像小时候谈恋爱那么不懂事了，邵清羽也知道自己过去一贯不给男朋友台阶下的毛病是恋爱大忌，于是，尽管她心里还是不愿意，但也勉强自己坐了下来。

　　"上次我跟你讲的那件事，你怎么想的呀？"再次提起这个，她也觉得很不好意思，可一时间又不能将实情坦白地告诉汪舸。

　　汪舸在衣服上擦了擦自己的手，刚刚分比萨时没来得及去洗。他揽住她的肩膀，替她把额前一缕头发撩到耳后，亲了一下她的脸。

　　"这不是一件小事情，我们还是应该从长计议，当然，"他知道最重要的这句话一定得强调一下，"我是很爱你的。"

　　"很爱我怎么你不肯和我结婚？"邵清羽腾地一下站起来，冲汪舸吼道。

　　屋外嘈杂的声音静止了几秒钟。

　　汪舸闭上眼睛，叹了一口气，回头又要被兄弟们揶揄了。

　　对汪舸原本平静的生活来说，"结婚"这个提议是一枚重磅炸弹。

　　那天晚上，他们约会完，准备分头各自回家时，在地下停车场，邵清羽忽然对他说："我们结婚好不好？"

　　他脑中即刻升起一朵巨大的蘑菇云。

　　在他们的交往之中，他不是不认真对待她，更不是没有想过彼此的未来，但"结婚"这样一件需要慎重考虑的事情，邵清羽提得未免太过草率。

　　"我们对对方的了解还不够深。"汪舸记得自己当时是这样回答邵清羽的，他错愕极了，惶惶之中说了一句大多数人都会说的套话。

邵清羽非常不满，但她告诫自己不要轻易动怒，要耐心地说服汪舸："你是个简单的人，我也是，虽然脾气差——"为了表示诚意，她不惜拿自己最大的缺点开刀："但我也不是完全不讲道理的人。至于了解，人生漫漫几十年，哪一对夫妻敢说自己百分之百了解对方呢？"

汪舸哑然，她平时很少这样严肃正经，可见此事在她心里的分量有多么重。

但他还是觉得太突然了，只能先硬着头皮安抚她："你是女孩子，这件事本应该由我主动提出……"

邵清羽急忙打断他："这个时代，谁还在乎这个啊！"

"我在乎。"汪舸静了片刻，决定坦率地说出自己的感受，"清羽，你给我一点时间，我仔仔细细想一想。"

面对汪舸的回答，邵清羽不是不失望的。

但纵然如此，她还是同意了——你想想吧，过几天我们再谈。

"我认真想过了，以我现在的条件，远远不够让你过得幸福，你知道的——"汪舸露出了既无奈又自嘲的笑，"我什么都还没有。"

邵清羽推了他一把："我有啊！我什么都有啊！"

她还是和从前一样，搞不懂自己的男朋友为什么老是要拿这个理由应付她，她从来就不见齐唐的女性朋友们会拿这种愚蠢的借口拒绝他的任何要求。

邵清羽气得直叫："不公平，这个世界真是太不公平了。"

是不公平，汪舸心里说，我也觉得不公平，但是我们的参照标准完全不一样。

他知道这是邵清羽的爆点，如果他没有处理好，很可能会引发一场大战。

"清羽，你跟我老实讲，到底出了什么事？"汪舸毕竟年长她几岁，他不是傻子，在现实社会中摸爬滚打了这么些年，他确信事出必有因。

"没有，我就是喜欢你，想和你天天都在一起。"邵清羽犟着性子，虽然话语之中确实有所隐瞒，但又字字属实，"我已经和自己讨厌的人在同一个屋檐下生活了这么多年，现在我想和自己喜欢的人一起生活。"

她说这些话的时候，并没有看着汪舸，而是转过身去假装看贴在墙上的摩托车海报。因为在她自己听来，这些话也未免太过隆重和矫情了。

出于羞怯，她没有再继续说下去。

汪舸半天没有动作，他怔住了，邵清羽给了他一个完全无法反驳的理由，这个理由当中有感情有道理，无懈可击，他唯一能够做的事情就是对此全盘接受，并且相信她所言非虚。

可是，在这个世上活了这么多年，他的经验告诉他，或许还有些别的什么，邵清羽没有说。

他站起来，去抱邵清羽的姿势，极为小心翼翼，生怕某个细节冒犯了她的禁忌，招致她的反感，然而邵清羽在这个时候也不再管自己的名牌风衣，她牢牢地箍住汪舸的脖子，把头埋在他的胸口。

"我们结婚好不好？"她又一次这样问他。

"清羽……这样吧，"汪舸下定决心，"周末你跟我回趟家。"

　　他历来不善言辞，又习惯了迁就邵清羽，况且她还是这样牙尖嘴利的角色，如果仅仅寄望于言语就能让她打消结婚的念头，这显然是不切实际的。

　　此番情形之下，汪舸想出了最后一个方法，带她回家去见一见家里人，让她亲眼看一看自己家里的境况。

　　他自我安慰着：到那个时候，她大概连门都没进就会反悔了吧……

　　但如果——他又想到了另外一种可能性，微乎其微的那种——如果她在见过他的家人，看过他家中的真实情况之后，依然坚持要和他结婚呢？

　　这时，他听到自己脑中另外一个声音：如果她真的这么爱你，那么，为什么不呢？

　　如果要用考试来打比方的话，叶昭觉认为徐晚来装修 Nightfall 的架势是托福，而自己筹备小店的过程只是一场小学到初中的普通升学考试。

　　尽管这样，小学生叶昭觉在这场测验里，还是被折腾得晕头转向，寝食难安。

　　和乔楚商议之后，叶昭觉最终选择了那个租金和转让费较高，但人流量大的店面，希望能够如业主所说的那样："这可是个旺铺，你很快就能把本金赚回来的。"

　　前任租客是一对中年夫妻，共同经营一家规模不大的精品店，卖的都是些平价的女孩子喜欢的小玩意儿，也顺带着卖点文具和简易体育用品，总而言之就是一家杂货铺子。

　　但他们告诉叶昭觉："你可不要小看这些东西，我们夫妻俩这些年就是靠着这个小店把孩子供出来的，小姑娘你好好做，能挣到钱的。"

"那就借您吉言啦。"叶昭觉因此信心大增，仿佛已经看到银行户头上的数字唰唰上涨。自己顺利还清债务，重获自由身。

个把月的时间过去之后，她在总店的学习顺利结束，终于不必再白白付出劳动力。

剩下的事情就是购买设备和装修店面，丁零当啷又是大半个月的时间，当一切办妥之后，叶昭觉和非要帮忙的乔楚都累得几乎不成人形。

"乔楚，我对不起你啊。"临近开张之前，叶昭觉亲自动手在家做了顿饭，把乔楚请过来，真心实意地向她道谢。

乔楚坐在餐桌前，一手拿一根筷子敲着碗，发出欢快的声响："自己人不说这么见外的话。你做饭给我吃，这么大的人情，为你赴汤蹈火都是应该的。"

文火慢炖一锅汤，现代社会，还有几个年轻人具备这份情怀？
就像邵清羽说的那句话："这个时代，谁还在乎这个啊！"

宴请朋友，只需要带上钱或卡，找一个还算过得去的餐厅，点上一大堆像模像样的菜，推杯换盏，讲几句场面话，末了买个单，满桌狼藉只管扔给服务员。

但叶昭觉没有这样做。

她像二十世纪八九十年代的人们那样，为了招待朋友，也为了表达自己的感激之情，她清早起床去买最新鲜的食材，每一片菜叶都亲手洗净，花费整个上午的时间，做出几道家常菜。

乔楚已经不记得自己有多少年没有受到这般礼遇，放下碗筷，内心有万千感慨。

"前不久，我见过闵朗。"叶昭觉缓缓地说。

叶昭觉知道这段日子以来，乔楚并不像看起来的那么轻松，她很用力地在装，装不以为意，装什么事都没发生过。在店铺里盯着装修工人贴墙纸、摆桌椅时，她表现得特别活泼，就连说话的声音都比往常要响亮。

但是，叶昭觉默默地旁观着她，这种"不动声色"太不自然了。

听到闵朗的名字，乔楚漫不经心地"哦"了一声，随即又问："你洗碗还是我洗碗啊？"

见乔楚顾左右而言他，叶昭觉适时收声。

"还是你洗吧，我最烦洗碗了！"乔楚咧嘴一笑，"回头挣了钱，给你买个洗碗机，彻底解放你的双手。"

乔楚分明是不愿意提起闵朗这个人，如此叶昭觉也不好再多嘴，两人又把话题扯到了店铺上。

这一下，乔楚明显兴致高涨："昭觉你知道吗，你现在是小老板娘了哎！你知道有多少女生到了我们这个年纪会想要开一家属于自己的店吗……前期肯定会很辛苦，不过你不用担心，只要我没其他事情就会去店里帮你的忙，你看我这么漂亮，一定能为你招揽不少生意！"

叶昭觉被乔楚的热情感染得十分亢奋，转瞬间便把儿女情长那些事通通抛至脑后。

她从来没有过这种感觉，一种新奇的，认为未来充满了诸多可能性的强而有力的力量在血液里蹿腾，生平第一次，她知道了不为任何人，只为实现自己的目标去做一件事的感觉有多么好。

她第一次开始正视"自我价值"。

因而在她猛然回望从前一心为了爱情而活着的岁月时，发现了那是多么荒唐。

随着时节变迁，天亮得越来越早。

开业的那天，叶昭觉比闹钟还早醒十分钟，她精神抖擞得就像灌了好几杯黑咖啡。

她打开衣柜，挑了一件姜黄色的连身裙，再披上一件灰色的针织外套，然后坐在梳妆台前开始认真化妆，这是她的 big day。

涂隔离霜，上粉底，她的指腹轻轻地拍打着面颊，手势如同弹奏钢琴。

眼角、鼻翼、发际线这些容易被忽视的地方更要留神。

柔软的大刷子蘸上散粉在空中先抖几下，然后才能上脸定妆……

这些略微生疏了的技艺，又重新派上用场。

出门时，一种说不清缘由的力量，驱使她回头深深凝视 2106 这个门牌号。

她上一次这样凝视它时，是刚搬进来那天，至今她还清晰地记得那天的心情，就像是阳光从乌云的缝隙中照射下来。

她笑了笑：我再也不会那么幼稚了。

她没有想到，开业这天，小店迎来的第一位客人竟然是熟人。

"我要四十个，带走，不着急，你慢慢做。"

这个声音一定在哪里听过，叶昭觉抬头一看，脑子里"嗡"的一声，脱口而出："我 ×！苏沁！"

多日不见，苏沁依然是典型的 OL（白领女性）扮相，鱼骨辫，清淡妆容，黑白套装，高跟鞋，挽一只 Prada 杀手包，半是嗔怪半是嬉笑："你真是没良心，辞职之后完全不和同事们联系。"

叶昭觉被数落得有点惭愧，一边忙着手上的活儿，一边跟苏沁聊天："是我不对，我向你道歉，不收你的钱。"

"哎哎哎，你疯了吧，四十个你都不收钱？再说了，不是我的钱……"苏沁翻了个白眼，心想叶昭觉有时候也真是够蠢的，"齐唐派我来的。"

叶昭觉怔了怔，这才反应过来，如果不是齐唐的意思，苏沁怎么会知道自己开店的事。

这么一想，她忽然扭捏起来："这样……不太好吧。"

"你干吗停下来呀？全公司的人都等着我呢。"苏沁啧了一声，配合着跺了一下脚，"你打开门做生意，难不成还要挑客人吗？"说罢，她拉过一把椅子，大摇大摆地坐下来，十足的监工派头，"不准发呆，快点干活儿。"

齐唐猜得一点都没错，叶昭觉果然想要推托。

幸好齐唐事先叮嘱过苏沁，不管叶昭觉怎么样，一定要把这四十个饭团烧买回来。

苏沁记得齐唐在办公室里重复着强调了好几遍："我不管你用什么办法，一定要让她收钱，她要是不肯，你直接揍她都行。"

临走之前，齐唐又补充了一句："大家的午餐就拜托你了，要是买不回来……这么多人，都归你请。"

虽说是玩笑话，但苏沁还是很不爽："齐唐也太他妈偏心了，改天我不高兴了，也辞职出去自己创业，倒要看看他是不是也这么关照我。"

话音刚落，她的头顶就被暴了个栗子："光天化日之下，竟然当众讲老板坏话，胆子很大嘛，苏沁。"

除了齐唐，还会有谁？

叶昭觉冷汗涔涔，这是第一单生意，俗称开门红，原本就压力巨大，更没料到齐唐会亲自跑来，这一下她整个人都开始轻微发抖了。

"你忙你的，不用管我们。我是看苏沁去了这么长时间还没回公司，特意过来看看情况。"齐唐欲盖弥彰地说。

苏沁可不是好欺负的角色，她瞪大双眼怒视着齐唐："你讲话要凭着良心啊，我才出来多久啊！"她抬起手腕冲齐唐指了指手表，"四十分钟都不到！路上不要花时间吗？"

没有给齐唐反驳的机会，苏沁又补上一脚："你想叶昭觉就直说。"

"你们……"叶昭觉背对着他们，不敢转过自己通红的脸，"你们，给我出去等！"

四十个饭团烧做完并打包好之后，叶昭觉终于从先前那种尴尬的情绪中解脱出来，这时距离正常的午餐时间已经过去快一个小时了。

"不好意思啊……"她又陷入了新的尴尬，"太紧张了，手还比较生，耽误你们这么长时间，钱就别付了，算我请同事们好了。"

"那怎么行！你傻啊！"苏沁和刚巧进门的乔楚异口同声说出这些话。

苏沁听到声音，回头一看，心里暗暗叫了一声"哇哦"——乔楚今天显然是精心打扮了一番，要的就是这种刺瞎别人双眼的效果。

"你是开店还是做慈善呢？"乔楚把包往工作间里一扔，毫不客气地指责叶昭觉，"还想不想挣钱了你？"

苏沁也在一旁帮腔："就是说嘛，你跟齐唐客气什么，他啊……"边说边拿眼睛瞟自己的老板："他上周才买了一辆新车呢。"

"啊，你也来啦。"乔楚故意装作一副刚刚看见齐唐的惊讶模样，"蓬荜生辉啊。"又转过去朝叶昭觉使了个眼色："收他双倍的钱。"

古灵精怪的乔楚、伶牙俐齿的苏沁，在这两位的衬托下，叶昭觉显得更加笨拙。

齐唐笑了一下："苏沁，快付钱走人，晚点还要开会。"

叶昭觉长长地呼出一口气："终于走啦。"

身体像是从冰箱冷冻室里拿出来的解冻的肉类，在高温下慢慢软化，渗着极为细小的水珠。

这无比漫长的一个多小时终于过去了，她没有跟齐唐多说一句话，甚至连眼神的交会都没有。

乔楚冲她扬了扬手里的钞票，眨了眨眼睛。

叶昭觉笑笑，注意力却在别的事情上，她的心思，与那四十个饭团烧一起，被装进纸盒，又被塑料袋系上，随着苏沁的手被拎着上了齐唐的车。

"叶昭觉那个朋友真漂亮啊。"在回公司的路上，苏沁忍不住要表达对乔楚的惊艳，"你觉得呢？"

齐唐专心致志地开着车，没有答话。

苏沁贼心不死，继续得寸进尺："比你之前的女朋友们都漂亮，老板，难道你没看上人家吗？"

齐唐嗤鼻一笑："我是那么肤浅的人吗？"

他做梦也没想到，苏沁是这样回答的："你当然是啊！"

她到底是老职员了，齐唐心里默默流泪。

苏沁跟老板讲起话来完全没有禁忌："不只齐唐创意，其他公司有很多人也都知道呀，大家都说，齐唐的女朋友一定要达到四个硬性指标啊——貌美、胸大、腿长、肤白……哎哟我 ×！"

苏沁这几句话弄得齐唐差点闯了个红灯。

刹住车之后，他恶狠狠却又疑惑不解地望着苏沁，问道："真的？"

苏沁愣住了，她以为自己说错了话，闯了祸。

可是接着，齐唐的脸上变换成完全相反的表情，他不再追问苏沁，而是转过头去看着道路前方，神情愉悦。

没有人知道这一刻他在想什么。

四个硬性指标，除了皮肤苍白也可以勉强纳入"肤白"之外，叶昭觉几乎全不合格。

她可怜兮兮的 B 罩杯——齐唐想起当初亲自面试她时的情形，忍不住又笑起来。

还有，她最多算是中等偏上的姿色吧，几乎从不穿短裙的着装习惯，想必也是因为没有美腿可秀。

是啊，按照大家对他的女朋友的评判标准来看，与叶昭觉实在是南辕北辙啊……

可是这种莫名其妙的开心是什么原因？

他想起了中学时候，有一次考试前夕天天看漫画，根本没有复习。到了考场上，有把握的题全做完之后，没把握的题，他全靠丢色子。

可就算这样，那次考试他还是拿了第一，气得第二名差点撕掉试卷——凭什么你侥幸都赢？

他说不上来这两件事情之间有什么关系，只是那种心情太过相似了。

成年之后，齐唐一直信奉着一个准则——只做"有用"的事情。生命短暂，不应当在无谓的事物上花费不必要的时间和精力。

然而他为叶昭觉做的很多事情，细想之下，却并没有什么意义。

可是……他转念又一想，他为叶昭觉做任何事情都觉得高兴，这么说来，"让自己高兴"大概也算是一种意义吧。

他一边想着这些，一边给叶昭觉发了一条信息：过两天一起吃个饭呗？

叶昭觉握着手机稍微考虑了一下，简短地回了两个字：行啊。

之后，她把手机暂时扔进抽屉里，开始接待下一位客人。

由于自己的不慎，让叶昭觉和辜伽罗在 Nightfall 撞上了——

这段时间，简晨烨一想起这件事就忍不住深深自责，他不是不善于处理这种事，他是完全不会处理这种事。

那天如果不是闵朗救场，一把揽住叶昭觉往外走……

简晨烨不忍回想自己当时应该怎么办，反正一定会把局面弄得更难看就是了。

叶昭觉他们走了之后，辜伽罗也没了兴致，她就是那种连装都懒得装一下的个性。

"没意思，我走了。"她连包都没背，两手插兜，潇洒利落。

那天之后，她没再主动联系过简晨烨。

他给她发过几次信息，也打过一两个电话，以他含蓄沉闷的性格来说，能够做到这个程度已经算是相当有突破了。

可是辜伽罗的手机始终保持关机状态，于是在相当长的一段日子里，她从他的生活中彻底失踪了。

电话再打通的那天，简晨烨根本没有做好心理准备，当他回过神来意识到那头传来的不是机械化的声音时，已经来不及了。

"什么事？"辜伽罗若无其事，对自己消失的这一段时间只字不提，"你找我啊？"

"啊……嗯……那什么……"简晨烨一时间厘不清思路，脱口而出的就是，"你在哪儿呢？我挺担心你的。"

"啊？"辜伽罗愣了一下，"我在相亲啊。"

…………

"我现在过去。"

到了辜伽罗所说的那家茶馆，简晨烨在门口犹豫了几秒钟，心理建设完成之后，他推开门走向了辜伽罗所坐的那一桌。

一阵子不见，辜伽罗倒没什么变化，依然散发着酷酷的少女气息，吊着眼睛看简晨烨："你来干吗啊？"

简晨烨没有和她啰唆，直接在她旁边的位子上坐下，看了一眼对面的，她所谓的"相亲对象"。

那是一个面目模糊的中年男性，普通的长相，普通的着装，普通得让人连攻击他的兴趣都没有，当他走在大街上，立马就会融合在人堆里。

从他的表情和坐姿来看，大概早就想告辞又苦于找不到理由。

正好简晨烨来了，他像是看到了救星一样，慌慌张张地站起身对辜伽罗说："你约了朋友啊，那我就先走了，再联络。"

他几乎是跑着离开的。

只剩下他们俩了，辜伽罗开始咯咯笑，她拍着简晨烨的肩膀："他肯定特别感激你，哈哈哈。"

简晨烨不动声色地把她的手扫下去，一本正经板着脸："你这是什么状况？"

"什么什么状况？"辜伽罗明知故问，"相亲呗。"

简晨烨再迟钝也看出来她还记着那天的事，一时间又觉得自己理亏，只得耐着性子："你才多大啊，相什么亲啊。"

"中国女性的法定结婚年龄是至少二十周岁，我早过了好吗。"辜伽罗端起茶杯喝了一口，"乌龙茶真是香啊，你要不要喝？"

"就算相亲，你也要挑一挑啊。"简晨烨还算性情仁厚，太尖酸刻薄的话他是讲不出口的。

辜伽罗的语气很随意，可是立场很分明："关你什么事啊？"

简晨烨一时气结，又无从反驳，只能恼怒地盯着她，而她也以同样的眼神盯着他，谁都没有再说话。

两人对峙了一会儿，气氛有点微妙，辜伽罗没有丝毫退让的意思。

简晨烨低下头，他也不知道自己无端跑来这里做什么，这么一想，他又有些黯然。

于是他起了身，也没有向辜伽罗道别，直接走向了茶馆门口，再一推门，径直走了出去。

"挺没意思的，"他对自己说，"真的挺没意思的。"

辜伽罗把他问倒了——关你什么事啊？是啊，关你什么事啊？

他沿着马路走了很长一段，那真是专心致志地在走路啊，周遭的一切都不在他的视线范围里。

一直走到一个公交车站台，他停下来看站牌的时候，这才意识到，背后一直有个人在跟着自己。

他一回头，就看到几米之外的辜伽罗。

她一声不吭，像是跟大人赌气的倔脾气小孩，死死地看着他，一直看着他，直到眼睛泛起轻微的泪光，这无辜的表情让她看上去更显小了。

"又怎么了？"他一问出这句话，就想扇自己一耳光，怎么就这么不会哄女孩呢？

辜伽罗没回答，她站着没动。

简晨烨想了一下，搓了搓手，鼓起勇气走过去，抱住了她。

"你是不是傻 × 啊？"辜伽罗掐了他一下，"那人是我表姐的相亲对象，我表姐不愿意来才拜托我过来帮她打发掉。"

简晨烨呆呆地"哦"了一声，不知道该如何接话。

辜伽罗又说："你给我道个歉吧。"

"哦，好，对不起啊。"他其实也不知道为什么要道歉，就是觉得自己应该道歉。

辜伽罗没再吭声了。

简晨烨原本要乘坐的那辆公交车开到站台前停了下来，可是他没有动，几分钟之后，车开走了。

从这一刻起，他的生活进入了全新的阶段。

"或许一切都将改变了。"他静静地想。

◇3◇

近段时间以来，邵清羽总感觉到家中的气氛有些不对劲，尤其是在一家人同桌吃饭时，这种感觉更加明显。

当着一家之主邵凯的面，姚姨总是有意无意地提起："哎呀，一转眼清羽就这么大了，算起来也到了婚嫁的年纪了吧，哎呀，岁月不饶人，我刚进门的时候她还是个小姑娘呢。"

邵清羽最受不了姚姨这副嘴脸——你又不是我亲妈，搞得那么熟干什么。

于是她说话也没太客气："你刚进我家门的时候，自己也还是个小姑娘呢，虽然怀着身孕。"

姚姨没料到她讲话这么难听，被她呛得一时不晓得要怎么还击。

　　倒是邵凯，不悦地瞟了女儿一眼，宠爱归宠爱，但这个丫头真是越大越没规矩了。

　　姚姨缓了缓，表示自己不跟孩子计较，又说到原先的话题："清羽交了新男朋友吧，有好几次我看到那男孩子送你到门口，下次叫进来坐坐，让我和你爸帮你一起看看呀。"

　　邵清羽把筷子一摔，心里骂了一声：好啊，我就知道你没安好心！

　　她不耐烦地怒视着姚姨，而姚姨眼中有种胜利者的神采。

　　邵凯并不想干涉这两个人之间没有硝烟的战争。

　　一个是妻子，一个是女儿，他夹在中间真是为难得要命。

　　从邵清羽小时候起，这两个人就开始明争暗斗，今天你整我一下，明天我告你一状，他实在是疲于两头安抚，更何况现在年纪大了，更加不愿意再多掺和，只要不闹出什么大事情来，就随她们去闹吧。

　　可是今天情况有点不同。

　　既然谈到邵清羽交往对象这件事，他作为父亲，不得不多问几句："新交的男朋友？是做什么的？怎么不带回来看看？"

　　"看看看，有什么好看啊，就是个正常人。"邵清羽怒火中烧，姚姨这个多事的八婆，等这个机会肯定等了很久了，她索性把话说得更难听点，"这么喜欢看，等你们自己的女儿交男朋友了，让她天天带回来给你们看啊。"

　　饭桌上另一位小小女士——邵晓曦有些惊恐地看着姐姐，不知道为什么战火会烧到自己身上。

　　这一下姚姨不能忍了，她就势也把碗筷一摔："清羽你怎么讲话的，妹妹才多大，你当着她讲这些话像什么样子！"

邵凯也沉下脸："清羽，成何体统！你快给阿姨和妹妹道歉。"

"道个什么歉啊！"邵清羽的火气比谁都大，"我就这德行，就这么没家教，你们一家人慢慢吃，我就不坐在这儿碍眼了。"

她跑回自己房间，以最快的速度换好衣服，化妆包往手袋里一扔，飞快地跑下楼就要出门。

"站住。"邵凯被她气得浑身发抖，"你当这个家是什么地方？"

她听到这句问话，开门的手停了下来，接着，她转过头来微笑地看着父亲，轻声却确保在场的每个人能听见地说："爸，从十二岁开始，我就没有家了。"

随着关门声响起又消失，邵凯久久没有回过神，清羽说的话，让他既生气又痛心。

姚姨恨恨地望着邵清羽坐过的位子，胸中涌起难以言说的复杂情绪：幸好我早有准备，这个死丫头可不是省油的灯。

午休时间过后，她悄悄地闪进书房，小声地打了一个电话："小李，我是姚姐……对，就是上周去你们那儿看过房子的……对，考虑过了，那下午我过去，当面再谈。"

挂掉电话，她恨恨地笑了："死丫头，你毕竟还嫩着呢。"

汪舸说到做到，在邵清羽到车行之前，他已经把小房间里里外外收拾得干干净净，这下应该不会再被她嫌弃了吧。

"气死我了！去 TMD！"邵清羽进门把包一甩，看都没看周遭一眼，"我真是受够了。"

不用她说，汪舸也猜得到大致原因，一定又跟她那位难缠的继母有关，但他并不想知道细节，三天两头听女友抱怨和吐槽是男生最厌烦的事情。

"晚上去我家，你可不能是这种态度啊。"汪舸忧心忡忡地说。

邵清羽白了他一眼："你放心，冤有头，债有主，我分得清。"

对汪舸来说，那个下午既短暂又漫长，他没有心情和车行里的伙伴们谈事，也没有意愿和邵清羽做过多的交流。

他的情绪游离在车行之外，落在即将到来的那顿晚餐上。

天黑之后，他跨上摩托车，邵清羽也跟着跨了上去，她的动作比起刚和汪舸在一起时那种笨手笨脚的样子已经熟练太多。

戴上头盔之前，她又问了一遍："真的不要买点东西去吗？鲜花水果？"

汪舸斩钉截铁地否决了："不用啦，我家没那么讲究。"

尽管这样，一路风驰电掣之后，在汪舸家小区门口的水果店，邵清羽还是不顾汪舸的阻拦，硬是买了一个大号果篮。

"我说了，真的不用。"汪舸无奈地看着她。

她摇了摇头："不能空手去别人家做客，这是我妈妈去世之前教我的。"

事实上，邵清羽并不是汪舸带回家的第一个女朋友。

在她之前，他也交往过一两个女生，后来也说不清楚为什么，大概就是人们常说的性格不合吧，反正就不了了之了。

家人没有问过他原因，归根结底，也是因为对那一两个姑娘印象不深，分了就分了，也不值得遗憾。

当汪舸这次说要带女朋友回来时，家里人都很惊讶，毕竟又过了这么长时间，他年纪也不算太小了，如果这次真的能定下来……

全家人想到这一点都很振奋。

汪舸被这种隆重弄得非常尴尬，他不知道怎么解释：我带她回来，是为了让她打消结婚的念头。

进门之前，汪舸已经做好了最坏的打算。

普通的三居室，二十世纪末的装修风格，朴素的家具电器、沉闷寡言的父亲、身体虚弱常年病恹恹的母亲，还有整天啰里巴唆碎碎念的奶奶……

他光是想象一下邵清羽和他们出现在同一个画面里，就觉得肝颤。

"我再跟你讲一次，你要是不舒服，随时可以走，不用顾忌什么啊。"汪舸从来没有这么啰唆过。

"知道了！你能不能别废话了！"

看得出邵清羽是真的动了气，汪舸只得收声，领着她上楼。

六层楼！

邵清羽记得，除了以前叶昭觉和简晨烨住的那个安置小区之外，她从来没有穿着高跟鞋爬过这么高的楼梯，中间休息了两次，好不容易爬到汪舸家门口，她气喘吁吁得腰都直不起来了。

汪舸还没叫门，门就打开了，汪奶奶布满皱纹的脸笑得更皱了："是小邵吧，我老早就听到脚步声了，我耳朵尖着呢。"

邵清羽好不容易喘顺了气，直起腰，抬起头。

她愣住了，站在她身旁的汪舸也愣住了——汪家父母和奶奶，都穿得特别正式。

汪舸知道，家里人都把自己认为最好最体面的衣服穿上了。

虽然眼前这一幕有种莫名其妙的滑稽感，邵清羽却感觉自己心中原有的戾气被抚平了。

她已经很久没有过这种感觉了——被尊重，被爱护，被一家人善待，她有点感动。

因为先前在自己家中所遭受的待遇，使这份感动变得更加重要。

她冲汪舸的家人笑了笑，双手递上水果篮。

这时的她，倒真有点像一位知书达理的淑女。

吃过晚饭，休息了一会儿，邵清羽要走了。

汪舸一家人留了又留，见实在留不住便送了又送，就连他那木讷的父亲也难得地开口讲了几句"下次再来玩啊，小邵"。

他们称她为"小邵"，带着明显的时代印记，一种朴素而笼统的称呼，让她觉得十分亲切。

到了小区门口，汪舸说什么也不准家里人再送了。

"叔叔阿姨再见，奶奶再见。"邵清羽笑眯眯地向长辈告别，转身跨上了汪舸的摩托车，绝尘而去。

她不知道，三位长辈在原地看着他们俩远去的身影，看了很久。

"挺好的姑娘，一点都不挑食，夹什么给她就吃什么。"

"是啊，说是家里很有钱的大小姐，没一点架子。"

"来做客还买那么多水果，现在的年轻姑娘这么懂礼数的可不多啊……"

汪舸停下车的时候，邵清羽发现这儿离自己家还有一段不近的距离。
"怎么了？"她取下头盔问。
汪舸没有回头："清羽，我们谈一谈。"

邵清羽坐在广场的长椅上，看着不远处一群大妈正随着音乐翩翩起舞。
汪舸端着两杯星巴克咖啡走过来，在她身边坐下，好半天没有说话。

"怎么了啊？"邵清羽是真的摸不着头脑，"你一向不是吞吞吐吐的人啊。"
"那……"汪舸下定决心，豁出去了，"你对我家……是什么看法？"
"什么看法？"邵清羽皱起眉头，不可思议的样子，"没什么看法啊，挺好的啊。"

汪舸决定不兜圈子了，死就死吧："我家条件真的挺普通的，我从前想，找个工薪阶层的女朋友就差不多了，没想到会认识你，也没想到你家那么有钱，更没想到你会跟我提出结婚，所以我带你来我家看看，想让你自己打消这个念头。今天你也看到了，就是这么个情况，你要觉得不合适，不想再在一起了，直接告诉我，没关系，我能承受。"

邵清羽站了起来，她发现自己最近脾气比以前更差了，现在已经到了听谁说话都想揍人的程度，比如汪舸说的这几句话，就让她想要扇他两耳光，当然，她没有付诸行动。

"汪舸，你听清楚。"

她面色沉静，语气平和，像个大人该有的样子："我邵清羽，的确有一大堆毛病，我也确实曾经仗着自己的家世，对别人说过一些不好听的话，做过一些不太好的事。但是我可以凭着我的良心说，我从来没有因为哪个男生不够有钱，而不去喜欢他，或者想要跟他分手。

"从来没有。"

音乐声停了下来，跳广场舞的大妈们动作敏捷地收好东西，三五成群陆续离开。

邵清羽和汪舸双双陷入了沉默，如今，他们都亮出了自己的底牌。

又过了很久，广场上几乎没什么人了，就连店铺也都打烊了。

汪舸从衣服口袋里，拿出一个四四方方的红色绒盒。

他笨手笨脚地打开盒子，里面是一枚小小的指环，镶嵌着一颗小小的钻。

他没有单膝跪地，但言辞无比诚恳："这是前两天，我去买的。我想如果今晚你见过我家人之后，决定分手，那就不用拿出来了。

"但如果，你依然愿意和我结婚的话，由我向你求婚。"汪舸静静地说。

邵清羽微张着嘴，却说不出话来。

此刻，她有种空前的震惊。

汪舸继续说："30分，我也知道太小了，委屈你了。我记得有一次你说过，在卡地亚看到一款钻戒很喜欢，我也去看过……对不起，太贵了，我暂时可能没法给你那个。"

他说到后面，笑了笑，玩笑的成分大过自卑。

邵清羽没有再让他继续说下去。

她一把夺过盒子，自己拿出戒指套在手指上。

的确是太小了，她的首饰盒里有好几枚平时戴着玩的宝石戒指，都比这个昂贵、耀眼得多。

可是这一枚不起眼的 30 分的小钻戒，却是她迄今为止收到的最珍贵的礼物。

她想起自己中午离开家时说的那句话——从十二岁开始，我就没有家了。她又看着自己的手，但是现在，不一样了。

开店以来，叶昭觉每天都过得非常充实，早出晚归，挨床就睡。

事实证明她选择这家店面是非常明智的，每天的客人络绎不绝，加上她自己又是新手，偶尔乔楚有其他事情不能来，一个人根本就忙不过来。

齐唐约她吃饭约了好几次，她总是说没时间，逼得齐唐只好坐在她店里叫餐厅外卖，顺便还得揽下乔楚那份活儿——帮着收银。

"真是屈才啊，"时间一长，叶昭觉在齐唐面前也就没有从前那么拘谨了，"真是难为您了。"

齐唐穿着几千块的衬衣来做打工小弟，谦和有礼地站在收银台前找零给客人，遇上女客人还要附赠微笑。

"我留学的时候也不是没打过工，你少看不起我。"

"我怎么敢呢，你那么有钱……"最近收益不错，叶昭觉心情大好，眉飞色舞地跟齐唐斗嘴，"我是很想傍你做金主的哦。"

"那你又不肯和我在一起。"齐唐突然抛出这么一句话。

叶昭觉转过头去看着他，四目相对了很久，彼此的眼神里都有无限深意。

但谁都没有再继续说话。

打烊之后，他们俩开始吃晚餐。

外送的牛排已经凉了，叶昭觉将它们送进微波炉加热。此刻，喧嚣了整天的店终于清静下来，齐唐关掉了大部分的灯，只留下其中小小的一盏。

忽然，他听到叶昭觉说："因为我们太不匹配了。"

齐唐怔住了，紧接着，他明白了，这是一个延时的回答。

叶昭觉俯下身去拿出两个白瓷盘，"你这么聪明的人……"打开水龙头冲洗盘子，"难道不明白……"用干净的布擦干盘子上的水，"我为什么……"转过头来，定定地望着呆若木鸡的齐唐，"不能和你在一起？"

她双目灿亮如同寒星。

恍惚间，齐唐觉得那个一脸倔强的高中女生又回到了他眼前。

就是那种神情，不卑不亢，不怒不喜，一张坚定而顽强的面孔，风霜刀剑纵然可怖却又能奈我何的面孔。

他看着叶昭觉，像是看着一件自己珍藏多年的瑰宝。

微波炉"叮"了一声，可他们谁都没有动。

"匹配是什么意思？"齐唐明明饿得快要死了，可偏偏还要在这个无聊的问题上纠缠。

叶昭觉毫不畏惧他故意刁难："就是用安卓的数据线没法给苹果手机充电的意思。"

齐唐实在憋不住笑："叶昭觉，你可不能这样物化我们之间的感情啊，哈哈哈。"

叶昭觉气鼓鼓地等着他笑完，从微波炉里取出牛排，用碟子盛好："吃不吃啊，不吃饿死你。"

他们坐在快餐店的廉价餐桌前，没有红酒也没有烛光，各人面前一块已经错失了最佳食用时间的牛排，以及同样被辜负了的沙拉和汤。

"有一天，苏沁对我说了几句话。"齐唐一边为叶昭觉分切牛排，一边复述了苏沁针对他历任女友做出的总结，"我不否认，看起来确实如此。"

他把切好的这一份推到叶昭觉面前，示意她先吃。

"什么看起来，这是事实。"叶昭觉嗤鼻一笑。

她想起他从前那位超难伺候的女友，虽然德行恶劣，但外表的确美艳动人。

"我知道，很难讲得清楚，我的性格……"齐唐叹了口气，"很多事情，我也不愿意讲得太清楚。更何况，人与人之间的交流，本身就是很悲哀的。"

叶昭觉心里一动，她对此有深深的共鸣："是啊，在大部分人看来的所谓的交流，其实只是自说自话，每个人都在讲自己想讲的，也只愿意听自己愿意理解的，那些聒噪的声音根本不配称为对话。"

"很多时候他们说着同一个词语，其实根本不是同一个意思。"齐唐开始吃自己盘子里的食物，"叶昭觉，我们跑题了。"

她的胃口大不如前了，以前在公司时，她可以轻轻松松干掉一个六寸的三明治。

她放下了刀叉，定了定神，知道今晚注定是自己人生中非同寻常的一晚。

她不准备再继续逃避，因为齐唐显然不是一个凡事都好商量的人，她曾是他的助理，见过他和颜悦色与员工没上没下的样子，也见过他雷霆震怒，在会议室里把苏沁他们骂得狗血淋头的样子。

更何况——

她心里知道，虽然开店时，自己咬碎了牙也没有向他借钱，但是除了金钱之外，她受他的关照实在太多太多，多得差不多快要心安理得了。

"哪儿有女生会不喜欢你。"叶昭觉听见自己是这样说的。

齐唐心中一惊，按照他平时的个性，应该会接一句"我知道"，可是此刻气氛凝重，非常不适合开玩笑、抖机灵。

"我当然也喜欢你，非常喜欢。"叶昭觉笑了笑，这么久了，她终于讲出来了。

这句话早在她心里被压得太久了——

她用了一万座山压住它，生怕一不留神，它就从哪个不起眼的缝隙里钻出来，她得时时刻刻小心翼翼地监视着它，一下都不能放松警惕。

无数个夜晚，当生活从现实层面剥离，她敏感而脆弱的灵魂从疲惫的身体里被释放出来，在那些时刻，她从来不敢说出口，她想念他。

或许这还不算是爱吧，她爱过简晨烨，知道爱一个人是怎么一回事，但现在已经很危险了，她必须悬崖勒马。

"可是，也就只能停在这里了。"她抱歉地笑笑。

"原因就是你说的，我们不匹配？"齐唐冷冷地问，"你是封建时代的人吗？"

叶昭觉料到了他会有此反应，倒也并不惊慌，她要用"物化"的方式来让他理解自己真正想要表达的意思。

她开始收拾餐桌上的碗盘，该倒掉的倒进垃圾桶，还能再吃的用保鲜膜包上，放进冰箱，她一边做这些事情，一边说："如你所知，我一直很穷。从小到大，因为这个我吃了不少苦。当然，比我更穷的人多的是，我之所以会吃那么多苦，是因为我有着与自己的经济条件毫不相符的欲望。"

她一边讲，一边发觉，原来要把这些话讲出来，尤其是当着齐唐的面讲出来，并没有她预想的那么困难。

"你大概不知道，从我还是一个少女的时候起，就一直很想很想很想……"她重复了三次这个"很想"来强调她真的"很想"，"有一个neverfull 手袋。"

齐唐记起上次在她家看到的那个包，原来是这么一回事。

她开始打开水龙头洗碗。

"我身边的人都知道，简晨烨知道，但他从前没有办法买给我。邵清羽也知道，所以有一年我生日——你知道，曾经我们是最好的朋友，她带我去了 LV 店，叫店员把这款包大中小三种尺寸都拿给我试一下。

"我一眼看中的是那个中号，我问了价格，对我来说很沉重，但我知道对清羽来说真的不算什么，于是我兴致勃勃地背上它，走到镜子前，你猜我看到了什么？"她笑了笑，很苦涩的样子，"我看到一个狐假虎威的自己，一个装腔作势的自己。

"邵清羽完全没有察觉到我的异样，她在试其他的包，我转过身去看着她——你知道吗，那种强烈的对比让我自惭形秽，那是她的世界，我不过是误入其中，所以最后无论她怎么坚持，我都不肯要，我拼命地说我不喜欢，但我其实想说的是……"叶昭觉抬起头来，"我和它，不匹配。"

齐唐听到一半的时候就已经明白她讲这件事情的含义，却还是耐着性子让她啰里巴唆地说完了，他忍无可忍，负气般说道："有什么匹不匹配的，一个包而已，明天我叫人买十个送过来！"

叶昭觉无奈地看了他一眼，拿起抹布开始擦桌子，自顾自地继续讲："前阵子，简晨烨从法国回来，送了我一份礼物，我不用拆就知道里面是什么。可是你看，我一次都没有背过。

"齐唐啊……"她低沉轻声地叫他的名字，让这个夜晚因此蒙上了浓厚的悲伤气息，"齐唐，我不喜欢勉强。"

"你的逻辑根本就是笑话。"齐唐快气炸了，虽然表面不怎么看得出来，"人与物之间的从属关系，是不可以和人与人相提并论的。"

"你的人生，至今为止，有过什么想得而不可得的人或者东西吗？"叶昭觉终于忙完了，她坐下来，真诚地看着齐唐，头一次，她的眼神像大人看着孩童一般，"我猜你没有过。"

"自作聪明。"齐唐冷笑一声。

她的问题唤醒了他记忆深处的一些细枝末节。

他是凡人，他当然也有过求之不得的经历，但随着时间的流逝、阅历的增长，他知道，那些没有得到的，对他的人生并没有多重大的影响。

"无论如何，请你包涵一个贫穷的人残存的这点自尊吧。"叶昭觉双手交叉，对齐唐深感抱歉，她知道，在任何人看来她都实在是，太愚不可及了。

有些时刻，她甚至会怪自己——既然你那么虚荣，那么执着于物欲，何必还要摆出一副"我要依靠我自己"的欠揍模样？

可是我没有办法呀，她望着齐唐，眼泪缓缓地流下来，想止却止不住。

我是如此拙于表达，我所经历的时间和万物，真正能够算作美好的……并不多，所以才会对你如此珍而重之。

小时候夹在书页中的树叶和彩色糖纸，到处搜集而来的美少女战士和哆啦A梦的贴纸，如果可以倒回到童年，我愿意把这些都送给你。

可是如今我已经是一个真正的成年人，母星的飞船还没有来，或许今生也不会来。

我只能学着像大多数地球人一样，适应这个冰冷而现实的世界，这个除了在自欺欺人的语境之外根本不存在"平等"的世界，接受自己的命运并尽最大的能力去真正地理解它，这样一天一天，活下去。

眼泪浸湿了她的脸。

齐唐的怒气消散了，他的心里，变得非常非常柔软，从来没有过的这种感觉，让他很难受，不舒服，甚至自我厌弃。

他站起来，走到她面前蹲下，抬起头看着她，捧着她湿漉漉的脸。

"叶昭觉，我不着急，你也还很年轻。我们再给对方一些时间慢慢想好吗？"

他的声音很温柔，像是要把一个秘密埋进很深很深的土壤里。

"我不在乎还要等多久，如果那个人真的是你。"

Chapter 4

她抓住他的手，放在自己的眼睛上，
他掌心那种温暖而坚定的力量，足以让一个迷途的人找到故乡。

如果说开店的初期，乔楚大部分时间待在这里帮忙还算合情合理，那么，将近一个季度过去之后，叶昭觉已经得心应手，乔楚却仍然几乎天天到场，用意就很明显了。

"你有空就多出去玩玩啊。"晚上两人手挽着手回家时，叶昭觉故意用很轻松的语气劝乔楚，"老是做免费帮工，是不是怕我不还钱给你呀？"
乔楚笑起来还是很漂亮的，可是说的话让人有点心疼："不知道去哪里玩呀。"

叶昭觉很明显地感觉到，比起自己最初认识的乔楚，现在的她变得很不一样了。
以前她也不算太喜欢笑，可总比现在要好，现在，叶昭觉发现，她的脸上经常有一种滞重的悲伤。

关上店门之后，她们俩决定一起去看场电影。

这个时候，乔楚的手机响了。

她从包里拿出手机看了一眼，神情有些许微妙的变化，但她没有接，而是调了静音又把手机放回包里。

"乔楚。"几米之外一个人倚墙而站，这个声音，叶昭觉和乔楚都很熟悉。

闵朗从黑暗中走出来，灯下的他看起来有些憔悴："这么久了，你的气还没消？"

乔楚装作没有听见的样子。

闵朗又说："我想和你好好谈一谈。"

电影一定看不成了，叶昭觉连忙表示自己有事要先走。乔楚表面上淡淡的，挽着叶昭觉的手臂却硬是不肯松动分毫："有什么事啊，我还不知道你？"

她说话的时候看都不看闵朗。

"我肚子疼，想回家休息。"叶昭觉随口撒了个小谎，"那你们俩陪我一起回去吧。"

乔楚白了她一眼，心想，我还不知道你什么意思。

闵朗看着乔楚的侧脸，也没吭声。

回去的出租车上，闵朗坐在前排，叶昭觉和乔楚一起坐在后排，小小的车厢里气氛凝重，无人言语，只有收音机的广播一直发出聒噪嘈杂的声响。

中途有好几次，闵朗稍微侧过头去，想要跟乔楚有眼神上的交流。

但每一次，她都巧妙地躲开了他的目光，不是望向窗外，就是望向叶昭觉，不然就是低着头，总之，她就是不愿意看他。

闵朗心里一沉，看样子，情况比自己预计的还要糟糕。

回到公寓，乔楚刚打开门，闵朗就抢先进去了。

叶昭觉有些担心地看着乔楚，用口型说了几个字："好好谈。"乔楚又露出了那种"我心里有数"的微笑，对她做了个手势：快回去吧您。

叶昭觉在走廊里站了一会儿才进门，她有些忧心——这两个家伙，真是让人不放心啊。

"喝什么？"乔楚换上家居服，绑起头发，素颜的她看起来像一个二十出头的学生，她拉开冰箱门，"没有可乐，酒也没了，罐装果汁ok 吗？"

她回头看着闵朗，挑起眉毛，一脸抱歉的样子。

陌生，疏离，距离感。

闵朗清晰地感觉到了乔楚刻意制造的这种氛围，她以前从来不会这样和他讲话，看似礼貌，其实是拒人于千里之外。

"不用了，白水就行。"闵朗感觉到自己的喉咙发紧。

来见她之前，他想了很久，思路清晰，条理分明，可是见到她这样冷淡，他忽然不知道要从何谈起。

"好，那请稍等。"乔楚笑了笑，从收纳柜里抽出一次性纸杯，接了一杯饮用水，放在闵朗面前的茶几上，"有什么话，你快说吧，我挺累的。"

乔楚坐得离他有点远，声音像是从更远的地方传到他耳中。

"乔楚，你不要这样。"闵朗被她弄得很尴尬，也很难受。他知道一切都是咎由自取，但这落差太大了，一时间他无法适应。

她始终维持着那种客套的笑，像是接待一位很多年没有来往的老友或是亲戚，对闵朗提出的请求，她置若罔闻。

闵朗决意暂时不去理会她的态度，他记得此行的目的，他不是来求和，更不是要卑躬屈膝地请求乔楚原谅他——以他的性格，乔楚能不能够原谅他，他并不是那么在意。

他自知在情感上不算一个有担当的人，只是有些事情必须解释，有些话必须讲清楚。

渣也要渣得坦荡一点，这是他的原则。

"我和徐晚来，认识已经快二十年了。"

他的眼神陷入了无尽的往事中："这不是个多复杂的故事，她从小就是那种品学兼优的小孩，和简晨烨一样，我们三个人之中，只有我不爱念书，三个人一起学画画，半途而废的也只有我。

"但是我们几个人的感情一直都很好，大家也都知道，我喜欢她。

"我是奶奶带大的，老人家很多事想管也管不了，有心无力吧，我十几岁的时候就不想待在学校了，想挣钱啊，想玩音乐啊，想做自己喜欢的事情，我有时候翘课去打球、骑车、学吉他，徐晚来就跟老师请假，她也不上课，到处去找我。

"每次她找到我的时候，既不会催我，也不会骂我，她就一个人站在球场边，或者是别人店门口，跟个哑巴似的等我。她每次一出现，大家就起哄笑我，你知道，男生最怕没面子，所以我就经常当着大家的面凶她，让她别管我。

"有一次，我特别浑蛋，语气特别横，叫她滚，她受不了，就当着大家的面一边哭一边跟我吵了起来，到现在我还记得她说的那些话。"

"闵朗，你自甘堕落，我是管不着……"十几岁的徐晚来，面孔还很稚嫩，留着学生头，穿着蓝白色校服，边哭边说，"反正你以后活成什么样，跟我没有任何关系。"

对闵朗来说，那一天意义非凡。

徐晚来清楚地指出了他们各自的未来，从那一刻起，他的少年时代结束了。

听到这里，乔楚无意识地眯了眯眼睛，有点怜悯。

她原本不想听闵朗说这些毫无意义的废话，但是他既然来了，又说有话要说，那就让他说吧。

我心意已决，你说完之后也不会再改变什么。

自从那天晚上，闵朗当着徐晚来把她推开，她扇了他一个耳光之后，她就灰心了。

这些日子以来，她堵着这口气，生活并不太好过，稍微不留神，闵朗的声音笑容就会在她的脑海中浮现。有一次她在店里收钱，看到一个男生的手很像闵朗的手，细长白皙，很好看，还发了好半天的呆。

但是有句老话，她每天晚上入睡前都要跟自己讲十遍——长痛不如短痛。

　　闵朗找过她好几次，虽然一直置之不理，但她大概也能够猜到他想要说什么，来来去去无非是那几句老套的话：对不起，我也是爱你的，但是我没有办法。

　　想念他，但是，不能再回头了。

　　再回头，自己都看不起自己。

　　爱和不爱，这两个宏大的命题之间，有许许多多深深浅浅的复杂情绪总是被人忽略，乔楚知道，自己只是厌倦了。

　　厌倦这样来来回回地彼此折磨。

　　"后来她决定要出国留学，那时候我已经不打算继续读书了……"他用自嘲的语气在讲这些话，虽然很难堪，可事实又如此不容回避，"她家境其实也不是特别好，父母要供她出国也供得挺辛苦的，可能就是因为这样，所以她心理压力也很大，一直都特别努力，凡事都要争第一。

　　"而我，完全就像是她的相反面，不上进，没目标，随波逐流，傻×都知道我们两个人的将来不会有太大交集。"

　　"然后，我奶奶去世了。"说到这句，闵朗的声音特别特别轻。

　　这么多年过去之后，孤独的少年仍然有一部分遗留在黑暗中，对于生命里最沉痛的那个篇章，他不愿意轻易碰触，更不愿意因此而流露出丝毫的脆弱。

　　奶奶去世这件事，促成了他和徐晚来的和解。

　　徐晚来那么好胜的性格，在那么紧要的时候，硬是把自己的学业和专业课程都丢在一边，全心全意以他为重。

　　没有人知道那个下午阁楼上发生了什么，多年后，闵朗在对乔楚坦白这一切的时候，内心深处也仍有所保留。

那是他们最纯真的时刻，青涩柔软的情感，笨拙生硬的肢体。

一个那么聪明却又那么世故的女孩子，在那个时候所能够想到的最佳，也是唯一的方式。

有时，身体的交付只是为了抚慰一个孤单的灵魂。

而闵朗却一直要等到很久以后才明白，那个下午的真正意义并不是他得到了她，恰恰相反，那是他彻底失去她的开始。

乔楚默默地听着，一直也没有插嘴。

她隐约明白闵朗说这些往事的用意，无非是想要她理解他和徐晚来之间有着怎样的渊源，希望她能够谅解他，一次次因为徐晚来，忽略她，轻慢她，伤害她。

"可是我呢？"她心底有个声音在轻声问，"我的感受和尊严呢？"

闵朗说完了。

他平静地望着乔楚，乔楚也终于不再躲避他的目光。

他们凝视着对方，悲哀像挥发的酒精一样，弥漫在整个房间的每个角落里，在他们一静一动的呼吸里。

"既然她对你这么重要……"乔楚狠下心来，言不由衷地讲，"那你就不要再浪费时间，你自己的，还有我的，你坚定一点好吗？去追求你真正想要的。"

乔楚站起来，摆出了明显的送客架势。

她心寒如铁，也心如死灰，可是她毕竟还是一个有血有肉有感知的人，她实在无法容忍闵朗在她面前深刻地缅怀着青春往事，口口声声怀念着一个比他还要更自私的人。

"你误会了。"闵朗的语气，出奇地温柔，一种在向生命中某些事物挥别的温柔，"我不是要去追求什么，正好相反，该放下了。"

乔楚愣住："这是什么意思？"
闵朗站起来，他要讲的话到现在终于讲得差不多了，只差结束语。

"乔楚，你应该不会再原谅我，覆水难收我也知道是什么意思。"闵朗伸出手，轻轻地抚摩着她光滑的脸，声音越来越低，"我是爱你的，可是，我好像爱得有点太无耻了。"

她的面孔既哀伤，又狰狞，她死命地咬紧了牙关，才没有哭出声音。
她瞪着他，那种狠劲像是要在他的脸上瞪出一个窟窿来。
可是她没法出声，恐怕一张嘴就会号啕大哭。

这已经不是她第一次在他面前落泪。
新年夜的白灰里，徐晚来第一次露面，闵朗对她说："这是乔楚，我一个朋友。"
很奇怪，每当乔楚回忆起那个夜晚，印象最深刻的不是自己如何伤心难过，闵朗又是如何不耐烦，而是那双细跟的高跟鞋和那个几乎让她撑得吐出来的巨无霸汉堡。

她不太记得后来他们具体是怎样和解的，只记得闵朗确实说过，他爱她，然后，又叫她不要放在心上。

荒诞极了，黑色幽默。

那这一次怎么办？又要和解了吗？上个床，做次爱，前尘往事一笔勾销？

可是，能不能不要这样？

她不是今天才认识眼前这个人，她一早就已经看透他在情感中的卑鄙、自私、逃避。

可到了今天她才明白，他只是落入往事和现实之间的深渊中，他有他的苦衷和无辜。

人无完人，这四个字我从小就知道，可直到我爱上你，才算是真正意义上接受了这个现实。

爱不会使你的缺点消失，可是爱会使我接受你生命中不那么光明的部分。

但这对你太不公平了，另一个声音又对她说，就在她的意志刚刚开始软化的时候。

理性所剩无几，屋子里仿佛有鬼魅之气在引诱她，目光所及之处，皆是致命的武器。

感情到了生死攸关之际。

然而闵朗并不知道在这瞬息间乔楚内心的千变万化，冰雪消融。

言尽于此，他再也没有什么需要补充了，他抱了抱她，也许以后都没机会再这样抱她了吧，他心想。

"乔楚，我……"他话还没有说完就感觉到有一个尖锐的利器抵在了自己背上。

就在电光石火间，他知道了，那是一把刀。

"闵朗，"乔楚的声音像是从胸腔里发出来的，"你说，我干脆杀了你好不好？"

她的神情凉薄，不悲伤，也不痛苦，更像是一种深深的迷茫："该怎么办呢？我这么爱你，却又对这份'爱'毫无掌控，我能够怎么办呢？

"最重要的是，我为什么会这么爱你？"

闵朗抱着她，一动不动。

刀尖上的力道正在逐渐加重，有一种直取性命的狠劲——

但他并不害怕，他甚至觉得如果她真的下得了手，那才算是公平，才算是他对她的偿还。

"乔楚，"他无法推测接下来会发生什么，但这一刻他说的是自己最真实的想法，"乔楚，我们一定能想出一个办法，让彼此都不失去对方。"

这是忏悔，还是赎罪，或者都不是，有没有万分之一的可能性，这是你所说的那个"爱"字？

乔楚抬起头来看着他，她现在看起来像一只被遗弃的小动物，闵朗心里有些难过。

是我们只会把简单的事情搞复杂，还是人心原本就复杂？

无数个疑问自空中砸下来，劈头盖脸地砸下来，乔楚的嘴唇微微动了动，真的存在那个办法吗？

一声极轻又极重的撞击声，是她手里的拆信刀落在木地板上的声音。

她心里的哀伤变成了恨，是对自己。

乔楚瘫在闵朗的怀里，紧紧地闭上了眼睛。

工作日，店里没太多客人。

叶昭觉一边急切地往嘴里扒饭，一边抽空关心乔楚的感情进展："所以，你和闵朗现在是又和好了？"

"算不上吧……"乔楚眼中山色空蒙，她也不知道准确的说法应该是怎么样，想了想又摇了摇头，"听天由命。"

叶昭觉想了一下，觉得乔楚现在这个情况，有点像她小时候院子里的一个阿姨。

阿姨的丈夫沉迷于赌博，偏偏又逢赌必输，几年下来把原本就微薄的家底输了个精光，连基本的日常开销都难以为继。

院子里的女人们凑在一块儿议论他们家时，总说那个阿姨傻，换了谁都早离婚了。

那个阿姨坚持了很久，最终还是离了，因为她丈夫为了还赌债，竟然丧心病狂地去偷她为自己家孩子攒的学费。

那个阿姨从院子里搬走之前，哭着跟其他人讲了很多遍"他每次都说是最后一次，说他一定会改，我每次都相信了"。

是啊，每次都以为那是最后一次，直到真正的最后期限。

这两件事到底是哪里相似，叶昭觉一时间也说不清楚，大概是她们都在回避人性中的惰性吧。

她只是很悲观地认为，乔楚这样一直退让，一直心软，并不见得最后能得到一个满意的结局。

闵朗太看重徐晚来了，就像是上一世欠了她太多那样，不讲道理，不计得失地看重。

　　叶昭觉打开水龙头冲洗饭盒，静静地想，这件事不是闵朗的主观意愿能够改变的，如果可以的话，他应该比任何人都希望从这层关系中获得解脱吧……

　　但叶昭觉没有太多的时间去梳理朋友的情感纠纷，还有更迫在眉睫的事情呢。

　　第一季度过后，她清算了一遍账目，结果并不太理想。

　　生意时好时坏，与预设目标仍然相差甚远，要想在计划时间之内还清债务，继而赢利，以现在这样的利润值来看，恐怕还是太过艰难了。

　　但这个小小的店，承载了她要改善自己的人生这一重大意义，所以必须认真地想想办法。

　　工作间的抽屉里有一张名片，是上周一个团购网的业务员过来留下的。

　　那姑娘看着年纪挺小的，像是刚刚从学校里出来的样子，但态度很真诚，先是说了一大通话来介绍自己所在的公司，各种数据罗列，又举了一大堆例子，×××跟我们合作之后，第一个月营业额就翻了好几倍，还有×××，生意好得连招了几个服务员……

　　当时叶昭觉正忙着做饭团烧，也没集中注意力认真听，只是收下了对方的名片。

　　现在回想起来，如果那女孩说的是真的，倒也不失为一个可以认真考虑的合作形式。

　　想到这里，叶昭觉便拿出手机，按照名片上的号码拨了过去。

　　"不管怎么样，先问问呗……"她听着那头"嘟嘟"的声音，像是鼓励又像是安慰自己，"问问又不要钱。"

问问确实不要钱，但确定合作之后便需要资金投入了。

经过一些零碎的询问，叶昭觉得到的消息是，确实如业务员所说，不少跟他们合作的店家都因为收益明显提升而决定继续长期合作。

那么，就试试看吧。

她跟乔楚说这件事的时候，有点不好意思："本来想把赚的这点钱先还给你，但是现在情况有点变动……"

现在乔楚心思在别的事上呢，她愉快地表示："没关系，我还有钱吃饭，你先用在该用的地方呗。"

叶昭觉上上下下打量了乔楚一番，说不清楚到底哪里变了，但就是能够很明显地感觉到她实实在在地高兴起来了。

真不可思议啊，爱情。

而叶昭觉，你的爱情呢？

当她想起这个词语的时候，随之而来的是一种巨大的空虚感，再接着，脑海中便浮现出齐唐的样子。

好像有哪里不对劲，可是她不敢，也不愿意继续深想。

她在心里画了一道线，规定自己不准越界。

越是珍稀的事物啊，越是要浅尝辄止，以免靠得太近会忍不住伸出手去过多索取。

那个坦诚相对的深夜里的对话……总是在她拖着疲惫的身体回家时，从记忆里钻出来。

冷掉的牛排、刀叉划过餐盘的声音，还有他认真的神情，每当她想起那些画面，就感觉一切仿佛发生在昨天。

齐唐最近鲜少露面，但奉旨而来的苏沁出现的频率依然非常高，从她的话语里推测，齐唐最近飞来飞去忙得要死，有许多事情要操持。

叶昭觉这才发现，齐唐对她的人生是了解得很透彻了，而她对他的世界所知其实甚少："原来他还有那么多其他事要管啊。"

貌似闲聊，但又怀着一点窥探——叶昭觉觉得自己，嗯，心机有点重哦。

苏沁才是没心机："是啊，我跟了他很多年了。"咦，听起来好像有歧义，叶昭觉的思想真是太不健康了。苏沁接着说："他学的是金融和传播，早期主要还是做跟金融相关的行当，最早的时候我就是在他持股的投资公司做 HR，后来这边公司缺人用，他才把我调过来。"

"啊，难道现在这个公司更赚钱吗？"以叶昭觉的阅历来看，这不是因小失大吗。

"说来话长……"虽然苏沁平时表现得目无尊卑，老爱挖苦和吐槽齐唐，但心里，她其实是很崇拜老板的，"而且他也不缺钱啊，家世就不说了，他早年做的那个公司变卖之后也是很大一笔资产，加上大大小小一些投资项目……"

叶昭觉越听心里越凉。

热爱传播八卦的苏沁还在说着："这个公司本来是他一个朋友的，后来那人生了重病，齐唐就接手来做咯，他的性格嘛，既然要做肯定就要做好。有时候他跟我们一起加班，我们就开玩笑说，你玩票而已，这么拼命搞什么啊，你知道他怎么说？"

叶昭觉把苏沁要的饭团烧打包好，抬头问："嗯？"

"他说，玩也要认真玩啊。"苏沁接过这一堆打包盒，她已经快要把这辈子吃饭团烧的配额用光了，"收好钱，我走啦。"

苏沁走了很久之后，叶昭觉还陷在恍惚中回不过神来。

她开始认真思考，那些美女喜欢齐唐，愿意接受随时可能会被分手的风险，和他在一起，会不会有可能，并不仅仅是因为他的外表和财力呢？

就像植物趋光，人也都会自然而然地趋近于自己所向往和爱慕的那些事物那些人。

一个家世优渥却并不仰仗家世的人，一个明明可以纵情声色却依然勤勉踏实的人，这种人还真是很……让人讨厌啊。

叶昭觉知道苏沁和齐唐之间绝对清白，可是苏沁在说起这些的时候，眼睛里也是放着光的。

她轻声笑了一下，带着一点自我嘲弄：不管怎么样，齐唐拥有的一切都和我没关系。

她觉得自己最大的优点就是特别有自知之明，不做白日梦。

这一点从她小时候起就彰显得淋漓尽致，每次看到漫画或是电视剧里的人物信誓旦旦地讲"我一定会打败你"或是"冠军一定是我"之类的台词，叶昭觉都觉得很尴尬——

一种杞人忧天的尴尬。

他们怎么能这么自信啊，万一没有打败呢？万一连季军都不是呢？

所以她只做自己能做的事情，尽最大的努力把能做的事情做好，而不会主动去挑战一切高难度的事情。打破纪录，创造新的历史纪录，那些就留给天才们吧，她只是一个平凡得不能再平凡的小人物，命运抛给她的种种难题，光是"贫穷"这一项，就已经够让她头疼了。

好好开店，每天多卖几个饭团烧，早点把欠乔楚的钱给还了，这就是她那不够聪明的脑子里盘算的全部，至于爱情——我和简晨烨也有过爱情，那又怎么样呢？

在睡不着的夜里，叶昭觉有时候也会做一些很多女生都做过或者正要做的事情，比如打开某些社交 App，找到 EX（前任）的账号，顺着这个线索抽丝剥茧，再找到他现在的女朋友的账号，通过网络去窥探那个陌生人的生活。

他们恋爱了，他们一起去了哪里，买了什么东西，看了什么电影，她对哪些信息感兴趣，有没有自己喜欢的明星……

在辜伽罗不知道的时空里，叶昭觉完成了能力范围内的所有侦查。

她知道了照片上那个女孩的名字，自由职业，偶尔帮别人拍照、画点小插画，又或是做些手工艺术品。

家境不错，长相清秀，亦有些文艺修养，完全是上天为简晨烨定制的情感对象。

比起自己这个一心闷在钱罐子里的小市民，那个女孩显然适合他多了，叶昭觉对此很服气。

所以爱情啊，有时候想起来真的很没有意义。

她和简晨烨是怎么走到这一步的，就连她自己也都要想不起来了。

澄净的少年时光，一去不回的青春岁月，爱过，当然深切地爱过，无可替代地爱过，但那些时间是怎样一天天具体地从生命中消逝的呢？

就像一块牛奶香味的手工皂，今天用一点，明天用一点，一点一点缩小，不知道哪一天就消耗光了。

她检查了一下冰箱里的食材，关上灯，锁好店门，背起她的环保袋慢悠悠走向公交车站去搭末班车回家。

最近乔楚来得少些了，大概是又去白灰里去得勤了吧。前阵子总是结伴回家，现在叶昭觉又恢复了一个人孤孤单单的状态。

路灯将她的影子拉得很长，再混着旁边乱七八糟的树杈的影子，地上的图案看起来就像电影里的外星生物。

"孤单嘛，本来也没多可怕。"她这么想着，目光望向了公交车即将驶来的方向。

◇ 2 ◇

团购业务开始之后，店里的生意比之前兴隆许多，叶昭觉整天忙得晕头转向，找错几次钱之后，她知道，是时候招个帮手了。

她不好意思再打扰乔楚，于是在店门口贴出了招人启事。

薪资不高，应征的人大多是在校学生，只能够做兼职，叶昭觉从中挑选了一个看着还算机灵的小姑娘。

小姑娘嘴挺甜："昭觉姐，你叫我果果就行。"

这样也好，叶昭觉想，只要生意能一直维持现状，收入总比支出多。

她专心专意地打理着这个小店，怀着耕种一般的虔诚心情，丝毫不过多关注其他人和其他事。

她将自己隔绝在纷扰之外，理所当然，她错过了很多消息。

她不知道——

简晨烨和辜伽罗的感情状态已经逐步稳定下来，某一次意外的巧合下，他们在一个餐厅遇到了辜伽罗的父母，双人晚餐变成四人。

辜伽罗的父母对简晨烨印象极好，主动提出希望能够去他的工作室看看他的作品，还热情地邀他有空常去家里玩。

她也不知道——

这一季，徐晚来设计的几款衣服都大受追捧，Nightfall在短时间之内声名鹊起。城中顶尖的摄影师成了她的固定合作伙伴，而工作室则成为大批白富美和阔太太的聚集地。

名声响亮之后，她又趁势请了一位咖啡师，又联合了一家蛋糕店，在工作室里隔出一块空间来做下午茶专区。

之后，Nightfall几乎每天都客似云来。

她更加不知道——

邵清羽瞒着家里接受了汪舸的求婚，两人选了一个良辰吉日去领了证，在汪舸和朋友合开的车行里，跟那群朋友一起小小地庆祝了一番。

车行里所有人对她的称呼都改了口，无论年纪资历，大家一律统一叫她——嫂子。

这个略带些许社会腔调的称谓，让邵清羽很是得意了一阵子。

叶昭觉不知道的事情当然还有很多。

她不知道，辜伽罗也做过和她相同的事情，顺着蛛丝马迹找到她的微博，借以观察过她的生活，也曾在和简晨烨的交谈中，有意无意地问起过他们的过去，甚至有那么一两次，不动声色地从她的小店前路过。

她不知道，闵朗虽然已经与乔楚和好，但每当看到徐晚来发在朋友圈里的照片，看到她和一个个他不认识的人的合照，看到她笑意盈盈地挽着那些陌生的男的女的……他就会感觉到胸腔深处有些东西在慢慢塌陷。

乔楚对此非常敏感，而闵朗却又抵死不认，两人因此时常产生龃龉。

她不知道，邵清羽还沉浸在结婚的喜悦中，完全没有察觉到有人在暗处偷偷跟踪她，搜集相关信息，甚至拍到了她和汪舸一起出入民政局的照片，只等一个合适的机会杀她一个措手不及。

世事不断变幻，外部世界飞速运转，一刻都不曾停歇，每个人的生活里都被塞进了越来越多、越来越繁复的元素，他们的世界变得越来越庞大、喧闹并且错综复杂——除了叶昭觉。

她如同一个僧人，只专注于经过自己手的每一个饭团烧。

日出而作，日落而息，嘈杂的小店是她修行的寺院，每一粒米都是她的禅。

除此之外如果非要说还有些什么牵念的话，那就是……齐唐。

她只对自己坦诚这件事。

之前他老是在她眼前晃来晃去，说些不着边际又好像意味深长的话，自从那晚摊牌之后，他便极少出现，说是忙，但也不知道是被挫伤了自尊，还是真的如他所说的那样，想多给她一些时间考虑。

"好像很久没有联络了……"

是的，齐唐清清楚楚说过，她可以慢慢思考，不用急着下结论做决定。

但叶昭觉相信，随着时间的推移，齐唐的执念会慢慢淡化——她对自己的吸引力没有太多信心。

长大以后的叶昭觉，不是一个过分贪婪的成年人。金斧子银斧子再诱人，不是她掉进河里的铁斧子，她就不会要。

一种天生的警觉性——对人生中那些又美又好的诱惑，她比这个世界上绝大多数的人都要清醒——什么都想要的人，会不得好死。

眼下，她所处的这个人生阶段，对命运她只有一个祈求。

她想好好开店，努力挣钱。

可是命运，之所以被称为命运，正是因为它通常不会按照人类预想的节奏发展。

它随心所欲操控一切，有时慷慨仁慈，像是要将世间一切光环荣耀加之于你，而另一些时候，当你以为苦难终于有所转机，它又满怀恶意，暗算你，伏击你，重创你。

命运不仁，你却毫无招架之力。

房东出现的那天，S 城下了一场暴雨。

电闪雷鸣，整个天幕都被乌云遮挡，街上几乎没有行人，车辆也都开得飞快，雨太大了，果果只好请一天假。

于是，下午四点半，店里只有叶昭觉。

她刚翻开新买的一本杂志，这时，有人推门进来。

"张哥，下这么大雨，你怎么来了？"叶昭觉非常惊讶，又有些疑惑。

张哥随手扯了几张桌上的纸巾，一边擦身上的水渍，一边说话：

"啊，正好路过，顺便来看看你做得怎么样啊。"

此时，叶昭觉还没有察觉到不祥。

她笑了笑，硬着头皮讲了些场面上的客气话："生意还过得去，多亏张哥您这儿风水好。"她讲得很生硬，像是有谁撬开她的嘴把这种话强塞进去那样。

"那就好。"张哥不紧不慢地坐下来，又扯了几张纸巾擦手，眼睛四处打量着店内的装潢，"赚到钱了吗？"

叶昭觉有点不安地皱了皱眉，依然还在笑着："还没呢，小生意不好做。"

"小叶啊，我今天来呢，有件事要跟你商量。"张哥的目光终于从四面八方收回来了，投在叶昭觉的脸上，寒暄完毕，他要阐明自己真正的来意了。

"您说。"叶昭觉原本就勉强的笑一点一点冷下去，直觉告诉她，不是什么好事。

张哥像煞有介事地咳了一声，也是个爽快人，懒得拐弯抹角："小叶，是这样的，这个店的租金啊，要涨。"

一块巨石砸在她的头顶上，她整个人都被砸蒙了。

过了好半天，她听见自己问："您是开玩笑的吧？我们可是签过合同的，最短期限是一年，这还没到第三季度呢，现在涨价不太合适吧？"

"这个嘛，情况有变啊。"张哥说，一副"我也很无奈"的样子。

"可是我们是签过合同的……"叶昭觉心里慌作一团，反复地强调这一点。

偏偏这个时候店里只有自己一个人，她又生气，又慌张，手心开始微微出汗，要是现在乔楚在就好了，哪怕果果在，她都不会感觉这么虚弱。

打击来得太突然，她唯一能够想到的就是"合同"这个最后的保障。

她知道自己的脸色已经很难看了，但仍然很努力地想要维持礼貌，强迫自己保持笑容："有合同在，您不能随意涨价。"

"合同上有一条违约赔偿的条款，"张哥看着面前这个明显已经方寸大乱的小姑娘，到底还是年轻，处世经验有限，"如果你不能接受涨租金，那我按照条款赔偿你。"

言外之意很明显——我赔偿你租金损失，但你得收拾东西走人。

"嗡"的一声，像是有人在她耳边里狠狠地撞钟，她一个趔趄，差点跌倒。

稳住，沉住气，不要慌——内心有个声音在这样说，可是肢体不太听使唤，全身都开始发抖。

"张哥，我想问问为什么。"她尽最大的努力让自己均匀地喘气，虽然心里诅咒他全家，但还没到撕破脸的时候，"太突然了，您不能这么……"她一咬牙，"不讲道理。"

"反正我有我的困难，这个就不跟你细说了。"张哥绕过了她的问题，"你看我也提前一个多月通知你了，你要是不能接受涨价呢，我也同意赔偿你，你还是有选择余地的嘛。"

毫无契约精神，太无耻了！

叶昭觉得自己下一秒就要哭出来了，为了不在这种人面前丢脸，她用指甲深深地掐进大腿的皮肤里，硬撑着问："涨多少？"

张哥老气横秋地丢出几个字："百分之五十吧。"

"×！"叶昭觉低声爆了一句粗口，但更难听的话，她忍住了。

从来没有一刻，她像现在这样希望自己是个泼妇，那种完全没有受过任何教育的泼妇，屁话都懒得跟你啰唆，上来直接两耳光开抽，揪你头发，踹你下体，拿指甲刮你的脸。

"小叶，你现在在气头上，我不跟你计较。"张哥站起来，抖了抖裤腿，"我说过了，你要是不能接受，我可以按照合同赔偿你。先这么着，你决定好了随时打电话给我。"

不知道时间过去了多久，雨已经停了，街上恢复了些许生机。店里进来两三个客人，点单点了好半天，她才回过神来。

腿上的皮肤大概是被指甲掐破了皮，隔着裤子也能感觉到细细的疼。

她胡乱做了两个饭团烧，又觉得这样滥竽充数的东西实在拿不出手交给客人，慌慌张张地退钱，又一个劲向客人道歉。

客人走了之后，她在门上挂上"休息中"的牌子，慢慢地坐下，拿出手机，想找人说说话。

她翻着电话簿，想哭，又忍住了。

为什么总是我呢？

这个时候，所有难堪的沮丧的回忆，全部清晰起来。因为腿伤被辞退的那一次，因为 Vivian 想做美容，所以她不得不从电影院跑出去接电话的那一次，还有为了搞定陈汀，她在冬天的寒风中脱得只剩贴身衣物的那一次……

历历在目。

我只是想认认真真地做一点事情，挣一点点钱，让自己生活得稍微好一点。

我很勤劳，也很安分，可为什么噩运总是要跟着我呢？

暴雨过后的这个傍晚，在空无一人的小店里，她觉得自己已经被彻底击溃了。

这一刻，她真希望齐唐能突然出现啊。

当她这么想的时候，手指便无意识地停在了电话簿里齐唐的名字上，只停顿了一秒钟，她决定，她要打这个电话。

"咦，好难得你主动找我，你是不是想我了？"齐唐讲话还是一如既往地贱，但不可否认的是，确实有些惊喜。

听到他的声音，叶昭觉一时又语塞，好半天才憋出一句："你在哪儿？"

"我在法国啊，苏沁没告诉你我出差吗？"齐唐顿了顿，很快意识到情况反常，"你鼻音怎么这么重，感冒了，还是哭了？"

"没哭啊……"她真心认为自己没哭，可是一摸脸，确实有眼泪。

"那就是哭了。"齐唐心想，真是个没用的家伙，就知道哭。

他想了想，还是不要对她要求太苛刻了："你先告诉我是什么事情嘛，是不是你前男友要和新女友结婚了你吃醋啊？"

"屁！狗屁！"她一五一十地将事情讲了一遍，"我快气死了，你知道吗！"

齐唐也松了口气，他还以为多大的事——这他妈也值得哭？

"昭觉，遇到任何事情，你首先要保持冷静。冷静才能够帮助你在最短的时间里找到解决方式。"他沉吟了片刻，"即便是坐地起价，百分之五十的涨幅也明显是不合理的。而且，涨得这么突然，其实就相当于要赶人走。通常情况下，一方宁愿付出赔偿金来毁约，背后一定是有更丰厚的利益在驱动，所以，房东这样坚持要涨租金，应该是有人愿意出更高的价格来租，或者是买下他的店面。"

叶昭觉慢慢地镇定下来。

"不要紧，还有时间，我们可以找新的地方，这次算你学聪明了，知道要找我帮忙。"

任何棘手的事情，被齐唐一说，好像都是轻于鸿毛的小事。

叶昭觉没说话，又要麻烦齐唐，想到这个她心里就不好过。

齐唐又说："总而言之，挂了电话你就去吃你想吃的，买你想穿的，发泄一下，等我回来给你报销。"

叶昭觉本想说"我可不想占你小便宜"，话到嘴边，却变成了："那你什么时候回来？"

"两三周后吧……"齐唐又恢复了最开始那副吊儿郎当的语气，"我就说你想我了吧。"

"呵呵，滚！"

挂掉电话之后，叶昭觉转头看向玻璃门，她惊讶地发现，自己脸上竟然出现一种罕见的、略微羞涩的笑。

我 ×——她简直快被这一幕吓死了！

果果在听说了房东要涨租金之后，凭着自己的机灵劲，从别的店家那儿打听到了一些情况，回来向叶昭觉报告："昭觉姐，听说是某个大型连锁超市看上了这块地，要整个买下来。"

实情和齐唐的分析大致吻合。

叶昭觉明白了，张哥的根本目的其实是要收回这个店面，至于涨租金，那不过是一种为难她的手段而已。

事已至此，只好一边顾着这头，一边尽量抽时间去其他地方找找合适的店面。

"昭觉姐……"果果迟疑着，但还是问出来，"我们不会关门吧？"

叶昭觉怔了怔，这才意识到，虽然是个小店，但自己毕竟是老板，老板就要有老板的样子。

她对果果笑了一下，说："不会的，放心吧。"

然后，命运就像是那些看热闹不嫌事大的路人，煽风点火，推波助澜，非要把原本已经够糟糕的局面，搅和得更糟糕。

最后一根稻草，终究还是压了下来。

这天晚上，看着账本上那一大堆密密麻麻的数字，叶昭觉眼睛都快瞎掉了。

现在这点利润，也就勉强使收支平衡，根本别想赢利，加上还有涨租金那个破事，她简直想死。

为了找点安慰，她打开电脑，登上团购网站的页面，那边应该会有好消息吧。

刚看了几分钟，她就发现了一个严重的问题。

近日来，她的产品的浏览量正在急速下降，订单显示为关闭状态。

她心里一颤，急忙去看其他家的订单，也同样如此。

现在，她感觉自己有点呼吸困难了。

她甩了甩头，想把所有不好的预感从脑中甩掉，然后拨打这个公司的电话。

忙音响了很久，一直没有人接。

"也许是太晚了，明天再打吧。"她竭力控制着自己不要崩溃，连续做了几次深呼吸，又对自己强调了一遍，"不要胡思乱想，不要乱了方寸。"

要冷静！要镇定！

从第二天清早一直到下午，除了打电话之外，她什么事也没做。

没有人接，没有人接，还是没有人接——她觉得自己马上就要摔手机了！

在果果的提醒下，她手忙脚乱地在抽屉里翻了一通，终于把那张不起眼的名片从一堆杂物中翻出来了。

电话那头传来"喂"的那一刻，叶昭觉双膝一软，两眼一翻，差点瘫倒在柜台后面。

事后，果果是这样向乔楚描述的：

"昭觉姐一直对着手机吼，问为什么会出现这种问题，然后那边不知道说了什么，昭觉姐彻底疯了，她一直大声喊着说，我的损失怎么办？谁来赔偿我？申请破产就可以不用赔偿吗？法律？我不管！是你来找我谈的合作，你要赔偿我所有的损失！

"店里好几个客人都吓跑了，我也不敢多嘴……昭觉姐骂着骂着就开始哭，可是还没哭几秒钟又开始骂……后来我实在看不下去了，就去扶她，靠近的时候，我听到手机那头根本就没有人讲话，对方好像早就挂掉了。"

乔楚听明白了。

她从自己的钱包里拿出几张钞票，点了一下，拿给果果。"乖，没事了。明天起你不用过来了，"她压低声音，生怕刺激到叶昭觉，"谢谢你这段时间在这儿帮忙，辛苦了。"

果果接过钱，对乔楚道了谢，又担心地看了看坐在里面的叶昭觉，问乔楚："昭觉姐不会有事吧？"

换作以前，乔楚一定会笑眯眯地讲"她呀，她什么事都扛得住"，可是这一次……

乔楚也没什么把握说这句话了。

夜深人静的时候，乔楚走到柜台里面，俯视着叶昭觉——

她坐在地上，嘴里叼着一根烟，一直没点，双手抱膝，头发被自己抓得一团糟，眼睛不知道盯着哪里出神，那个样子又狼狈，又让人心疼。

"昭觉，我们先回家吧。"乔楚的声音很小很轻，像是怕惊扰到一只蝴蝶或是飞鸟。

过了好长时间，叶昭觉把那根烟吐出来，眼睛也慢慢聚光。

她像是刚刚才听到乔楚说的话，抬起头来，她嚅动着嘴唇，声音轻不可闻。

"哎，乔楚，我好像走到绝路了。"

"会有办法的。"乔楚也知道这种时候说这种话，其实没多大意义，但她还是觉得必须说点这种没用的空话才行。

叶昭觉惨然一笑："真是对不起啊乔楚，我本来想多赚点再还你钱的，现在……"她又低下头："现在真是傻 × 了。"

"先不要说这些了，到底是怎么回事？"事情显然已经到了无可挽回的地步，乔楚觉得倒不如索性问个清楚。

"那个业务员说公司申请了破产保护，不用赔偿损失。她自己也失业了，不在那儿干了，现在忙着找工作呢，没时间跟我吵架……"

"事先一点风声都没有吗？"乔楚皱着眉头问。

"小职员能摸到什么门路？说是融资出了问题，现金流断了还是他妈的什么理由，我不知道，她说她也不清楚，然后就挂电话了。"

乔楚不知道还能再问什么，但安慰的话她也说不出口。

她坐下来，揽住叶昭觉的肩膀，这个时候，她唯一能做的也就只有安安静静陪在叶昭觉身边。

夜越来越深，越来越静，门外依然是声色犬马，万丈红尘，而叶昭觉的心却犹如战后疆场般哀鸿遍野。

有那么一刻，她意志坚定地认为，眼前这一切只是一场幻想。

日出之时，幻想便会破灭，她会洗干净脸，背起她的环保袋，像过去小半年里的每一天一样，走到公交车站台去等公交车，然后打开店门，开始做第一个饭团烧。

她的耳边像是有人奏起哀乐，窗外一片漆黑，那哀乐声绵绵不绝，从这个屋子里飘出去，飘得很远，很远，远得她一生也走不到那些地方。

她无意识地轻叩着地板，噔，噔，噔，一声又一声，像某种奇怪的暗号，又像是契合着哀乐的节拍。

她一头跌进这巨大的、空洞的敲击声里，再也不想醒来。

乔楚蹑手蹑脚地走到门外，给闵朗打了一通电话，草草地讲了一下情况，随后两人各自沉默了半天。

"你怎么想？"闵朗问。

乔楚叹了口气："我现在是真的有心无力，况且，她肯定不会再让我帮忙。"

闵朗也跟着叹了口气："不是我故意推辞，以我这么多年对她的了解，别的也不敢说，但你我肯定都不是帮她一把的理想对象。"

"嗯……"乔楚心里一动，"那我们再分头想想办法。"

挂掉这通电话之后，乔楚和闵朗几乎同时又各自打了一个电话。

闵朗打给了简晨烨，而乔楚，打给了齐唐。

兵败如山倒，叶昭觉终于彻底地理解了"万念俱灰"是什么意思。

几天之后，她给张哥打了一个电话，言简意赅地说——我接受赔偿。

如果不是为了让损失减少到最小，叶昭觉说什么都不想再见到张哥这个人，但眼下她身陷困境，进退维谷，这个时候谈"骨气"是一件太不合时宜的事情。

以前满满当当的店里，现在空落落的，只剩下几张塑料凳子，客人们贴在墙上的心愿便笺条也七零八落，看上去既破败又哀伤。

各种设备、工具、冰箱、桌椅都已经被二手市场的人开车拖走，当初花了那么多钱买进来，最后她好话说尽，也不过只能以不到三分之一的价格折现。

那天下午，叶昭觉站在店门口，站在灼目的阳光里，眼睁睁地看着那几个搬运工把东西一样一样从店里搬上货车，前前后后不到半个小时，她曾苦心经营的一切，风卷残云一般，什么都没了。

有一把铁锤在锤打着她的五脏六腑，她痛得出不了声。

然而，再过那么几分钟，她就麻木了。

构筑一样事物需要耗费大量的时间、精力和钱财。维护它，则需要更持久的专注和耐心，但要摧毁它，显然就简单多了。

看着这家小小的店从无到有，又从有到无，叶昭觉眼中尘烟四起。

她目睹的不是一个店结业，而是自己人生中一场盛大的死亡。

最后交接时，她和张哥都冷着脸，签完该签的文件，算清账目，一句多余的废话都没说，各自走人。

叶昭觉拿着张哥退还的店铺押金和因为违约而赔偿的三个月租金，站在人潮涌动的街头，一时不知道该往哪里去。

那种熟悉的感觉又回来了，在生活遭遇了这样突然的激流动荡之后，对这个世界的恐惧、对人群的恐惧和急切想要逃避现实的心情，又回来了。

她回头看了一眼对街那个店面——那个空空的店面，过去所发生的一切像是一个个锋利的刀片从她眼前疾速划过。

这一刻，叶昭觉忽然有种全新的领悟，根本就没有什么"重新开始"，对她来说，人生只有一个指向，无论她做再多的努力，改造生活的愿望再怎么强烈，等待她的仍将是终极的、全面的、灭顶的失败。

她站在街头，一动不动，支离破碎，碎在阳光和空气中，碎在每一片树叶的缝隙里。

环保袋里响起了手机铃声，她静静地把手伸进去，摁下静音键。

几分钟之后，手机上收到了一条微信，来自齐唐——

我后天回来，你等我。

<3>

大半夜听到敲门声还是有一点惊悚的，叶昭觉从猫眼看出去，外面一片漆黑。

她硬着头皮，大声地冲着外面喊了一句："谁啊？"

"是我。"

她听出来了，同时脑中忽然闪过一个词语——福至心灵。

"这么晚你怎么来了？"叶昭觉很意外。

齐唐也很意外，她的状态比他原以为的要好很多，他的意思是，比她失恋那次要好，至少没有烂醉如泥。

"倒时差，顺便过来看看你。"他轻描淡写地打消她的担忧，"看看你需不需要开导。"

"我需要的不是开导，是钱。"叶昭觉一脸的自暴自弃，指了指冰箱，"里面有吃的，你自己拿。"

齐唐拉开冰箱门，心里一惊，冷藏柜里的饭团烧堆得像一座山，他背后传来叶昭觉的声音："我这辈子的饭团烧都做完了。"

他半天没有作声。

看到这一大堆饭团烧时，他就已经明白了，她的"好"只是一种表象，或许是为了自尊，或许是已经麻木，所以她没有表现得像从前那样声嘶力竭，但是，她心里有些至为宝贵的东西，或许已经无声无息地溃烂了。

他拿出两个饭团烧，放进微波炉里加热，洗干净手，轻车熟路地从橱柜里拿出盘子。

"我饿了，吃完东西再跟你谈。"齐唐回过头，微笑着对叶昭觉说。

凌晨，他们对坐在餐桌两头，一个埋头吃东西，一个冷眼望着对方，没人说话，只有时间在静静流逝。

这个画面有点诡异。

终于，齐唐吃完了，叶昭觉勉强自己笑了一下："放了好几天了，吃坏肚子不要怪我。"

"你放心，你做错什么我都不跟你计较。"齐唐也对她笑了笑。

"我最近比较忙，你遇到事情的时候我不在，很抱歉。"他讲得很官方，但又似乎很真诚，倒是让叶昭觉有点不好意思。

"关你什么事啊，别往自己身上揽。"

"我承诺过会尽我所能照顾你，不管你有没有当真，我都会尽力而为。"

叶昭觉没料到齐唐一开口就这么郑重其事，她有点猝不及防。

　　过了片刻，她嬉皮笑脸地说："这次时间不凑巧，等下次我再遇上什么倒霉事，你及时出现就行了，你放心，机会多的是。"

　　齐唐在不开玩笑的时候，脸上的表情总是像经过了很长时间的沉淀，眼神深不见底，持重、老成、聪明、看透，看似放空却又饱含内容。

　　他没有接叶昭觉的玩笑，从这一刻开始，他要认真说话了。

　　"你清算过亏损了吧，现在是什么状况？"

　　"惨不忍睹。"叶昭觉又恢复成了那个自暴自弃的样子，"我自己的钱就不说了，房东赔偿的那点，还不够还乔楚的。"

　　这是她第一次对自己之外的人说出这些话。

　　连日来，无论乔楚他们如何追问，她总是缄默不言，他们以为她只是太伤心。

　　只有她自己知道，其实这是自欺欺人，不说，好像就等于事实未定。

　　一旦说出口，她的失败就成了板上钉钉，太难堪了。

　　"我会拿一笔钱给你，你先还给乔楚。"齐唐用手势制止了她差一点脱口而出的拒绝，"先不要急着反对，听我说。

　　"我知道你不愿意接受我的钱，其实呢，任何一个有尊严的人都不愿意无缘无故欠别人钱，大家都有困难，都有苦衷。既然不得不欠债，那就识时务一点。"

　　"我和乔楚相比，你觉得谁更需要钱？"齐唐淡漠地看着她，他无意炫耀什么，只是事实如此，没法把话说得太委婉。

　　"你有自己的原则，我都理解，也很尊重。不过，叶昭觉……"齐唐抿了抿嘴唇，接下来的话不太好听，可又不得不说，"如果这些东西要建立在损害朋友的利益之上，你未免太不成熟，也稍微自私了一点。"

叶昭觉瞪着他，忠言逆耳，却不容辩驳。

"乔楚借钱给你，初衷绝对不希望你亏损。要是你能适当地增加一点回报，她会更开心，这也才更符合常理。但现在事与愿违，怎么办，让她陪着一起承受损失吗？对她公平吗？她尽了她作为朋友的道义，你有什么打算呢？"

"我会想办法尽快弄到钱还给她。"面对齐唐这样不留颜面的剖析，叶昭觉只能硬撑着说一两句不痛不痒的话。

"想什么办法？你没有任何资产可以套现，又损失了一大笔存款，回家找父母要吗？还是尽快随便找一份工作，靠着月薪攒钱？这倒是个办法，但时间成本呢？除去你的正常开销，每个月你能攒下多少钱，以这样的速度，你要攒多久才够还她？"

齐唐毫不留情，一瓢接一瓢的冷水兜头泼下，叶昭觉已经完全无力反驳这一连串的问句。

他太有条理并且逻辑缜密无懈可击，事实的确如他所说，她根本就没有可能在短时间之内筹到钱还给乔楚。

叶昭觉转过脸去，不愿意看齐唐，但是她的心里已经放弃了抵抗。

齐唐又叹了一口气："我这一面很讨人厌，我知道。"

叶昭觉心想，呵呵，你自己也知道。

"但无论如何，我是希望你好。"

千言万语都堵在她的喉咙里。

一生之中，锦上添花太容易得到，雪中送炭也不难，难的是，一次又一次地雪中送炭。

"你不要担心，我不会白给你钱。"齐唐看出她的心理防线已然松动，"你要写借据给我，俗归俗，大家心里都好过一点。"

叶昭觉几乎是充满感激地点了点头。

事到如今，他竟然还顾全着她那点微不足道的自尊心。

"比我预计的时间要短。"齐唐看了看手表，"我本来以为要跟你较劲较一夜呢，你还算有点资质，没我想象中那么冥顽不灵。"

正当叶昭觉以为他要走了，准备起身送他时，齐唐脱掉了外套："我懒得动了，今晚睡你家。"

"什么？！"叶昭觉以为自己听错了。

"睡——你——家，不是睡你。"他没有跟她啰唆，径直走进了浴室，过了一会儿，叶昭觉清晰地听见了水声。

与此同时，她还听见了一句让她恨不得钻进地缝里去的话："又不是没睡过。"

是夜，叶昭觉躺在床上，面红耳赤心跳加速，齐唐就躺在床边的地铺上，她稍微侧侧头就能闻到他身上沐浴后的清爽气味。

房间里很安静，只有彼此的呼吸声。

过了很久，她试探性地问："睡着了吗？"

没有听到回答。

她安下心来，看样子他确实是累了。

正当她准备酝酿睡意时，齐唐说话了："想动手就直接点，问什么问。"

"去你妈的。"她随手抡起床上一个抱枕就往他的身上砸过去，"你怎么那么贱啊。"

"我只是一个正常的成年男性。"齐唐的语气很平稳，"你非要投怀送抱，我也不会拒绝。"

"投怀送抱个屁啊，我可是个正经人。"她好像已经完全忘记那一次在酒店里发生的事情。

又过了一会儿，叶昭觉轻声道："齐唐——"

"嗯？"

"我是不是太没用了？"

她问出这句话时，有点哭腔：唉，这种自我否定的感受真是太糟糕了。

过了几秒钟，他的手从黑暗中伸过来，握住了她的手。

"经历了这么多磨难，你的生命力会不断变得强韧，从来就没有不用付出代价的成长。你一次次跌落深渊，也会一次次从深渊里爬起来。我认识的叶昭觉，从来都不会认输，更不会放弃。"

在浓墨一样黑的夜里，她听到这番话，就像是在暴风眼里看见了希望之光。

她抓住他的手，放在自己的眼睛上，他掌心那种温暖而坚定的力量，足以让一个迷途的人找到故乡。

还钱给乔楚时，叶昭觉没有过多解释，钱的事简单明了，人情却不是三言两语就说得清楚的。

乔楚有点意外，但凭她的聪明，稍微分析了一下就得出了结论："齐唐？"

叶昭觉没有否认，除了他，的确也不会有其他人了。

但接下来发生的事情，便完全超出了她的预料。

手机网银提示她，某个许久没碰的账户里突然汇入了一大笔钱，奇怪的是，这个账户是她从前专门用来存钱买房子的，并不是她告诉齐唐的那个。

仔细一想，她忽然汗毛直立，除了她自己和银行之外，全世界就只剩下一个人知道这个账户的存在。

这是分手之后，她第一次来简晨烨的工作室。

简晨烨打开门，毫无防备，看到是叶昭觉，他显然有些手忙脚乱："啊，你怎么来了，这么突然？"

叶昭觉一声冷笑："我来当面谢谢你，顺便把钱还给你。"

简晨烨挡在门口没有动，一点请她进去的意思都没有——这太反常了，可一时间叶昭觉没有反应过来，现在，她满心都是愤怒和羞耻。

简晨烨，既然你已经有了新的生活，何必多管我的闲事？

"是闵朗告诉我的，怎么了？！"简晨烨被她的态度弄得很恼火，"再怎么样，我们也曾经在一起那么久，我没资格为你做点事吗？"

"对，你没资格。"叶昭觉的态度不像是来还钱的，更像是来讨债的，"你是我什么人？我出了天大的事，闯了天大的祸，都轮不到你帮忙。"

"你为什么还是这么野蛮，一点进步都没有？"眼看自己一番好心被叶昭觉如此糟践，简晨烨面上实在挂不住，他的口气也渐渐硬了起来。

不就是吵架吗，以前在一起的时候经常吵，谁怕谁呢？

"对啊，我没有进步，还跟以前一样市侩，是个彻头彻尾的 loser。你进步了，你有钱了，你了不起，所以在我落魄的时候羞辱我你很爽是吗？"

"叶昭觉！"简晨烨忍无可忍了，要不是看她是个女生，他都要动手揍她了，"你是不是有病啊，你是疯了吧？"

"我是疯了还是戳到你痛处了，你心里清楚得很！"

她逼近他的面孔，彼此的眼睛里都有一把怒火在燃烧。

这就是最悲哀的事情——相识多年，他们太过了解对方，一句话、一个眼神代表着什么目的，隐藏着什么动机，彼此都太清楚了。

她当然知道——简晨烨做这件事，善意成分居多，即便确实存在那么一丁点赌气、一丁点炫耀、一丁点心机，那也是可以忽略不计的。

然而，她却选择了放大这个不好的部分，故意忽略掉他想要帮助她的心意。

或许，在潜意识里，她在意的不是分手之后他的前途比她光明，而是，他竟然可以——那么快——喜欢上别人！

那么快和别人在一起！

简晨烨心里也直发毛，其实，叶昭觉多少还是说对了。

尽管他的本意是想帮她，但是他不得不承认——这其中的确隐藏着些许不便道明的私心，他更不承认，当他听闻她潦倒之时，甚至有那么一刻，他的内心有种卑鄙的窃喜。

多年后，他终于能够再次以拯救者的姿态出现在她的生活里，哪怕就这么一次，也好。

人的劣根性，爱恨纠缠揭示出来的私欲，她的自尊，他的新欢，前尘往事——那句被滥用的名言——我们再也回不去了。

"我不用你帮。"叶昭觉的声音像冰一样寒冷。

"是我自作多情，你当然不用我帮——"简晨烨怒极反笑，"有了齐唐，你哪儿还需要别人。"

他说出了事情的真相，齐唐的存在是她如今能够挺直脊梁的唯一支撑，但正因为这是真相，才深深地刺痛了她。

她几乎是毫不犹豫地，连一秒钟的思索都没有，就给了他一耳光。

那一声耳光太响亮了，终究是惊动了里面的人。

辜伽罗静静地从里面走出来，站在简晨烨的身后，她的目光直直地落在叶昭觉脸上，像正午时分的阳光——直接，粗暴，一种劈头盖脸的力量。

她没有说话，却令简晨烨和叶昭觉都失了聪。

遽然间，叶昭觉的怒气全然消散，余下的只有无尽的悲凉。

她往后退了一步，脸上出现了一种决绝的笑容："你怎么不早说有客人在呢，呵呵……"她又转向辜伽罗："抱歉，失态了。

"简晨烨，你汇给我的钱全都在这张卡里，一分都没有少。我原来存的那些我已经转走，卡留给你，密码你知道的。打扰你们了，不好意思，我走了。"

她匆匆说完这些话，便头也不回地离开了这里。

简晨烨在门口站了很久很久，他手里捏着那张薄薄的卡片，整个人都在轻微地颤抖。

很奇怪，虽然分手已经这么久，但这一次，才真正感觉到自己彻底失去她了——这个念头一旦产生，便很难再消除。

简晨烨不能回头，因为他的眼中微有泪光，同时还因为这泪光与他身后这个人无关。

辜伽罗单刀直入地问："你还爱着她吗？"

"怎么可能！"简晨烨笑了一下，假装很不屑的样子，但他并没有回头看她，"闵朗告诉我，她开店亏了，我就想帮帮她。"

"所以那天你打电话给画廊，请他们尽快把卖画的款项打给你，就是因为这件事吧。"辜伽罗并没有用疑问的口吻，而是在陈述她所认定的事实。

这时，简晨烨的情绪已经缓和过来，脸上挨的那一耳光也已经不疼了。

尽管如此，他依然不想再继续谈论这件事："不说了好吗？"

"如果你还爱着她……"辜伽罗又说，但这次她没有说完，便被简晨烨打断了。

"我说了，没有。"他竭尽全力在维持平稳的语气，"但我和她毕竟……换了徐晚来遇到这样的事情，闵朗也一样会像我这么做。"

187 *Collapse of Mundane Life* Ⅱ

他说完这句话便转身进去，没有看辜伽罗，他的心情糟透了，暂时顾不上安抚她的情绪。

辜伽罗被晾在原地，有一种从来没有过的感觉，比难过还要难过，比伤心还要伤心。

他忘了，他曾亲口说过，闵朗对徐晚来的感情是，将她看得比世上任何一个人，甚至比他自己都更重要。

她没有把这个证据再拿出来与简晨烨对质——毫无意义了。

她只是在心里问自己：简晨烨有可能把我看得比其他人——包括叶昭觉都更重要吗？

过了一会儿，她心头清清楚楚地浮现了答案：不会。

跟简晨烨吵完架之后，叶昭觉最想做的事情就是好好休息几天，以睡眠来犒劳疲乏的肉身。

至于未来的打算，呵呵，还是等睡醒之后再说吧。

她躺在床上，手机放在床头柜上充电，抱着笔记本刚想找个电影看一看，已经完全不记得上一次这么放松是什么时候了，然后，手机响了。

一个完全没有想到的名字。

一个脱离她日常生活轨道很久了的人。

"你在家吗？我在楼下。"

尽管叶昭觉心里满是疑问，但她还是很快地回答说："我在家，你上来吧。"

"呜呜呜……昭觉，我不知道还能去哪里。"

邵清羽从进门见到叶昭觉就开始哭，哭得鼻涕泡一个接一个地冒，没法停下来，也没法好好说句话。

叶昭觉倒了杯水给她，然后一声不吭地把笔记本拿过来，继续对着视频网站找电影。

她就是要晾邵清羽一会儿，看她这次又想搞什么名堂。

"你怎么这么冷漠啊？"邵清羽呜咽着，断断续续地质问叶昭觉，"你一点都不关心我。"

"我这个死穷鬼要怎么关心你这位大小姐才对呢？"叶昭觉看都没看邵清羽，继续维持冷漠的态度。

但其实，从她打开门看到邵清羽哭成那个蠢样的时候，她就已经不生她的气了。

"你好记仇啊……"邵清羽哭得差不多了，端起杯子喝了口水，现在她有力气跟叶昭觉对抗了。

"行了，说重点吧，这次又是男朋友劈腿吗？"以叶昭觉对她的了解，来来去去就是那点事，不是吵架了就是要分手，玩不出什么新意。

却没想到这次邵清羽一反常规，开口就把叶昭觉震住了："我被我爸赶出来了。"

叶昭觉惊得差点没抱住电脑："什么？"

邵清羽点了点头，又可怜巴巴地重复了一遍："我被我爸赶出来了……"

　　还嫌效果不够震撼，再添上一句："车啊，包啊，卡啊，全被没收了。"

　　叶昭觉用了几分钟的时间才消化了这件事。

　　和邵清羽认识这么多年，也目睹和参与过她桩桩件件大大小小的错事和蠢事——就她做的那些事，换作别人家，早就应该大义灭亲了。

　　但邵清羽年幼丧母，她父亲一直心怀愧疚，加之家境优越，所以这些年来她一直没受到过特别严厉的教训。

　　这次一定是出了什么大事。

　　"我瞒着家里跟汪舸领了证，被我爸知道了。"邵清羽哭完之后，开始向叶昭觉倾诉自己的悲惨遭遇，"都是姚姨那个贱人搞的鬼，她还口口声声说是为了我着想，怕我单纯被人利用被人骗，去他妈的，最阴险的人明明就是她自己。"

　　但叶昭觉听到的重点是："你领了证，这么重要的事情，竟然没有让我知道！

　　"你他妈的还当我是好朋友？"

　　"我不好意思告诉你啊，"邵清羽看起来理直气壮，"我不找你，你就不找我，我也要面子的好不好。"

　　解释完之后，也不管叶昭觉是否接受，继续说她自己的："不过我也不是这么好欺负的，她找人查我，查汪舸，我也找人查了她，她瞒着我爸给邵晓曦买房子的事我也没客气地给她抖出来了，要死就一起死。"

　　"呵呵，"叶昭觉无法忍住内心嘲笑的声音，"那你爸怎么处置她呢？"

说到这里，邵清羽又垂头丧气了。

当着父亲、妹妹和继母撕破脸，互相揭底的场面确实是太难看了，虽然各自手里都握着对方的把柄，但是，显然，她手里这张牌跟姚姨手里的那张，不是一个重量级。

尽管邵凯对妻子擅自购置房产一事也很生气，但相比起来，女儿未经自己允许，私自与人结婚……这才是令他雷霆震怒的"家丑"。

回想起姚姨那副得意扬扬的嘴脸，邵清羽就恨得咬牙切齿。

"我调查过那个男孩家里的情况，怎么说呢……算不上多困难，但也绝对不阔绰，就普普通通吧。清羽，你从小到大没吃什么苦，你是受不了那种日子的。"姚姨的话里其实多多少少还是有几分真心的，可惜邵清羽早被愤怒冲昏头脑，完全听不进去。

"关你屁事！不是每个女人都像你这么不要脸，为了钱不择手段，硬是挺着大肚子嫁给一个比自己老这么多的男人。"

就是这两句话，为她招致了人生迄今为止的最大危机，有生以来第一次，父亲动手打了她。

那一耳光把她打蒙了，也把她打醒了。

"这里早就容不下我了，我知道。"她望着父亲，笑了笑，"我一直都是这个家里多余的成员。"

说罢，她转身就要走，被邵凯一句话拉住了："你必须离婚。"

邵清羽回过头，难以置信地看着邵凯，像是头一次认识自己的父亲——如此专制，如此霸道，如此武断。

"我是成年人，你没有权利要求我做任何违背我个人意愿的事情。"邵清羽一字一顿地说。

她很庆幸这个长句子说得简洁顺畅，不拖泥带水。

然而，邵凯比她更简洁："那你就从这里离开，不能带钱，不能开车，我会停掉你的信用卡，直到你离婚为止。"

在这场跟父权的较量中，邵清羽输得一败涂地，但最重要的东西，她保住了。

从家里走出来的时候，她钱包里只有几百块现金。

当她坐在出租车里，车子开往叶昭觉家的方向，她觉得，或许，自己一生到现在为止，才算真正有了人格。

但叶昭觉还是很不爽："既然你都结婚了，那你去汪舸家啊，跑我这儿来干什么？"

邵清羽一副"我知错"的表情："现在去他家不合适嘛……昭觉，你不要生我的气了，过去都是我不对，你看我现在这么惨，你就原谅我呗。"

"我当然会原谅你"——但是叶昭觉没有说出来，她依然板着脸，恶狠狠地说："你现在断了经济来源，我也穷，你赖在这儿我们就只有一块儿饿死。"

"怎么会呢，你以为我傻呀，"邵清羽笑得贼兮兮的，一看就知道心里攒着坏主意，"我当然会想办法呀。"

半个小时之后，敲门声响了。

叶昭觉走到门口，狐疑地看着邵清羽，后者露出了那种得意扬扬的笑容："你开门就是啦。"

门开了，与叶昭觉的猜想有一点出入。

她原以为会是汪舸，正准备要大骂邵清羽一顿，可是面前站着的，是齐唐。

"我来给邵小姐送点钱。"齐唐笑着对叶昭觉说。

看到他的笑，叶昭觉的心情也变得好了一些，她低下头，也轻轻笑了起来。

Chapter 5

当所有散落的珍珠被穿成一串项链的时候，
她才会了解，每一颗珍珠都包含着命运安排的深意。

⟨I⟩

　　齐唐在接到邵清羽求助信息的第一时间，什么都没问，直接来到叶昭觉家给她送钱，但搞清状况之后，他还是把邵清羽狠狠地骂了一顿。

　　"你爸只是断了你的经济来源，算很客气了。你要是我亲妹妹，我都要揍你。"

　　此刻邵清羽虽然寄人篱下，拿人手短，可是面对齐唐的斥责分毫不肯退让。

　　她声音比齐唐更大："你也是受过西方教育的人，讲出这种话来你丢不丢人？"

　　她眼珠一转，想起一桩陈年旧事作为还击："你年轻的时候干出来的事比我可过分多了，我至少没有醉醺醺地去抢别人的未婚妻吧。"

　　她此话一出，顿时，齐唐的脸色铁青。他一语不发，只是指着邵清羽。

邵清羽吓得立刻噤声。

这是齐唐最不愿意提起的往事，算得上是他的大忌。

邵清羽胆大包天，竟敢踩他的雷区，尤其可恶的是，偏偏还在叶昭觉面前。

一晚上闯了两次祸，邵清羽实在蹦跶不起来了。她不敢再继续跟齐唐顶嘴，于是也没和叶昭觉打招呼，自顾自地走进了卧室，"砰"的一声，甩手关了门。

他们俩争执的时候，叶昭觉一直没有插嘴，她的目光始终没有离开过电脑屏幕。

她没有看他，但也知道他在看她。

气氛僵持了片刻，叶昭觉假装才回过神来："咦，你们吵完了？"

这种把戏太过拙劣，齐唐一眼便看穿她的矫饰——邵清羽那句话，她分明是听到了，不仅听到了，而且还往心里去了。

谨慎小心、步步克制的两个人，好不容易各自往前迈了一点，因为这个小小的意外，距离一下子又被拉开了。

齐唐心里恨不得杀了邵清羽。

"很久以前的事情了，不值一提。"他不想解释，也不想过多辩白，他只是平静地陈述着这样一个事实：我也有过年少轻狂，但是都过去了。

叶昭觉笑了笑，假装听不懂他的意思，但心里又确实是很不舒服："不关我的事。"

齐唐被她的态度弄得很恼火，女生就是这么麻烦，明明心里在意得要死，偏偏硬是要装出一副"I don't care（我不在乎）"的样子。

接下来很久，两人都没说话，有一种铺天盖地的尴尬——

"你是不是吃醋了？"齐唐忽然说。

叶昭觉正在喝水，听到这句话差点连杯子都砸了，她转头愤恨地瞪着齐唐，有一种虚张声势的愤恨，一种被人猜中了心思的愤恨："胡说八道！"

果然是。

齐唐心里一阵暗爽，叶昭觉勉强算是个聪明的姑娘，但要跟他比，还差得远呢。

确定了这件事，齐唐反而不着急了，他拿起车钥匙，愉快地准备告辞。

叶昭觉却不依不饶地跟在他身后喋喋不休："你不要血口喷人啊齐唐，我只是欠你钱，我会还你的……"她已经很长时间没有因为感情而如此手足无措了："你走什么走，我们把话说清楚你再走。"

齐唐打开门，回头看了她一眼，那个忍俊不禁而又余韵悠长的眼神，令叶昭觉瞬间哑然。

"不用送了，改天再来看你。"齐唐的声音回响在楼道间。

"看个屁！"叶昭觉不甘示弱地对着电梯的方向喊了一句——她知道这很乏力，可是为了面子，非得这么喊一句不行。

齐唐走了之后，完全不拿自己当外人的邵清羽换上了叶昭觉的睡衣，打开了卧室门，她怪声怪气地说："听你们俩打情骂俏真是够了，我鸡皮疙瘩掉了一地。"

叶昭觉又被气死了——你们都给我滚！

邵清羽没有在叶昭觉家寄居太久，现在，她已经是汪舸的妻子，邵家没有她的立足之地，汪家有。

她离开自己家时没有带任何行李，离开叶昭觉家时，却凭空多出一只鼓鼓囊囊的旅行袋，里面塞满了她向叶昭觉"借"的衣物。

"你还有点人性吗？"叶昭觉拉开旅行袋的拉链，被邵清羽的自作主张给深深地震惊了——自己衣柜里为数不多的几件稍微像样的，穿得上台面的衣服，几乎全被邵清羽据为己有。

"算我借你的行不行？我现在没法回去拿，又没钱买新的。"邵清羽哭丧着脸，拽着旅行袋不肯撒手，"虎落平阳被犬欺啊！"

"你他妈才是狗呢！"叶昭觉也不肯放手，"你把我的衣服都带走，我穿什么！"

"齐唐会给你买新的啊！"邵清羽几乎是在哀号了，"你叫齐唐给你买新的啊！"

"你有病吧！你给我放手！"

…………

拉锯战以叶昭觉失败而告终。

当汪舸打电话来告诉邵清羽，他已经在叶昭觉家楼下等她时，邵清羽使出前所未有的蛮牛之力，一把将叶昭觉推倒在了床上，然后飞快地拉上旅行袋的拉链，接着飞快地穿上鞋，像逃命似的跑掉了。

屋内恢复了安静，叶昭觉在床上懒洋洋地趴了一会儿。

其实她并没有很生气。

很奇怪，经历了前几次有意无意的互相刺激和互相伤害之后，她和邵清羽谁也没有向谁道歉，谁也没有向谁低头，双方都没有郑重其事地说过对不起，但是，她们和好了。

她们心照不宣地绕过了原本存在于彼此之间的芥蒂、隔阂——关于新年夜，关于何田田和蒋毅，她们只字不提。

像两个成年人应有的样子：让过去真的成为过去。

在成年人的世界里，很多时候，是非对错的界限并不分明，判定是非对错的标准也并不一定来自客观事实，而是来自自身所处的立场。

邵清羽最无助的时候，选择了来找叶昭觉——这个行为足以说明很多事情。

认识到这一点之后，叶昭觉忽然明白了一件事：你经历的一切都没有白费，那些苦痛和挫折让你变得慈悲，而慈悲之心，让你更懂得体谅他人的艰难，以及原宥的可贵。

回到无业游民的状态，叶昭觉闲散了几天，又开始疯狂地焦虑。

就是在这样的情形之下，她意外地，又重新回到了齐唐创意。

然而，来找她的人不是齐唐，而是苏沁。

"你就当回来帮帮我咯，你走了之后，我给他招了三个助理，全被开了，他太难搞了你知道吗？"苏沁一说起这件事就气得牙痒痒，"也不知道是该说齐唐太挑剔，还是现在笨蛋太多，其中有一个还被骗子骗了几万块钱，自己又赔不起，最后还是由公司来赔偿的。"

叶昭觉回想起自己初入公司那一阵子，大错是没有，但小错零零碎碎也犯过不少。她从来没有问过齐唐对她的工作表现有什么看法，因为，想想也知道——肯定是个傻 × 啊。

“昭觉，就当我求求你咯。”苏沁噘起嘴，一副“么么哒”的样子，“招不到合适的人，那份活儿就得我来干，你忍心看我累死吗？”

“可是……”叶昭觉为难极了，一方面苏沁实在太过诚恳，可另一方面，她又不便将自己和齐唐的关系告知苏沁，心一横，把齐唐推出来挡枪，“齐唐不见得会同意啊。”

“他当然会同意啊！”苏沁眼睛瞪得老大，“他求之不得好不好，等等……”她忽然意识到什么，“你不会——以为——我傻到——没察觉——你们的——奸情吧？”

叶昭觉全身的血液都涌上了头，满脸通红之余，辩驳也显得那么苍白无力：“你……你……不……不要乱讲，我们没……没什么好吧。”

“滚滚滚。”苏沁倒没有结巴，“齐唐每天都让我去买几十个饭团烧，我再蠢也知道是怎么回事好不好！”

铁证如山，叶昭觉只能低头认罪。

苏沁看她认罪态度还不错，便没有继续在这件事上纠缠，经过一番讨价还价，两人终于达成共识。

“那我们说好了，你回来帮忙。”

“我只是先替你顶着，你招到合适的人我马上就走。”

“Ok。”

搞定这件事，苏沁整个人都松了一口气，人一放松就容易放肆。

既然已经把话说开，那不妨深入地八卦一下老板的感情进展："你们什么时候开始的啊？谁主动的？应该是齐唐吧，我分析了一下哦……"

"你给我闭嘴！！"

先是邵清羽，接着是齐唐，现在又加一个苏沁——叶昭觉实在招架不住了。

苏沁回到公司，径直向齐唐报告："我说服她了，不过她并没有意向长期待在这里，我也许诺了她会一直物色更合适的人选。"

齐唐微微一笑：我也并没有想要她长期待在这里，缓兵之计而已。

"平心而论，昭觉确实是个靠谱的人，她肯回来帮忙，我也轻松多了。"这番话是苏沁的肺腑之言。

从前叶昭觉在的时候还没觉出些什么，直到招来那几个不省心的家伙，她几乎每天都要被他们连累，每天都要被齐唐骂一顿，想想都窝火。

相比之下，苏沁觉得自己其实比齐唐更盼着叶昭觉回来。

"任务完成得不错，有什么想要的礼物，尽管说。"齐唐心情大好，愿意任由苏沁勒索。

"真的吗？！"苏沁差点没控制住自己的音量——看到齐唐点头之后——她几乎笑成了一朵花，"那我要个包，谢谢老板！"

锦绣大厦 B 座 23 楼，出电梯之后便是那四个熟悉的黑体字。

叶昭觉站在门口，凝视着这四个字：齐唐创意。

前尘往事并不如云烟：她和简晨烨分了手，他有了新女友，她开了店卖饭团烧，然后店又倒闭了，她先是欠了乔楚一笔钱，然后又欠了齐唐一笔钱⋯⋯

她有点不确定，这些事情，究竟是臆想还是真实发生过？

她一出现在公司，立刻被同事们团团围住，她有点感动。

就像一个先前转学走了的人现在又转学回来，班级还是从前的班级，同学还是从前的同学，你不需要硬着头皮自我介绍：我叫×××，来自×××。

热闹过后，各归其位。叶昭觉也坐回位子上，电脑已经换了新的，以前的小摆件小贴纸也都不见踪影。

一切确实真实发生过。

拉开抽屉，她怔了怔，抽屉里有一个纸质笔记本，还有一支昂贵的凯莉签字笔。

本子封面贴着一张小小的便笺条，那上面的字迹她再熟悉不过了："欢迎回来，即便只是暂时的。"

齐唐办公室的门是关着的，尽管如此，她还是完全可以想象出他的表情。

他每次笑起来之前，都会先垂一下眼，像是故意要掩饰笑意——因为老是笑的人，总显得不够高冷不够酷，但如果没忍住的话，左边嘴角会挑得稍微高一点，眼睛旁边有几条细小的纹路，随着笑意而加深。

叶昭觉静静地坐在再次属于她的位子上，静静地感应着咫尺之外那扇门背后的那个人的气息，她现在不会承认，但她知道——

自己一直以来在拼命抵抗的那件事，已经不可逆转地发生了。

Nightfall 的名气与日俱增，美女设计师徐晚来依然单身的消息在某些特定的圈子里不胫而走，即便是先前不认识她的人，在听到那些认识她的人谈论她时，也会产生浓厚的兴趣。

"那个徐晚来，很美吗？"

"五官只能算中上，但气质太好，又有能力，综合素质超过那些花瓶女太多。"

"啧啧，条件这么好，怎么会单身？"

"就是因为条件太好，所以不急着随便找个人把自己打发了呀，总得和一个足够相配的人在一起才好吧。"

"道理也对。那追她的人多吗？"

"多啊，当然多啊，你要是对自己有信心，也可以追追看啊。"

…………

坊间这些传言与真实情况基本吻合，徐晚来的确已经成为城中不少青年才俊追求的对象。

她家世清白，受过高等教育，在自己的专业领域亦取得不俗的成绩。她有目标，尽最大努力追求自我价值实现，独立精神叫人不能不尊敬。

而为人处世方面……

据她店里的常客们讲，她知书达理，对待任何人都周到客气。即便从来没有买过衣服，只是偶尔来喝杯咖啡的那些客人，她也一样笑脸相迎。

难道还会有人不喜欢这样的一个女生?

当然有——

她心里的那个自己。

那些宾客都散场,而她也没有约会的夜晚。

在离开 Nightfall 之前,她凝望着工作室里陈列着的一件件时装,凝望着巨大的穿衣镜中自己的面孔,会有那么一些时刻,排山倒海的窒息感,紧紧扼住她的喉咙。

她不太认识眼前这个自己了,过去那个清高、孤傲、喜恶形于色的徐晚来,被描上了黑色的一字眉,涂上了血一样红的唇膏,戴着 Tiffany 的耳钉,塞进了 2 号套装里。

她不敢多吃一口碳水化合物,日常饮食都以蔬菜水果为主,虽然每天都有新鲜出炉的饼干、甜点、蛋糕被送来工作室,可是她连碰都不会碰一下。

她身处这个江湖,就严格遵守这个江湖的规矩:一个不能忠贞于"美"和"瘦"的女人,如何能在时尚界立足?

是的,她一贯都有事先制订计划的习惯,从小就擅长自我管理:今天记多少个单词,做多少张模拟试卷,看多少页书。计划完成之前,无论有多疲倦,她都不允许自己休息。

在少女时期,过度自律和严苛,让她显得比同龄人要老成很多,有些时候,也让她显得不那么可爱。

可是成年之后,她所具备的这些特质的优势,渐渐显山露水。

社会是一个遵循着逻辑而运作的巨大机器,它不像心灵鸡汤里那样温情脉脉，也不像励志故事里那样总有逆袭的情节发生，它不见得一分耕耘便有一分收获，但你如若连这一分都不耕耘，必然没有任何获得。

它有制度，亦有规则，不近人情却也奖惩分明，它比童话残酷，却比命运仁慈。

要想满足生存之上的种种需求，感性是无力的，非得依靠强大的理性才行。

她已经不记得自己有多久没和闵朗联络，这在过去十几年中，是前所未有的。

是啊，过去，即便她再忙再累再相隔两地疏于维系，闵朗总是会隔一小段时间便主动问候和关心她。

可自从那个早晨，他们在咖啡馆分别之后，他对她的态度就发生了空前的转变。

她知道自己做得过了火，可当时情势危急，只能用非常手段，她担心自己再不出手，闵朗就会被那个叫乔楚的女生彻底抢走。

我有什么办法？！

徐晚来气急攻心——我不过是想确保自己的利益不受损害而已。

"利益"，她一直自欺欺人地用这个词定义闵朗在她生命中的意义，虽然她明明知道，这不是事实的全部。

承认自己爱他，承认自己的内心需要他，这太不符合徐晚来一以贯之的行事作风，她自作聪明地认为，用一个最世俗的词语去定义他对她的意义，便能够使自己所有过分的行为变得合理。

那些欣赏她、仰慕她的人，谁也看不出她只是一个来自工薪阶层，平民家庭的小孩。人人都当她是天生的白富美，只有她自己知道，她走了一段很远很远的路。

走到这一步，真的很不容易，她绝不能感情用事，毁掉自己的心血。

但是，精密的机器，偶尔也会出现故障。

她终究也有自我怀疑的时候：如果说我得到的一切都已经足够，为何夜深人静之时，心口仍有澎湃的疼痛？

她有多想念闵朗，只有她自己知道。

她想打电话给他，如果有可能的话，她甚至想见见他，不一定非要做点什么，就是见一见，像以前那样，面对面地坐着，喝杯东西说说话，也很好。

当她这样想的时候，便已经这样做了。

电话响了很久，语音提示无人接听，请稍后再拨。

她不甘心，又打了两次，仍然是一样的结果。

可是，如果直接去白灰里……她立刻打消了这个念头：不可以，那也太卑微了。

她坐在沙发上，就是那张沙发，抱着猫咪玩了一会儿，心里七上八下各种情绪、猜想搅和在一起，这种感觉很不好受，她从前完全不知道，心乱如麻原来就是这个意思。

幸好，在她的理智崩盘之前，闵朗回电话了。

他的声音听起来很平静，没有一点喜悦或是意外，像打给一个送餐员或是快递员："手机静音了，刚刚才看到未接来电，有什么要紧事吗？"

像有一枚果核卡在喉咙里，徐晚来好半天没接话——要紧事？并没有什么要紧事，但从前有关她的一切都是他的要紧事。

"很久没见你了，"她还是很擅长举重若轻这一套，"忽然想起来，给你打个电话，忙吗？"

"还好吧，你呢？"

她沉吟着："我……今天不忙，要是你有空的话，碰个面，去吃点东西？"

电话那头安静了片刻——她以为是信号不好，准备重复一遍——这时，闵朗讲话了。

他的声音不大，听得出犹疑，但最终还是坚决地拒绝了："改天吧。"

正在这个时候，像是背景音一般传来一个女声："帮我倒杯热水，肚子疼死啦！"

一瞬间，徐晚来握着手机，什么都听不见了。

这头的闵朗也没料到乔楚会突然大声讲话，他回头看向卧室里的乔楚——她脸上的神情分明就是在宣告：我是故意的。

他瞪了她一眼，却又被她瞪了回来。

"不好意思，是我太欠考虑了。"徐晚来轻轻地笑起来，只有十秒钟的时间，她的软弱和伤感便烟消云散，又恢复了张弛有度的节奏——对，这才是我的常态。

"那……下次再约。"

一种非常糟糕的预感迫使闵朗开口追问："下次是什么时候？"

徐晚来怔了怔，是，她也不知道下次是什么时候，反正不会是明天，也不会是后天，可能是两个月后，或者小半年后？

她也不知道。

"闵朗……"她顿了顿，想说的话都已经被乔楚打乱，如此，那便不说了吧，"我挂了。"

闵朗没有马上回到乔楚身边，他在门口站了一会儿，脑海中有万马奔腾。

他有种近乎想死的怨怒——对他自己——即便已经无比清楚地了解了徐晚来的自私和无情，但他的第一反应，竟然还是想要尽快去到她身边。

"是她吧。"乔楚冷冷地说，并不是发问，"你想去见她吧。"

闵朗闭上眼睛，深深地呼出一口气："你刚刚说什么？肚子又疼了？"

乔楚静静地看了他一会儿，忽然一把夺过他的手机，打开 App Store 下载了一个专门记录女孩生理周期的 App。

"你干吗在我手机上下这个啊？"闵朗伸手去抢手机，却没抢到。

乔楚忍着痛，半开玩笑半认真地说："其他时间你爱跟谁在一起我管不着，但是我生理痛的这几天你一定要陪着我。"

"那你也不用在我手机上下这种东西吧，神经病啊。"闵朗终于把手机夺了回来，"我这就删掉。"

乔楚看着他的背影，没再说话。

从 Nightfall 走出来的时候，徐晚来已经换成了平底鞋，她有点茫然，想要忘记之前自己干的那件蠢事，可是内心的羞耻感无法在短时间之内清除干净。

她抬起头看了一眼夜幕，不知怎么回事，今晚的月亮仿佛离地球特别近，一只又大又圆的黄色瓷盘悬挂在前方，似乎再走几步就会正面撞上。

但她的目光收回来时——

闵朗就站在她面前，不超过五米，比月亮还要近。

"你来了？"她是真的震惊，同时，又有一种难以言喻的快感——胜利者的快感。

但很快，这种快感就被打破了。

"你到底想要怎么样？"闵朗一动不动地盯着她，眼神里充满警惕，那是一个人看待自己不喜欢的、反感的、敌对的事物的眼光。

这种眼光让徐晚来感到愤怒，她不甘示弱地回敬："我求你来了吗？"

"那你以后都不要再找我。"

"好啊，那你也别找我。"

"我要是再找你，我就是王八蛋。"

"你给我滚。"

对骂过之后，两人好半天都没再吭声。

在这过程中，他们各自往前走了两步，这下，他们之间的距离连五米都不到了。

这么近，闵朗很清晰地看到了徐晚来脸上的眼泪，他呆住了。

眼前这个卸了妆、面目素净的她，跟当年那个哭着说"反正你以后活成什么样，跟我没有任何关系"的女高中生重叠在一起，他几乎就快要分不清楚了。

这种恍惚令他的怒气慢慢消散，几乎没有任何过渡地演变为一种巨大的愧疚和黯然，他伸出手去，却被徐晚来一把推开。

"我到底有什么错？"她慢慢地蹲下，像她养的那只猫咪，发出细碎的呜咽声，"从小到大不肯努力的那个人是你，放任自流的那个人也是你，我做错了什么？

"我多少次跟在你后面叫你不要翘课，叫你好好念书，你从来都不肯听。你从来都没有衡量过，如果我要和你在一起，我要背负多大的压力。"

她说的每一个字都像针在刺着他。

"我们的确不是一个世界的人，从来都不是。你当然——值得——跟比我好一百倍的男人在一起。"

这个令人绝望的事实，在压抑了这么多年之后，终究还是由闵朗亲口说了出来。

"你以为我不想！"徐晚来的声音在夜里听起来简直有几分凄厉。
"那你就这么做好了，你联系我干吗？"

徐晚来听到这句话，忽然不哭了，她站起来，步步逼近闵朗，她整个人呈现出一种巨大的矛盾感、落差感——极度的克制混着极度的失控。

她的脸贴近他的脸，她的嘴唇贴近他的嘴唇——千分之一秒，闵朗听见她说："因为我贱，因为我一直爱着你这个王八蛋。"

　　她手腕上的镯子在月光下散发着寒冷的光。

　　那一刻闵朗忽然觉得，在失望和绝望的经验里，他、乔楚、徐晚来，并没有什么不同。

◇ ②

　　回到公司之后，叶昭觉也恢复了忙碌，只是在一些工作的间隙里，比如在茶水间的时候，或是在洗手间对着镜子补妆的时候，她会想起，确定饭团烧店完蛋了的那天，她对乔楚说的那句话：我好像走到绝路了。

　　当时看起来，真的就是那么回事。

　　可是，此路已绝的时候，往往也意味着一个全新的开端。

　　她必须承认，重新回到齐唐创意，即便只是一个过渡期，都让她的身心好过了许多。

　　每天有忙不完的事情，遇上重大项目，同事群策群力加班加到凌晨，工作结束之后，老板请吃消夜，她也嘻嘻哈哈地跟着大家一起。

　　没有男朋友在家等着，即使晚归，也不会有任何心理压力。

　　月薪比从前高了一些，午餐吃个赛百味也不用再掂量是否有点过分。偶尔休假的时候逛逛街，看到喜欢的衣服、鞋子、包，内心盘算一下，如果不是太过昂贵，也会买来送给自己。

　　这是大多数白领未婚女青年的生活常态，叶昭觉对目前的生活很满意——除了依然高悬在她头顶上的那笔，齐唐从来不提，她却从来不敢忘记的债务。

要怎么定义她和齐唐现在的关系呢？有时候，就连叶昭觉自己也觉得模棱两可，谁也没有把话说破，可是又好像已经无须再把话说破。

两人在工作时间都表现得很专业，上司下属界限分明，一个暧昧的眼神都没有出现过。

相比其他人和齐唐之间尊卑不分的轻松、随意，叶昭觉小心谨慎的姿态，很像个胆战心惊的职场新人。

可是除了工作时间之外的任何时刻，他们之间那道界限都很模糊，并且，越来越模糊。

她已经不再扭扭捏捏，同事们私下里拿他们开玩笑，她也不再急着否认——那样做的话，显得她多小气啊。

有时，加班到太晚，齐唐开车载顺路的员工一程，绕来绕去，她总是最后一个。

她坐在副驾驶时，等交通灯的间隙，他顺势握一握她的手，她也不再像从前那样立刻抽回或是全身僵硬。

这好像已经成了一件很自然的事情。

有几个下雨的晚上，等雨停了，两人坐在他家的阳台上，一边看星星一边聊些漫无边际的话题，没有意义，但令人愉快。

他们是两个过分有耐心、过分节制的家伙，一切已经昭然若揭——

可他们都不急着揭，心照不宣的默契让这件事变得越来越有意思。

叶昭觉并不了解，对齐唐来说，这是他从未有过的生命体验。

他确实有过不少女伴，回想过去，他最深切的感受就是，吵，太吵了。

要钱要包要陪伴要宠爱要名分，个个都是索取的高手，这些东西他都有，也愿意付出，只要她们觉得开心就行，可是时日一久，他难免觉得枯燥。

叶昭觉不同，她什么都不要，你想给她，她还要拒绝——以"穷人的自尊"这么奇怪的理由拒绝。

可她越是这样，他偏偏就越想要多给她一点，关心、帮助、感情，什么都好。

齐唐从来没有和任何人说起过——

叶昭觉身上最难得的，是一种接近极致的安静，一种仿佛可以将整个世界的嘈杂都收纳其中的安静。

一种立地成佛的安静。

她不说话的时候，她低下头或是眺望远方的时候，她凝神思索的时候，看起来跟一座雕像没有什么区别。

但这种安静并不意味着没有内容，相反，它是静水流深，是被命运反复锤炼过后的大音希声。

齐唐为这种静着迷。

因为心底的这份偏爱，在越来越多的场合，齐唐会携叶昭觉一同出现，有时是出于工作需求，但更多的时候，他就是单纯地觉得带上她，自己高兴。

一开始，大家都以为叶昭觉真的只是齐唐的助理，到后来，明眼人都看得出来，他们两人的关系绝不是仅此而已。

　　一旦有一小部分人注意到这件事，便自然而然地会引起更多人对她感到好奇，可是，每当这些目光从四面八方聚焦在叶昭觉身上时，她都有一种被狙击手包围了的感觉。

　　她从来都不擅长活在众目睽睽之中，也许很难有人相信，这个世界上还有从小到大都不曾做过明星梦的女孩子，可是，叶昭觉就是。

　　她从来都没有过想要出风头，让所有人都注意自己的念头，从来没有过，一分一秒都没有。

　　有时，相熟的人跟齐唐开玩笑，半真半假地问——"到底是助理还是女朋友，你可不要假公济私"，又或是"换新女朋友了啊，怎么也不给大家好好介绍一下"。

　　类似的情形之中，齐唐往往笑而不语，算是默认。

　　可是那一个"换"字，总令叶昭觉感到有一些，说不清楚的屈辱。

　　这样的事情发生过几次之后，叶昭觉终于按捺不住，直接向齐唐表达了自己的不满："以后这种外派的工作，您还是交给其他人吧。"

　　齐唐却持另外一种看法："这些人说的话，你根本不必听进去。"

　　不只如此，最让叶昭觉感到不适的，不是生意场上这些应酬，而是齐唐和他的朋友们聚会，他们谈论的那些话题、开的玩笑，她既听不懂，也不感兴趣。

　　他们提起的那些人，她不认识；他们说起的那些事，她也不曾参与。

　　什么叫"局外人"，她就是了。

偶尔，有些齐唐留学时的好朋友来中国，又或者是老同学回国，他们在一起大部分时间都用英文交流，语速飞快，就像是没有字幕的美剧。

对叶昭觉来讲，这场面就像一场噩梦。

离开校园之后，她没有太多机会需要用到英语，她原有的水准只够日常交流，要想在齐唐他们的聚会上对答如流，这对她实在是太过勉强。

每当她身处这样的时刻、这样的环境，都只能尽量装聋作哑，摆出一副很爱玩手机的样子，把头深深地埋下，脸几乎贴着手机屏幕——

出于礼貌，她不便擅自提前离开，只能把自己摁在位子上，枯坐在其中。

每次聚会结束，她也只能尴尬地站在一旁，作为齐唐的附属，她即便是想说一句"再见"都找不到合适的人。

再也没有比这更浪费生命的事情，叶昭觉深深地觉得。

深思熟虑之后，她决定不再忍让，必须把自己真实的感受告诉齐唐。

她用了一种近乎文艺腔的语调："每次我在旁边看着你，你谈笑风生、从容自得的样子，你们谈论的一切，所有的细节，都在提醒我，你和我原本就不是同一个阶层的人。"

她说的完全是事实，他们的确不是。

不同的家世、不同的生长环境、不同的受教育背景和经历所造成的文化差异，甚至是悬殊的财务能力所衍生而来的消费方式……

这些都是不容辩驳的事实，齐唐也承认这一切。

可是，这和我喜欢你，有他妈的什么狗屁关系？

齐唐一旦动气，便不是三言两语安抚得了的事情。

"你不想做的事，以后可以不做。不想去的场合，也可以不去，但是——"他压了压自己的火，"但是不要往不相干的事情上扯。"

末了，他忍无可忍地加上一句："出生在什么样的家庭又不是我能够选择的，我家有钱又不是我的错。"

以他的敏锐，他当然看出来了，问题的核心不是叶昭觉是否愿意陪同他参加聚会，而是在他们的感情好不容易有了一些实质性的进展之后，她又因为这些鸡零狗碎的小事，犹犹豫豫地想要往后退。

面对齐唐的牢骚，叶昭觉哑然失笑，一种很酸楚的、懒得讲明白的笑。

他们曾经达成一致，认为沟通和交流真是一件令人悲伤的事情，而现在，他们用自身证明了这一点。

叶昭觉沉默了，既然说不通，那就不说了吧。

通常情况都是他把她当小孩看，因为她虚弱，她无助，她遇到的挫折总是很多。

其实他幼稚起来，发起横来，倒是很像个未经自己允许，家人就把自己喜欢的玩具送给别人的小孩。

他不明白，也很难真正相信，关于生命本质的悲哀——她的理解毕竟比他要深刻得多。

从这时起，叶昭觉开始认真地考虑离开齐唐创意这件事。

这个念头其实从她回公司的第一天就存在于她的脑袋里，只是这一系列不愉快的体验，又加速了它的生长。

不同于第一次从这里辞职时的心情，那一次，她的生活发生巨变，一切都太糟糕了，她清楚地知道自己短时间之内很难调整好，所以不愿尸位素餐。

而这一次，她的动机非常明确，不能够仰仗和依赖着齐唐对自己的感情，渐渐地习惯这种温暖的生活。

如果要顾全生存大计，她的确不应该意气用事。

可最根本的原因是，她一天不离开这里，她和齐唐之间，就一天不可能真正地平等。

然而，开店的惨败，让她不敢再轻举妄动。

人就是这样一种动物，吃多了苦头，自然就长了记性——想到这里，不是不悲哀的。

下班之后，她去商场转了一圈，家里的护肤品都已经见底，得赶紧买新的。

但是专柜价和代购的差价也太大了，她有点犹豫——贵这么多，怎么办，到底买不买？

正为难着，忽然背后有个女声，带着一点试探的语气："叶小姐？"

只有有工作关系的人才会这样称呼她，她一回头，是一个原本就只有过一面之缘，而又久未谋面的人——

"真的是你呀，"陈汀笑得很惊喜，"我还担心看错了，好久不见，你好吗？"

叶昭觉也有点惊喜，她的朋友们最近都悲惨兮兮的，陡然见到陈汀这样浑身不带一丝清苦气息的人，简直如沐春风。

"我啊，就那样吧……"想想自己一言难尽的际遇，叶昭觉没法昧着良心说"我很好呀"，又问对方，"你好吗？"

陈汀一直笑着："老样子。你有约吗？没有的话，一起吃个饭？"

叶昭觉刚摇了摇头，陈汀便立即打电话给相熟的餐厅订了位子，接着，又吩咐专柜的 BA（导购）："请把这位小姐要的东西包起来。"

她转过头，对一直摆手拒绝的叶昭觉说："小心意，就不要推辞了。"

这次之后，叶昭觉和陈汀的联系便多了起来。

吃过几次饭，喝过几次东西，闲聊之中，陈汀得知了叶昭觉分手、辞职、开店、开店失败、重回公司的全部过程。

虽然在说起这些的时候，叶昭觉都是平铺直叙，语气也是淡淡的，但陈汀设身处地地想想当时的境况，大致也能推测出其中有几多艰难。

虽然只打过一次交道，但叶昭觉的行事果决、周到细致，都给陈汀留下了深刻的印象。

然而，陈汀之所以将自己非常喜欢的胸针送给叶昭觉，却不仅是因为叶昭觉的敬业，还是因为叶昭觉尊重她。

不是合作方之间的尊重，而是一个人对另一个人，一个个体对另一个个体，最基本的尊重。

"既然现在你回到齐唐这里了，也算是柳暗花明。"

没想到叶昭觉听到这句话，面上露出些微难色。

"怎么？"陈汀敏感地察觉到了一丝不对劲，"你不喜欢现在的工作环境？"

叶昭觉抬起眼来，深深地看了陈汀一眼。

　　她们在一家欧式咖啡馆，厚重的木头桌子上摆着一盏蒂芙尼式的彩色玻璃台灯，灯光折射在叶昭觉的脸上，她的迟疑落在深深浅浅的光影里。

　　陈汀看出她的顾忌，身体往前倾了倾："昭觉，虽然我们认识的时间不长，但你帮过我，我也是真的想和你交个朋友。你要是有什么苦恼，可以对我吐一吐，即便我帮不上忙，你说出来，自己也好过一点。"

　　陈汀把话都说到这个份儿上，叶昭觉也就不好意思再藏掖。

　　她轻声叹了口气，将自己心里那些沟沟壑壑、曲曲折折，挑拣了些能说的都说了。

　　"我不知道要怎么向齐唐解释那种心态，和他单独相处的时候并没有明显的感觉，但他的朋友们在一起，我就觉得自己天生比别人矮三分……"叶昭觉不知道自己究竟有没有说清楚，"所以我得出一个结论，只要我不和他在一起，我就不会那么自卑，不参与到他的生活里，我就不用那么小心翼翼，那么敏感。"

　　"可是，你爱齐唐吧？"

　　这真是出其不意，攻其不备——

　　陈汀这种丝毫不做铺垫的提问方式，让叶昭觉瞬间傻掉了，她连表情都来不及转换，一脸的欲盖弥彰："什么啊，啊哈哈哈，乱讲什么啊你？"

　　陈汀从她的手包里拿出一盒女士烟，烟身细长，点燃之后，她轻轻吐出一口烟雾，脸上浮起一个得逞的笑："果然是这样。"

叶昭觉静了静，忽然意识到，其实，没有掩饰的必要。

不肯主动向他求助，不肯接受他的感情，故意拉开和他的距离，却又一次次在他面前袒露自己的痛苦和挫败，重回公司是为了多一些和他相处的时间，想要离开他的庇护是为了证明自己的价值。

种种不得章法的错乱行径，都说明了一件事——

是，她爱齐唐，虽然嘴上没对任何人承认过，但自己心里早已经清楚这个事实。

陈汀笑了一下："你这种女孩子吧，很奇怪的。我喜欢一个男人就会很直接地表现出来，让对方知道我很依赖他，很需要他。而你们喜欢一个男人，却会绕一个大圈圈。"她的手在空中画了一个圆："就像你啊，你要用不需要他、不依赖他的方式去证明你其实是喜欢他的，多别扭啊。"

叶昭觉没吭声，她记得陈汀的生活环境，也记得她那个不太光明的身份，但陈汀对此似乎并不在意。

"大概在你看来，我对感情的这种态度，不够高级……"陈汀笑得很温柔，这种温柔化解了话题中隐含的禁忌，"不过，我是很佩服你们这种女孩子的，真的。"

叶昭觉惭愧得要命，有什么好佩服的，说到底就是不识时务，一条捷径摆在眼前，她却偏偏要选择翻山越岭。

分别时，陈汀对叶昭觉说："有合适的机会，我会帮你留意的。"

在当时，叶昭觉对陈汀说的那句话并没有抱什么希望。

生活已经如此艰难，大大小小的失败都教会了她，不要再轻信别人——不是他们的人品和操守，而是热情与能力。

陈汀究竟是一个什么样的人，有多大的能耐，有多少资源和人脉，叶昭觉并不了解，至于陈汀有多大的兴趣为了她去张罗这些事，她更加无从判断。

一个长期活在逆境中的人，很难再去相信"好运"这件事。

叶昭觉觉得自己又长大了一些。

然后，命运心血来潮，决定给她一个小小的奖赏。

"我在 ×× 路，这里在做婚纱展，你快来。"

叶昭觉接到陈汀这个电话，有点傻眼："搞什么？婚纱展关我什么事，再说我还没下班呢。"

陈汀在电话里也没说清楚："那你下了班再来。"然后，又强调了一句："来了就知道了。"

她语气里有种很明白的"我是为你好"的意味，叶昭觉踌躇了片刻，决定去看看到底是怎么回事。

婚纱展声势浩大，最近这些天，许多到适婚年龄的女生都前去观摩了一番，拍了无数张照片发到社交网站上。

女孩子们的心都被层层叠叠的蕾丝、雪白的轻纱撩得痒痒的，突然刮起一阵恨嫁的风潮，一时间，她们的男朋友感觉压力巨大。

男朋友们很难弄明白：她们说想结婚，其实，哼——只是想穿那些云朵般美丽的婚纱罢了。

就连叶昭觉也是，明明眼下完全没有一丁点想嫁人的意愿，也被这种气氛感染，站在一条鱼尾款的婚纱前挪不动脚步。

模特儿妆容浓艳，发型高雅端庄，脸上有一点浅笑，下颌、颈部到背部的线条让人隐隐联想到光滑的瓷器之美。

"这儿像不像专门为女性造梦的工厂？"陈汀的声音从侧边传来。

叶昭觉回过神。

陈汀今天穿了一套 MaxMara 新款秋装，看到她这一身，叶昭觉才猛然意识到，啊，秋天已经来了，而过去的这大半年时间里，自己简直一事无成。

"是啊，梦工坊，"叶昭觉轻声地附和了一句，"雌性动物天生爱美，为了美，不惜付出所有啊。"

陈汀哈哈一笑："没错没错，白富美们人人手挽一只包，均价一万起，包包不过就是用来装点杂物而已。"

寒暄过后，陈汀开始说正事："我有个交情还不错的朋友，造型师，在业界挺出名的，这次婚纱展化妆的合作方就是她的工作室。前几天我们喝下午茶，她无意中说起，现在业务量增大，人手不够，想再带几个学生，我就想到你了，你有没有兴趣？"

"我？"叶昭觉一愣，"我就会一点皮毛，也就只够我自己用，都是平时跟着时尚杂志学的，跟专业化妆造型师差着十万八千里呢。"

"就是因为不专业，所以才要学啊。再说，你基础好。很多女生眼线化得像蚯蚓，睫毛膏也刷不匀，睫毛跟苍蝇腿似的就出来了。还有，脸颊上的腮红，扑得像小丸子一样，你比她们还是强多了。"

叶昭觉愧不敢当，没好意思接话。

说起来，这要归功于她两位闺密。

邵清羽和乔楚，都是一生致力于追求皮囊之美的狠角色，待在她们身边，常年耳濡目染，再粗糙的人也会被感化。

陈汀说："能够让别人变漂亮，同时自己还能挣钱，两全其美呀。"

叶昭觉心中惴惴不安，迟疑了片刻，她索性有话明说："你有什么打算？"

"还只是个念头，不成形，但我确实有个想法。"

虽然陈汀停顿了下来，但是，很显然，她的话还没有说完。

果然，过了片刻，陈汀接上之前的话头："我们一起做个给新娘做造型的工作室，我投资，你来运营和管理，怎么样？"

这句话拆开来，每一个字，叶昭觉都听清楚了，可是它们组合在一起，她却不太明白是什么意思。

"你啊，"陈汀轻轻地吐出一口气，"你身上有种特质，我说不好究竟是什么，可能就是人们常说的独立，或者自重吧……"

远处天花板上的聚光灯次第熄灭，气氛变得有点紧张，也有点神秘，叶昭觉因此有点目眩神迷。

"那种特质，让人忍不住就想要帮助你啊。"陈汀终于全说完了。

要等到很久之后，叶昭觉回想起来，才会"呀"的一声发现，原来都是从这个时候开始的啊。

非要等到那个时候，她回想起自己与陈汀的相识，想起那次不算顺利的合作，想起自己为了让项目顺利进行而付出的心力和耐心，以及事后陈汀托齐唐转交给自己的礼物。

当所有散落的珍珠被穿成一串项链的时候，她才会了解，每一颗珍珠都包含着命运安排的深意。

在已知的范畴里，一扇门被打开，街口一个红灯亮起，便利店售出今晚最后一盒快餐便当，在更遥远的地方，有一只蝴蝶轻轻扇动翅膀，一群大象悠游地踏过草原，无名的河流改变了原本的方向。

到那个时候，叶昭觉仍然记得这几分钟里所有的细节，甚至包括陈汀微小的动作和神情。

仅仅是一种直觉、一种本能，让她的记忆在浩瀚的一生中攫取了这个片段。

而这个片段究竟意味着什么，则需要用更长更长的时间才能够获得解答。

然后，Frances 出现了。

那晚齐唐要去参加一个小型聚会，据主办人说只有几个老友参加，地点定在郊区的别墅。

车开到一半，油量过少。

拐进一个加油站，齐唐这才发现，钱包和驾照都落在公司了，只得打电话叫叶昭觉过来救命。

二十多分钟后，叶昭觉拉开了车门，把东西扔给齐唐。

加完油，齐唐也不着急了，嬉皮笑脸地逗叶昭觉："陪我去一下吧，就露个面，然后我们一起溜好不好？"

"不好，"叶昭觉很不合作，"我还没吃饭呢，你自己去。"

"我也没吃啊，那边肯定有吃的。"

"那我也不去，不自在。"

"这样，你先陪我去，我打个招呼就走，也算到场了，然后咱们一起去吃饭好不好？"

…………

"别这么傲慢嘛，最近我们都这么忙，已经很久没有一起吃饭了……"

僵持了半天，最终，叶昭觉没犟得过齐唐。

他们的聚会过程，就如叶昭觉预料的一样无聊。

和从前一样，他们永远围绕着"前几天见了个创业团队，有几个项目有点意思"展开，以"过几天找个时间，我牵个头，大家一起聊聊"作为结束。

没人注意的角落里，叶昭觉背过身去，打了个大大的哈欠。

她看了看手机，剩余电量不到百分之二十，电池图标已经变成了危险的红色，她闷得快要发疯了。

齐唐悄悄瞥了叶昭觉一眼，他当然察觉到了她的无聊和不满，可是，他又瞥了一眼正在讲话的人——大家一直在兴头上，他找不到开溜的机会。

说是老友聚会，性质却更像是个风投项目会，早知道是这么个情况他就不来了。

主办人看出了齐唐坐立难安，忽然一笑："人还没到齐。"

还有人要来？

齐唐有点茫然，哥们几个不都在吗，还有哪位缺席？

不多时，一位身姿曼妙的女子走了进来："迟到太久，真是不好意思，这地方也真不好找。"

明面上是致歉，实际上却是撒娇。

大家纷纷起身："Frances 终于来了。"

这下才算是人到齐了。

可是 Frances 一出现，齐唐的脸色立刻就变了，他丝毫没有掩饰自己的震惊。

叶昭觉原本困意沉沉，陡然看见齐唐这种反应，一下子就精神了，她好奇地看着这位姗姗来迟的贵客——

一身小香风的套装，拎 Fendi 包，长鬈发，手腕戴一只著名的螺丝钉手镯——叶昭觉认识这个手镯，邵清羽也有个一样的。

Frances 转过身来，不经意地把头发撩至耳后，露出整张面孔。

极漂亮的一张脸，恰到好处的笑容，明艳照人。

热热闹闹地打了一圈招呼，她最后才走到齐唐面前，轻声地说："好久不见。"

齐唐整个人都是僵硬的，过了好一会儿，他才语焉不详地回应了一声"嗯"。

Frances 往前迈了一小步，微微侧着头，凝视着齐唐，声音比先前问候任何人都要温柔："你好吗？"

叶昭觉从微妙的氛围中感受到了——很不对劲。

在她的想象中，此刻，自己大概就像一只全身的毛都竖起来的猫，双眼含着阴冷的光，警觉地盯着这位不速之客。

◇3◇

接下来的好几天，叶昭觉和齐唐之间……有点诡异。

那晚在别墅里目睹的一切，就像是卡在叶昭觉喉头的一根鱼刺。
她用力咽了，却没咽下去。

那次聚会，齐唐实在不该拉着她一起去，既然去了，便不应该在Frances来了之后，又匆匆忙忙拉着她走。
回去的路上，齐唐一语不发，神色凝重，全然忘记了之前自己曾承诺过叶昭觉"一起吃饭"。
叶昭觉忍着胃里空洞的疼，一直沉默着。

车从近郊开进城市，一路上的灯光越来越多、越来越亮，视线范围中的一切越来越清晰，可是车内的气氛越来越凝重。

显然，Frances的意外出现完全打乱了齐唐的节奏。
他平时动辄教导别人"保持冷静"，可是Frances一句轻柔的问候，他的"冷静"就遁于无形。

"你……早点休息。"停车之后，齐唐这样嘱咐叶昭觉。

但除此之外，他没有多说什么。

叶昭觉深深地看了他一眼，打开车门，下车，往家里走。

她刚走出几步，便听见身后的引擎声——这是头一次，齐唐没有等她回到家再离开。

越是沉默的谜，越是吸引着人的好奇。

周末下午茶。

叶昭觉将那天晚上发生的事完整地对邵清羽讲了一遍，她确信自己没有漏掉任何细节。

"Frances？"邵清羽的反应有点夸张，"你确定是叫 Frances 吗？"

叶昭觉不太喜欢她这个反应，但为了面子，还是得硬撑："我不确定呀，你知道我英语一般般，听错了也有可能。"

邵清羽沉思着："按照你描述的，应该是她没错。"

"噢……"叶昭觉的尾音拖得很长，她迫不及待地想要扼住邵清羽的脖子，"那你快说啊，说啊，到底是怎么回事？"

邵清羽喝了口咖啡，半天没出声，思量着该如何措辞。

她是有些顾忌齐唐，可是离家出走时，是叶昭觉收留了自己。

邵清羽在落难之后，领悟了一件很重要的事情。

在这种时候，一定要端正态度，选对立场，不管是谁的错，局外人一定要站在女生那一队！

因为，只有女生才会记仇。

"你还记得我那次在你家，齐唐对我发脾气吗？ Frances 就是那个'未婚妻'。"

叶昭觉原本前倾的身体往椅背上一靠，她猜对了。

穿小香风套装的 Frances，眼角眉梢都是风情，全身裹得严严实实，却仍然散发出连同性都无法忽视的性感。

那晚离开别墅时，她们打了个照面。

那个瞬间，叶昭觉从 Frances 的脸上看到了和自己同样的诧异。

见叶昭觉面露忧思，邵清羽连忙安慰她："其实你不用担心，也别胡思乱想，Frances 早就结婚了。而且这些年来，齐唐和她根本没有来往，要不是你提起她，我都忘了这个人了。"

"清羽，无关紧要的话就不说了。"叶昭觉轻轻笑了笑，微微有点苦涩涌上心头，"你不如干脆给我讲讲，当年是怎么回事。"

到这时，邵清羽才明白，躲不过去了。

既然躲不过去，那就只好对不住齐唐了！

邵清羽理了理思路，便将自己所知道的，关于 Frances 和齐唐的那些陈年旧事，大概地讲了一遍。

"其实我知道的那些，都是听小爱讲的。

"小爱是齐唐高中时的女朋友，聪明、漂亮，还很乖巧。这么说吧，就是我们以前念书时最烦的那种女同学，懂了吧？但她和我的关系还不错，因为齐唐以前老带着我跟他们一块儿玩。

"小爱真的很喜欢齐唐，但我感觉齐唐对小爱没有那么喜欢，怎么讲呢……就像是那种，人人都觉得他应该和她在一起，那就在一起呗，所以后来他们一起去留学，主要是因为小爱不想和齐唐分开。

"我小时候觉得他们以后应该会结婚，齐唐他父母很喜欢小爱，我也觉得她挺好的，然后还想着他们结婚我可以做伴娘什么的……好啦，这不是要先交代人物关系吗！"邵清羽一番东拉西扯，眼看叶昭觉的耐性快要耗光了，连忙拐回正题。

"有一年小爱独自回来，特别消沉。齐唐他父母不知道发生了什么，挺担心的，就派我去找小爱探探情况。

"我见到小爱——吓了一大跳！"邵清羽吞了一下口水，挑着眉毛，面部表情充满了喜剧色彩，"她整个人啊……憔悴得不行，像是吃了很多苦似的。但是她风度很好，平心静气地跟我讲'齐唐和我分手了，他爱上了别人'。我现在还能想起她说那句话的样子，特别平静，又特别绝望。

"我当时很难相信这件事，可能是因为幼稚吧。然后我又很较真，也不管小爱有多难过，非要问个清清楚楚。小爱没和我计较，但我猜她也确实需要一个宣泄委屈的机会，就把他们分手的始末告诉我了。"

终于到了关键部分——叶昭觉就是为了听这个，才忍受了邵清羽毫无章法、逻辑混乱、想到哪儿说到哪儿的叙述风格："求求你别他妈废话了，快说重点！！"

邵清羽翻了个白眼，接着说："小爱给我看 Frances 的照片，说她认识齐唐那么久，从来没见过齐唐那样喜欢过一个女生，喜欢到了神魂颠倒的程度。我印象中 Frances 很漂亮，身材也很棒，要胸有胸，要腿有腿。实话实说啊，对齐唐当时那个年纪的大多数男生来说，Frances 肯定比小爱有吸引力得多。

"齐唐是在一次留学生聚会上认识 Frances 的，那天小爱也在场，她说自己一看到齐唐和 Frances 说话的样子，心里就有不祥的预感了。昭觉，你别看齐唐现在一副风流倜傥的样子，他以前也蛮青涩蛮腼腆的，尤其不善于人际交往。小爱说，齐唐和 Frances 讲话会脸红，Frances 看到他脸红就一直浪笑，根本不把一旁的小爱放在眼里。"

"那岂不是，摆明了要勾引齐唐？"叶昭觉皱了皱眉，想起那晚在别墅里，Frances 匆匆看向自己的那一眼。

虽然只是一个错身，但自己应该没有看错——Frances 的眼神里，不是没有一点轻蔑的。

"就是啊，当着小爱的面勾引齐唐，你说 Frances 贱不贱？但还不是最贱的——"邵清羽眯起眼睛，"她的手段并不只用在齐唐一个人身上，小爱后来打听过，像齐唐这样的傻×还不少，在他们那个社交圈里，Frances 几乎可以说是女生的公敌，大家都严禁自己的男朋友和她来往。"

"可是小爱说的这些，难道齐唐不知道吗？"叶昭觉的眉头皱得更厉害了，她有点难以置信，齐唐当年竟然那么愚蠢？

"他知道啊。"邵清羽又翻了个白眼，"哎呀！我不是说了吗，你不要拿现在的齐唐去代入这件事！！他那时候还小啊，屁都不懂，很

蠢的！他知道 Frances 是什么样的人，可是他没有办法控制自己对
Frances 的好感，结果三天两头和小爱吵架，小爱就哭啊，闹啊……你
知道，女生走到这一步，男生就只会想躲，而男生一躲，女生就闹得
更凶……"

光是想象一下那种场景，也知道齐唐和小爱分手是必然的事情。

叶昭觉半天没作声，除了震惊之外，她心里还有些微妙的情绪。

她认识的齐唐，是一个稳妥、持重、克制、很多方面趋近于完美的
人，她不敢轻率地接受他的感情，很大程度上就是因为他那种高高在上
的姿态。

而她从来没有想到——一丝一毫都不曾想到——在他成长为现在
的他之前，竟然有过那么愚蠢的岁月，有过那么轻浮、草率、轻薄的
经历。

以及，也曾不被人珍视、随意践踏的一颗真心。

在叶昭觉过往的人生中，无论是自己的恋爱，还是朋友们的恋爱，
从没有一个人在最开始的时候，就抱着"随便玩玩好了"的心态去和对
方交往。

所以，即便最后弄砸了，失败了，但共同经历的时间，流过的泪，
甚至是不得已而造成的伤痛，也仍都是干净的、值得的。

"那……后来呢？"叶昭觉有些于心不忍，她又想知道，又不敢知道。

"齐唐和小爱分手后，就开始明目张胆地追 Frances，但 Frances
态度很不明确，加上情敌又多，有几次齐唐就想说要不还是算了。可是

他稍微一松懈，Frances 立刻就给他一些鼓励、一些错觉，反正折磨得齐唐挺辛苦。他从小到大异性缘都很好，说起来，也就在 Frances 手上栽过跟头。

"再后来 Frances 家里就安排她订婚了，好像有些什么利益关系在其中。齐唐也知道没可能了，但伤心还是很伤心的嘛，就一个人去北欧旅行散心，谁也没想到——Frances 竟然跑去找他……

"反正那一两年，齐唐真是被这个女人整得好惨。他父母本来因为他和小爱分手的事就很生气，后来知道了原因就更生气，一度对他实行了经济封锁。不过你也知道，他跟我又不太一样，自己能挣钱嘛，但是总的来说，代价还是挺惨重的。

"再往后我就不清楚了，只知道 Frances 的婚礼是在英国办的，齐唐也去了，婚礼头一天晚上喝得烂醉，叫嚣着要去抢人。幸亏他几个好朋友当时都在场，大家合力阻止了他，但也够丢人的……

"对齐唐来说，这件事是他人生中的奇耻大辱，所以拜托你，千万不要让他知道是我告诉你的！"邵清羽双手合十，一脸恐惧的样子。

"我觉得，齐唐一直以来都很清楚 Frances 的品性，只是感情这种事，当局者迷吧。"

她讲完了。

可是，叶昭觉并没有因为弄清来龙去脉而觉得畅快，相反，她感觉到有一团恶气憋在胸腔里，整个躯体仿佛都在不断地往下沉，往下沉，沉入另一个空间。

暮色四合，夕阳瑰丽壮观。

晚风拂过，叶昭觉忽然想起整个故事里最无辜的那个人："后来小爱呢？"

邵清羽皱了皱眉："我也不清楚，她和我要好是因为齐唐，后来断了来往，也是因为齐唐。我觉得，她那时候应该也很恨齐唐吧……她本身也很优秀啊，却受到那样的打击，而且还在异国他乡，那段日子一定很难熬。"

"是啊，一定很难熬。"叶昭觉不自知地重复着邵清羽的话，喃喃自语一般。

她的目光望向更遥远的天空，想起小爱第一次见到 Frances 时就有种不祥的预感，自己何尝不是一样。

叶昭觉有点嫉妒 Frances，但更多的是憎恶——这个 bitch（贱人）曾经竟然那样对待齐唐。

当天晚一点的时间，齐唐接到了一个陌生号码打来的电话。

对方只说了两个字——"是我"。

电流自耳畔无声地流窜，他并不惊慌，也不觉得意外。从那天晚上意外地重逢开始，他就预料到会发生这一幕，不奇怪，Frances 就是这样的人，这就是她常用的招数。

他早就料到了。

过去的这些年里，他喜欢的、交往过的女孩子，多多少少有些 Frances 的影子。

那次，苏沁在概括他历任女友的特质时，他的确有那么一点点心虚。

在他最年轻、激素分泌最旺盛的年纪，周围的女生皆是一派清汤寡水的模样，乍然见到她，美艳、丰腴、野性，甚至——放荡。

所有关于成熟女性的幻想，都在 Frances 的身上得到了验证，甚至，比他幻想中还要更加美妙。

在和她的纠缠中，他获得的痛苦远远多过快乐，但无可奈何的是她出现的时机——太早了也太巧了，所以一切都无可逆转。

正因为这样，他才更确信叶昭觉对于自己，是与众不同的。

这是一次沉默占据了大部分时间的通话，直到最后，Frances 才轻声问："见个面好吗？"

"我觉得没有这个必要。"齐唐的声音也很轻，但态度十分坚决。

他并不是担心往事会重演。

今非昔比了，那个热血、冲动、为了爱情干出一大堆荒唐事的懵懂少年，早已消失在岁月尽头。

她曾经的确很重要，但也只是曾经。

齐唐避而不见，却挡不住 Frances 主动现身。

一个全体加班的晚上，会议结束之后，众人鱼贯而出，眼尖的叶昭觉看见前台待客的沙发上坐着一个人。

虽然只是一个背影，但那一头栗色的长鬈发，叶昭觉不会认错。

听见身后嘈杂的脚步声，Frances 缓缓起身，她的轮廓从黑暗中慢慢显露出来。

即便是站在惨白的灯光下，她的美丽也几乎无损。

齐唐从人群中走出来，看见是 Frances，首先的反应便是将叶昭觉拉到自己身后。

谁也没说话，一时间，场面有点尴尬。

Frances 微笑着看着齐唐，那不是一个人看朋友的眼神，而是带着一点挑逗、一点勾引和一点楚楚可怜。

"各位……"她环视了一周，"不介意的话，把齐唐借给我一会儿，可以吗？"

其他人不约而同地看向叶昭觉，这些目光汇集到一起，沉甸甸地压在叶昭觉的背上。

有生以来，叶昭觉第一次真正感受到"主角"这个词语的含义和分量。

坦白说，她有点怯场。

想想看，一个老是不走运的自己，一个做什么都做不好的自己，一个早就习惯了活在其他人更耀眼的光环之下的自己，忽然被命运拎到了现在这个位子上——你不能不说这是一场恶作剧。

叶昭觉心里叹了口气，既然如此，硬着头皮也得上了。

"他们介不介意不重要，反正我介意。如果你非要坚持借走齐唐，就连我一块儿带上吧。"

如此庄重、严肃、铿锵有力的语气——叶昭觉上一次这样说话，大概还是在中学入团宣誓的时候。

她话音刚落，其他人就开始"哇哦"乱叫——他们等这一天等得太久了。

就连齐唐，也有点感动有点蒙。

"噢？你是……"Frances 明知故问。
她当然知道叶昭觉是谁，就凭齐唐刚刚那个动作，他们的亲密已然昭彰，可是，再亲密，你们还不是宣称她是"助理"？
Frances 敏锐地抓住了这个漏洞。

叶昭觉心里的火被点着了，如果这事发生在她见邵清羽之前，或许她的态度还不会如此强硬，但现在，她光是看见 Frances 这个人就想作呕了。
"我是他女朋友啊。"她一边说，一边伸手挽住了齐唐的手臂，动作娴熟自然，滴水不漏。
Frances 的笑僵在脸上，她将信将疑看向齐唐："是吗？"

众目睽睽之下，齐唐没有一点迟疑，他点点头："是啊。"

乔楚知道这事之后，兴奋得一直夸叶昭觉："你做得很好啊！"
然而叶昭觉自己回想起当时的情形，却并不觉得有多么值得高兴：当众抢男人，这并没有多荣耀。

事后，她也有些懊恼。
自己和齐唐的关系，竟然会是在那样尴尬的局面下被挑明的，以往有多少更私密、更温馨、更适合表达心迹的机会，都硬生生被错过了。
那晚的情势，就像是兵临城下，自己不得不出面捍卫主权。

都是 Frances 害的！

之后一周多的时间，他们的恋情成为公司上上下下茶余饭后的谈资，当天在场的传给不在场的，不在场的又去找另外一些在场的探听细节，确定真假……

叶昭觉走到哪里，大家的窃窃私语就跟到哪里。

她不得不面对这个事实，那一时意气之争，已经影响到了她的日常工作和其他人看待她的眼光。

不曾有过职场经历，不谙办公室政治的乔楚，对此很不以为然："工作重要还是爱情重要？"

叶昭觉老老实实回答："工作。"

换来乔楚嗤笑了一声："傻×。"

夜里忽然下起了大雨，电闪雷鸣，狂风呼啸，树杈的影子在墙上犹如群魔乱舞。

房间里冷飕飕的，原来是窗户没关，地上已经被雨水溅湿一大片。

乔楚原本就因为生理痛而在床上折腾了许久，谁料想，才稍微有点睡意就被一个炸雷给炸清醒了。

她晃晃悠悠下了床，走到窗前，还没来得及关上窗户，雨水已经劈头盖脸地砸了下来。

"真倒霉。"

关上窗之后，卧室里立刻暖和了，也安静了。

从床头柜的抽屉里拖出医药箱，发现止痛药也没了，气得她又低声骂了一句："真他妈的倒霉。"

肚子痛得厉害，又没力气去买药，可怜的乔楚只能裹紧被子蜷缩成一团回到床上打滚，滚来滚去滚得浑身是汗，床单和枕套都已经湿透。

雨水击打在玻璃上，发出噼噼啪啪的声响，激烈而沉闷。

她的孤独，在这一刻尤为昭彰。

有那么一瞬间，乔楚忽然冒出一个奇怪的设想。

如果我就这么死了，谁会是第一个发现这件事的人？

当她想到这个问题时，也想起了去世多年的外婆。

小时候痛经，外婆总会给她冲红糖水，热热的，甜丝丝的，喝完抱着热水袋睡一觉，醒来也就不疼了。

外婆去世之后，她找到了一个更简便的方法来对抗疼痛，那就是吃止痛药。

这个雨夜，药丸欠奉，她怀念那碗热气腾腾的红糖水。

伤感和脆弱同时袭来，她是真有点想哭了。

忽然，卧室外传来一点声响，像是开门声——她整个人如同跌进了冰窖。

一时间，她忽略了疼痛，手脚麻利地将床头柜上的手机藏进被子里，又敏捷地反手在抽屉里摸到了防狼喷雾。

外面的动静更明显了——她已经清清楚楚地听到脚步声——她心中暗叫不好，平时都记得反锁，怎么偏偏今晚如此大意？

那脚步声离卧室越来越近，越来越近。

她几乎已经看到雨水从那人的衣物上滴在地板上，一滴，两滴。

她屏住呼吸，在黑暗中瞪大了眼睛，几秒钟的时间，脑袋里闪过了千万个念头。

就在这千钧一发之际，她听见——"乔楚，你醒着吗？"

是闵朗，只有他有她家的钥匙。

"×，吓死我了！！"乔楚差点昏了过去，"你怎么来了？"

闵朗冲她晃了晃手机："那个 App 提示我，你'亲戚'来了，我打你电话打不通，就直接来了。"

乔楚服下闵朗买回的止痛药后，虽然一时没有奏效，但心里欣慰了许多："你不是说要删掉的吗，怎么没删啊？"

闵朗沉默着，他没好意思说"还不是因为担心你"。

借着灯光，乔楚看见他半边身体都被雨淋湿了，脱下来的外套随意地扔在地毯上，身上的白色 T 恤印着史努比的图案。

乔楚盯着史努比看了好一会儿，终于笑了。

她不愿意对闵朗说谢谢，一说这句话就生分了，于是，她拍了拍自己身边的空地方，示意他靠近一些。

"你担心我啊？"她似笑非笑地看着他，眼睛特别亮。

"你觉得是，就是吧。"闵朗没有否认，替她掖了掖被子，"躺下睡觉，明天醒来就好了。"

"怎么，"乔楚一愣，"你要走？"

闵朗的脸上依然没有表情："要走也等你睡着了再走。"

有好半天没有动静。

也许是疼痛的缘故，也许是因为夜里这场滂沱大雨，乔楚说什么也不愿意让闵朗离开。

她握住闵朗一根手指头，可怜巴巴地望着他——"留下来吧"，她没有说，可是他听见了。

闵朗抽回手，低下头笑了一声，又揉了揉她的头发："好，我不走。"

看到乔楚那个表情，他的心里很酸很酸。

他不曾对任何人说起，有时候他也希望没有徐晚来这个人，或者是，自己已经完全不再在乎徐晚来这个人。

要是那样的话，他和乔楚就能好好在一起了，其他的姑娘，没了就没了，不要紧。

可是徐晚来啊，还是像一根刺一样扎在他心里。

那根刺没有动静时，你甚至会忘记它的存在，可是它稍微一有点动静，就能让你痛得死去活来。

到了后半夜，那根刺动了。

已经睡着了的闵朗，被振动的手机吵醒。

醒来的那一瞬间，他看向身边的乔楚——她紧紧地、牢牢地抱着他一条手臂，像溺水的人抱着一块枕木，睡得非常安稳。

她的脸在月色中恬静清丽，宛如孩童。

闵朗小心翼翼地接通电话，用轻不可闻的声音问："怎么了？"

电话那头的徐晚来，轻声啜泣着，说出来的话也是断断续续，支离破碎："你在哪儿……"

没有等她说完，闵朗挂断了电话。

　　理智告诉他，不要再去管徐晚来的任何事情。

　　可是，就在下一秒钟，她的面孔浮现在黑暗中，还有她咬牙切齿地说的那句话："因为我一直爱着你这个王八蛋。"

　　闵朗静静地躺在这无边无际无声的黑暗世界里。

　　他觉得，自己已经被撕成了两半。

Chapter ⟨*6*⟩

她终于知道了，两个"不对"的人非要在一起，
就只会制造出层出不穷的麻烦，一个麻烦接着一个麻烦。
不管他对她有多好多珍惜，不管她有多想成全他成全自己，
总是会有各种各样的力量阻挡在他们之间。

◇ 1

　齐唐一直在看手机，对面位子上的 Frances 则一直在看他。
　这次单独会面，齐唐原本仍是想要拒绝。

　Frances 在电话里幽幽长叹："只是叙叙旧而已。齐唐，你我之间真
的连这点情分都没有了吗……"末了，话锋一转："还是说，你怕见我？"
　正是最后这句话挑起了齐唐的好胜心："有什么好怕的？"
　"是呀，那就见个面嘛。"Frances 满意地笑了：齐唐啊，这一套对
你还是管用的。

　他们约在了那家不对外营业的私人咖啡馆，也是在这里，齐唐曾郑
重地向叶昭觉表明心迹。
　老板是齐唐和 Frances 共同的朋友，见到齐唐时，老板脸上露出了
意味深长的笑。
　齐唐懒得解释，随便吧。

这里原本就只有五张桌子，现在又增加了一些大型绿植，三百多平方米的面积被分割成几个隐秘的空间，每一片小区域都犹如一个独立的小丛林。

齐唐看了一下手表，现在是晚上十一点。

这个时间，大概也不会有其他客人来。

Frances 慵懒地倚在靠枕上，斜着眼望齐唐。

"上次那个女孩子，真是你的女朋友吗？"

齐唐面无表情："有问题？"

"没——有——啦——"Frances 拉长了话音，"只是有点意外，以前不知道你会喜欢那种类型。"

齐唐冷眼看着她，没有再接话。

气氛有点冷。

Frances 稍微调整了一下坐姿。"我们之间不用弄得这么敌对吧？"她往前探了探，眼神很温柔，语气比眼神更加温柔，"齐唐，你变化好大……"她试图用这种暧昧的语气，把两人带回往昔。

她边说着，边伸出手，从桌面上一路缓缓地滑过去。

最后，握住了齐唐的手。

这个动作，让齐唐有些猝不及防。

那一瞬间，他脑中所有尘封的记忆都随着 Frances 温热的手心开启。

那些长久以来，他缄默以对的往事，苏醒了。

这些年来，他在任何场合都绝口不提 Frances。

他自己不提，别人也不敢提，于是这个名字这个人就成了某种禁忌。

"你一直都不肯原谅我。"Frances 的话还没有说完，眼眶里已经蓄满了泪水。

"怎么可能，都是些陈年往事。"齐唐微笑着，一种充满了距离感的微笑，他不动声色地将自己的手抽回。

"我一直都希望能够有一个机会和你冰释前嫌。"就像是剧本上规定的动作，Frances 在说完这句话后——一、二、三，眼泪稳稳当当地落下，"可是我没有想到，等这个机会，竟然要等这么久。"

Frances 的姿态、语气，还有她说的话都充满了浓重的表演痕迹。

齐唐有点不耐烦了，无论 Frances 是想要忏悔也好，或者如她自己所说，"叙旧"也好，他都没有太多兴趣。

她没什么改变，还是把别人都当傻 ×，笃定地认为只要自己说几句示弱的话，掉几滴眼泪，对方就会心软、服输。

她也还是不明白，再傻的傻 ×，经历过那样的愚弄、挫败，总会吸取点教训。

撞过电线杆的人，都会记得那根电线杆。

"晓彤，一切早就过去了。"

听到齐唐叫自己的小名，Frances 显然呆住了。

除了长辈，几乎已经没有人会这样叫她，这一声"晓彤"，瓦解了她装腔作势的伤感。

那个腼腆、内敛、慌张、爱她爱得不顾一切、任她差遣的年轻男生，已经在尘世的历练之中，长成了一个清醒、漠然、警觉的成年男性。

这些年，他一定有过不少年轻貌美的女伴，他的人生一定增添了丰富的情感经历，对情爱这回事，他大概早已经免疫了。

Frances 心里一颤：眼前的这个齐唐，对自己来说，是一个陌生人。

齐唐又看了一下表，四十分钟的时间就这么乏味地过去了。

他绝不容许自己的时间被这种事情浪费，就在他拿起桌上的车钥匙，准备起身告辞时——

Frances 说："我离婚了。"

她的声音很轻，话语的分量却很重——重得像是有一双手把齐唐生生地摁回座位上，他不由自主地问了一句："为什么？"

"他出轨。不奇怪呀，男人不是都这样吗？" Frances 耸了耸肩膀，很无谓的样子，像是谈论天气、超级市场的货架，或是一顿不够美味的晚餐。

齐唐沉默了，他有点摸不透 Frances 的心思。

"你不是早就说过，我的婚姻不会幸福。" Frances 叹了一口气，语气里的遗憾并不是装的，"倒是让你说中了。"

齐唐的脸色即刻阴沉下来，他记得自己说过这句话。

Frances 的婚礼前夕，他们俩在酒店的房间里，关了手机，与世隔绝，度过了暗无天日的几天时光，怀着告别的心情，悲伤地温存和缠绵。

他甚至记得，自己说这句话的时刻，是在 Frances 和她当时的未婚夫打完电话之后，他出于嫉妒，也出于赌气，故意怼她："嫁给自己完全不爱的人，你不会幸福的。"

而 Frances 裹着床单，披散着长发，轻描淡写地说："我不是完全不爱他。"

"……"

"齐唐，没的商量。这件事情，我没有办法。"

"当年是我太软弱，没有勇气反抗长辈的安排。"回想起往事，Frances 脸上满是自嘲，"过去这些年的每一天，我都在想，如果当初自己能够勇敢一些，我的人生会不会是另外一个样子。"

她用忏悔的眼神望着齐唐——

他必须承认，即便是今时今日，他也不太受得了 Frances 这样的凝视："不管别人怎么看，你知道我是爱过你的。我们之间……别人不清楚，但你是清楚的。"

Frances 一边说，一边步步逼近："齐唐，这些年我一直都在想，我们能不能重新……"

她身后，那棵散尾葵的叶子微微颤动。

"晓彤，"齐唐往后退了一步，"都过去了。"

他说得干脆简洁又直接，就像面对一个喋喋不休的推销员，短短一句话就拒绝了对方所有的期待和幻想。

Frances 原本要说的最后两个字，卡在喉咙里，硬是被生生地咽了下去。

她挤出一个违心的笑："是因为那个女孩？"

"和她无关。"

"你爱她吗？"Frances 又问。

"和你无关。"齐唐有些愠怒。

"这不像你的风格呀……"Frances 笑了起来，可是她的眼睛里一点笑意也没有，"当年小爱当着那么多人问你是不是喜欢我，你可是斩钉截铁地承认了。"

齐唐没有反驳，也没有动怒，他只是有些恍惚。

眼前这是真实的吗——

自己曾不惜一切代价想要和她在一起，几乎众叛亲离。

小爱伤心，父母失望，朋友们痛心疾首。

得知她和别人订婚的消息，自己伤心欲绝，甚至丧心病狂到想要破坏她的婚礼。

多年后，还是同一个人，站在他的面前，嘴唇一张一翕，往事重提却字字句句都满怀恶意。

齐唐从来不怯于承认，自己辜负过一些人，伤害或是亏欠过一些人，可是唯独对 Frances，他问心无愧。

她曾是他青春岁月中分量最重、色彩最艳丽的一笔。

可是眼前这一幕，令他觉得这段感情自始至终都充满了黑色幽默。

齐唐别过头去，不愿让 Frances 看到他此刻的表情。

他生平第一次因为"重逢"而感到如此强烈的悲哀。

片刻，他恢复了理智，那分分秒秒的错乱和失落已经过去了，永远地过去了。

他转回面孔，静静地看着 Frances，那目光里一丝感情都无。

"Frances……"他换成了和其他人一样对她的称呼，"你保重。"

有种东西在他的心里彻底碎掉了——就像一件保存了很多年的瓷器，从高处跌落在水泥地面上，稀里哗啦，一地粉碎。

随着清脆的碎裂声响起，他感觉自己从长久以来的桎梏之中解脱了。

"我曾经一直认为，自己人生中称得上遗憾的事情不多，你算是一个。"他没有回头，"但是现在，不是了。"

现在，他很想去见叶昭觉，迫不及待地想去。

Frances 被齐唐说的话给深深地刺痛了。

那晚叶昭觉挽着他的手臂，以挑衅般的语气说"我是他女朋友"时，他的眼神，是温柔的，是宠爱的，像成年人看着一个未成年的小孩。

对比之下，Frances 深感屈辱。

"你等等。"

齐唐回过身，怀着一丝警惕和一丝不安，他不知道她又想要干什么。

Frances 走近一步，她的笑容沾满了毒液，唇齿之间又有鬼魅："你跟我可以了断，可是，你跟孩子呢？"

齐唐整个人都呆住了。

藏匿在茂密植物丛中的单薄身体，因为负荷不了这突如其来的巨大震撼，而微微地颤抖起来。

桌上的咖啡已经凉了，似乎一口都没有动过，残存的最后一丝香气挥发在空气当中，没有人知道。

就像，没有人知道，命运兜兜转转——某些事情——仿佛又回到了起点。

老街本来像世界上千万条道路一样，有属于自己的名字，可是这里的居民都选择性地忽略了它的本名。

久而久之，"老街"成了它约定俗成的名字。

而乔楚，就在这条街上长大。

她记忆中的老街和现在几乎没有分别，一排门面数过去还是那些小美容店、小诊所、家常菜馆、理发店、彩票店、水果店，还新开了一家巴掌大的进口食品铺子，门可罗雀，老板整天趴在柜台后面玩 iPad。

时间在这里好像过得比别处要慢。

顺着街头一直走到街尾，不出意料，乔楚看到那家早餐店。

她还记得，小时候冬天的清早，她拿着早餐钱，走到店里，指着摞得比自己还高的蒸笼，叫老板："我要买包子。"

蒸笼盖揭开的时候，会有大团大团的白色蒸汽喷薄而出，弥漫在空中。

对一个孩子来说，那一瞬间就是仙境。

多年后，小女孩穿过白色的蒸汽，离开老街，头也不回地闯入万丈红尘之中，她懂得了生之可忧，死之可怖，也一并懂得了成人世界里那些算计、周旋和欲望。

她变了许多，而老街没变过。

就在这时，手机响了，那端的人嗓门很大："你在哪儿呢？"

"拐个弯就到了，催什么催啊，显得你们多忙似的。"乔楚笑嘻嘻地说着听起来很不客气的话。

外婆去世之后，她与这条老街的缘分其实也就终结了，是因为这群从小一块儿长大的发小还住在这里，她才会偶尔回来看看。

挂掉电话，早餐店老板娘正巧看见了她："呀，是小楚，好长时间没见你了，你越来越漂亮啦。"

乔楚笑了笑，心里有种暖融融的东西，这种东西让她有点想哭。

拐了个弯，就看见一个台球室，三个叼着烟的年轻人坐在门口玩斗地主，剩下几个在旁边围观，一看就知道这群人整天没什么正事。

乔楚远远地冲着他们"喂"了一声，听到她的声音，那群人的目光齐刷刷地望了过来，不约而同地咧开嘴笑了。

中午在饭馆里，乔楚笑着嘱咐众人："都不要客气啊。"

大家说说笑笑的，小饭馆里热闹得不行。嬉嬉闹闹的一群人之中，唯独坐在乔楚右边的男生沉默不语。

他眯起眼睛看她，看了一会儿，压低声音问："你不开心啊？"

乔楚一愣："有这么明显？"

对方笑了一下，那意思是，我还不知道你？

这个男生是这一群人里带头的，大家都叫他"阿超"。

全世界好像有无数个"阿超"，但乔楚只跟这一个阿超有交情。

阿超小时候，父母老打架，动起手来整条街的人都拉不住。

架一打完，他爸就出去打牌，他妈就收拾东西回娘家，双方好像都不记得自己还有个儿子。

好多次，阿超被遗忘在家里，没钱，没饭吃，饿得发昏。乔楚的外婆实在看不过去，就让乔楚去把他叫到家里来，给他一双筷子一个碗。

外婆从来也不多问他父母的是非，只说自己家饭菜做得太多了，自己和乔楚吃不完，叫他来帮忙。

男孩子自尊心强，阿超很少说谢谢，外婆叫他吃饭……他就真的只闷头吃饭。

虽然嘴上不说什么，可是他心里记得，一顿饭就是一点恩情。

他吃了这家多少顿饭，就欠了这家多少恩情。

阿超点了根烟，声音不大，语速很慢，但确保在座的每个人都能听清楚："小楚，你跟我们就不要见外了，有事就直说。"

其他人听到这话，也纷纷停下动作，跟着表态——

"是啊，小楚，你跟我们客气什么。"

"谁惹你了，谁他妈欺负你了，你一句话的事！"

…………

乔楚半天没吭声。

那种暖融融的东西在她的心里越来越重，弄得她越来越想掉泪。

长久以来隐忍不发的委屈和憋屈，终于等到一个可以摊出来大大方方晒晒太阳的时候。

这些男生和她后来认识的那些人完全不同。

他们一身匪气，举止粗鲁，没受过太多教育，眼界有限，没挣过大钱也没什么见识，平时和她来往得也不频繁。

他们混得不怎么样，但都挺有骨气，从来没找她帮过什么忙——即便是在她最风光，钱多得都不知道要怎么花的时候，他们也没想着要占她一丁点便宜。

他们是她的发小——也仅仅是发小，她成年后的生活，和他们几乎没有交集。

他们只会在她偶尔心血来潮回来看看大家，坐在消夜摊上，就着烧烤喝着啤酒的时候，拍着胸口跟她讲："谁要是欺负你，回来告诉我们几个，管他是谁，男的女的，一定替你出头！"

他们可不知道"男女平等""女权主义"这些先锋的词。

他们只知道——小楚是和我们一条街上长大的姑娘，她混出去了，有出息了，她甚至改变了自己的容貌，每次回来都穿得光鲜靓丽，听其他女孩子说，她一双高跟鞋要好几千，一个包要好几万，谁也不知道她的钱是怎么来的，可那又怎么样——

对他们来说，小楚还是小楚。

在他们浅薄的世界里，只有一些简单粗暴的原则。

反映到乔楚身上，那就是"你有任何需要帮忙的事，我们一定义不容辞"。

"那我就不绕圈子了。"乔楚深呼吸一下，盯着自己面前的空盘子，缓缓地说，"我想教训个女孩。"

谁都没接话，都在等她自己把话说完。

"她抢我……男朋友。"她犹豫了一下，还是决定采取这个说法。

阿超把烟蒂丢在地上，很为难的样子："女的啊……不好吧，我们还没那么坏啊。"

乔楚翻了个白眼："你想什么呢，我没那么丧心病狂。"顿了顿，她接着说："我不想伤害她的人身安全，只是想稍微教训她一下。"

阿超有点疑惑："又不伤害她，又要教训她，那怎么弄？"

乔楚神色凝重了些，环视了周围一圈，怀着某种坚定的决心，说："那女孩有个工作室，稍微弄点小破坏就行了。"

"这样就行了？"阿超歪着头笑，拍了拍乔楚的肩膀，"这样你就出了气了？"

"嗯。"她点了点头。

时间回到下暴雨的那天夜里，闵朗的意外出现，对她来说，就像是生活在悲惨世界中的人忽然捡到一颗糖。

遗憾的是，这颗糖未免也太小了，甚至不够甜到天亮。

当闵朗从她怀里抽出自己的手臂——尽管他的动作是那样小心翼翼，可她还是敏感地立刻惊醒，见闵朗起身蹑手蹑脚地穿衣服，忍不住问："你要去哪里？"

她挣扎着坐起来，拧开台灯，看到墙上的挂钟，凌晨四点。

闵朗一时哑口无言，他不能说实话，可也不想撒谎。

也许是那一刹那，他的表情、眼神或是气息，泄露了秘密，乔楚望着他，心里一片雪亮。

她难以置信——那个让她难以置信的推断已经到了嘴边，但她不愿意说出来，仿佛只要不说出来，这个推断就不会被证明。

"闵朗，我不是非要你和我在一起，"她忍着心里的剧痛，平静地说，"但是你不可能同时既选择我，又选择她，你明白吗？"

闵朗靠着墙壁，他不知道该怎么解释。

他很想告诉乔楚"我已经想明白一切，只是还需要一点时间"，或者是说服乔楚"我和她之间已经不同于以前"。

可是"最后一次"这种话，听起来实在太虚了。

这一切，很像那个著名的"狼来了"的故事，连他自己都觉得毫无说服力。

"你走吧。"乔楚笑了笑，关上了灯，房间里又重新归于黑暗，她觉得自己实在是太累了，累得一个字都不想再多说。

闵朗依然站在墙边，沉默着。

过了一会儿，乔楚感觉到闵朗又重新躺下，从背后紧紧地抱住她，吻她的头发。

她挣扎了一会儿："你走吧，不用你管我。"她知道这个时候逞强毫无意义，可是她忍不住非要这样讲。

"我不会走的。"闵朗今晚脾气出奇地好，他加大了手臂的力度，将乔楚抱得更紧了一点，"以后也不会走了。"

可是，晚一点的时候，他还是走了。

在他重新躺下之后不久，徐晚来连续发来三条信息。

第一条是：我的猫不见了，两天了，我不知道该怎么办。

第二条是：我现在在 79 号，你在哪里？

第三条是：你和乔楚在一起对吗？我过去找你。

看到第二条时，闵朗已经意识到，徐晚来已经失常了。
他无法想象，如果她真的来了，那——怎——么——办？！
他唯一可以肯定的是，自己必须阻止这件事情发生。

闵朗走时，乔楚默然站在窗口，有一把无形的刀在她的心窝上反复
捅着。
她望着路灯下，闵朗匆匆而过的背影——他还是走了，无论他以为
自己的选择如何坚定，只要徐晚来闹一闹，他就不可能袖手旁观。

徐晚来一天不肯放手，闵朗就一天不可能得到真正的自由。
徐晚来并不是掌握了闵朗的弱点，而是成了他的弱点。
对闵朗来说，他和徐晚来之间畸形的情感关系，就像是某种毒品，
他想戒，可是未必戒得了。
这一点，乔楚已经明白了，可是闵朗还不明白。

深秋的凌晨，暴雨过后，空气里充满了冷冽的味道。
乔楚在那一刻，心里生出一股狠劲——这个念头早已具有雏形，她
以失望、怨恨和愤怒喂养它，日复一日，它越来越强壮。
她终于不能够再继续压抑自己：徐晚来，总该有个时刻，有些事情
狠狠地教训你，让你知道你是谁。

这其中的是非曲直，乔楚自然没有向阿超他们讲清楚，她只是给了
他们 Nightfall 的地址。
阿超又点了根烟，他只说了一句："你放心吧。"

此刻的乔楚，并没有意识到，命运已经渐渐露出狰狞的面孔。

她的一生，将就此改变。

◇ 2

齐唐打开邮箱就看到叶昭觉的辞职信，他有点发蒙。

虽然从她回到公司开始，彼此就都心照不宣地知道，终将有一天，她是要离开的。

可齐唐没料到，这一天来得这么快。

他把叶昭觉叫进自己办公室，拿出训导下属的架势来责问她："你有什么计划，为什么不先和我商量？"

叶昭觉脸上没有多余的表情，抬头瞟了齐唐一眼："这不是最近老见不着你嘛。"

最近全公司的人都发现了，齐唐有些反常。

他很少来公司，即便来了，也是一个人关在办公室里，吩咐任何人都不要来打扰他。

苏沁和齐唐持股的另外几个公司的管理层有些来往，据她探听来的消息，一切都很太平，并没有什么事情值得他苦恼。

大家没有明说，心里却将目标一致指向了叶昭觉。

怪就怪在——齐唐这么反常，叶昭觉却一切如常。

该做的事情她都照做，不该她做的，你开口求助她，她也乐意帮忙，总之就是一副对全世界都友好得不行的样子。

可是，大家稍微一讨论，就发现了端倪。

她的友好——像是打定主意明天就要离家出走，所以今晚的晚餐做得特别好吃的那种友好。"因相处的时间不多啦，那就给大家留一个好印象吧"——这句话，仿佛就刻在叶昭觉的脑门上。

公司八卦小团体一致裁定：一定和上次那个莫名其妙的女人有关系。

而八卦，往往就是真相。

那天晚上，当 Frances 说出"孩子"这个词语时，齐唐确实认为她疯了。

Frances 一眼就看懂了齐唐的眼神，她上前一步："你应该还记得，我在结婚那年就生了宝宝。"现在，她几乎已经贴着齐唐的身体："宝宝的出生日期是……"

隐没在她唇齿之间的意味，齐唐完全接收到了。

他当然记得，曾经那些温柔缱绻和抵死缠绵。

某种程度上，是 Frances 真正开启了他，让他懂得了肉体的极致欢愉。

可是她说的这件事，齐唐无论如何也不相信。

"不可能和我有关。"齐唐冷笑着，"我们当年……是有措施的。"

"是吗？" Frances 也冷笑，"你确定每一次都有吗？"

在记忆的缝隙里，齐唐举目皆是茫然。

他确实——不能——肯定。

Frances 如此咄咄逼人，齐唐却越来越迷惑："即便偶尔没有，难道，你就没有补救吗？"

他的语气里，充满了太多的不确定。

当他问出这个问题时，他知道，自己已经完全陷入了被动。

陈年旧事，已经无从追究。

现在，黑白是非都由 Frances 说了算。

"你知道——"Frances 逼视着齐唐，"我讨厌吃药。"

齐唐的脸色已经非常难看了，他简直不敢相信，就在一个小时之前，他看着眼前这个女人，还在想"我当年那么爱她，情有可原"。

"即便真的没有防护，即便孩子的出生时间也确实凑巧，"齐唐笑了笑，他不准备再对 Frances 客气，"也不意味着和我有什么关系。当年你有多少个暧昧对象，你我心知肚明。"

他终于说出来了，从前根本无法直面的这个事实。

"齐唐！"Frances 提高了分贝，像是受到了极大的侮辱，"你我心知肚明的应该是，我订婚之后，只有你一直纠缠着我不肯放手！"

Frances 的面孔涨得通红，愤怒到了极点的样子。

盛怒之下的 Frances 有种惊心动魄的美，那种美具有极强的侵略性，会让对方在短时间之内无法与之对峙。

　　万分之一的可能性在齐唐的脑中闪过，微乎其微，却又无法置若罔闻。

　　万一，万一她说的，是真的呢？

　　"如果你说的是真的，这些年，为什么你从来没有提过？"齐唐心里发慌，这件事超出了他的智慧和经验，是他从来未曾料想过的情形，"你不是这种甘愿自己承担一切的人。"

　　"我确实没那么无私。"Frances丝毫不否认，"我要考虑我的婚姻、我的孩子和我的名誉……况且，你给过我接触你的机会吗？你知道有多少人曾直接告诉我，你希望没有认识过我？"

　　过了很久很久，齐唐慢吞吞地问："你的诉求是什么？"

　　"呵呵，"Frances转过身拿起自己的包，冷笑着与齐唐擦肩而过，"我知道，你现在是很成熟的商人，但是别把每个人都想得跟你一样。"

　　Frances成功地，再次搅乱了齐唐的生活。
　　她只是稍稍发力，他便乱了方寸。
　　她什么都没要求——可如果一切是真的——那她便可以予取予求。

　　一直到离开咖啡馆，齐唐都没有察觉到其他的异常。

　　深夜两点。

服务员走到最后一个客人面前，轻声细语地说："不好意思，小姐，我们要打烊了。"

失神的叶昭觉，这才回到现实世界中来。

没有人知道，这天晚上，叶昭觉独自在街上漫无目的地晃荡了很久。

她既不想回家，也不想见任何人，既不想买醉，也不愿保持清醒。

很多车从她身边飞驰而过，没有人知道，这个姑娘的心里下着一场大雪。

许多与今晚毫不相干的回忆，像雪花纷纷从她眼前掠过。

她想起从前和简晨烨在一起，生活虽然比现在清贫，可也比现在简单，没有这么多复杂的瓜葛和纠缠，也没有这么沉重的挫败感。

可如果给她一个机会，让她可以选择回到过去——她竟然真的好好地思考了一番——思考的结果是，她并不愿意回去。

那时候最大的问题就是穷。

因为穷，所以能选择的东西就特别少，是区别于现在的，另外一种苦楚和无望。

"可是，为什么我的人生总是浸泡在苦楚和无望之中呢？"

她有点累了，在一个公交车站台坐下，身体像是一具破旧的皮囊。

身后的广告灯箱在夜里亮得刺眼，那种渺小无力的感觉又回来了，是因为齐唐和 Frances 吗？

她觉得，也并不全是。

她没有意识到，此刻自己的脸上有种微妙的神情。

困顿、疑惑、迷茫，但绝对不是痛苦。

她经受的失败太多了，对痛苦的感知已经比别人要迟钝许多。

这一站离她从前开店的地方很近，她忽然想要去那里看一看。

那里现在是一家连锁水果超市。

隔着一条马路，叶昭觉怔怔地望着对面，像是一缕孤魂凝望着自己的前世今生。

尽管已经过了这么长时间，可是她心里还是有一点疼。

紧接着像是有一双手，顺着这一点点疼撕开了一个更大的口子。

一种闷痛，从身体深处汹涌而出——像惊涛骇浪将她拍倒，她刚挣扎着爬起来，又被拍倒。

下午 Frances 打电话约她见面，原话是"有些事你必须知道，如果你真是齐唐的女朋友的话"。

就是这句话，让她铁了心去赴约。

说起来，Frances 只是组织了一次会面，然后按照计划，将每个人安排在她设定的位子上，然后，她的目的，轻轻松松地就达成了。

后半夜，整条街上只剩下叶昭觉一个人，她终于无法再支撑疲倦的躯体，叫了一辆出租车，回家。

在车上，她闭着眼睛，脑子里只有这句话——我绝对不能再任由别人操纵我的悲喜。

第二天，齐唐没有出现在公司。

午休时间，叶昭觉去天台给陈汀打了个电话。

电话很快接通，陈汀的声音听起来很精神很清醒，不像是刚从被窝里爬起来的样子，叶昭觉有点意外："你在干吗呢？"

"看店面呀，我都看了好几天了，要么地段不太好，要么是面积不够大，"陈汀有点兴奋，"我估计今天这个算找对了，我想把中间那堵墙打掉，房东说可以商量。

"对了，你到底考虑得怎么样了啊？是不是不好跟齐唐说辞职啊？

"反正这事，我怎么着都是要做的，你要是没兴趣，我就再找找其他人。"

"陈汀，"叶昭觉说得很慢，天台很安静，只有她自己的声音，"我考虑好了。"

几分钟后，叶昭觉回到自己的电脑前，开始写辞职报告。

"你想清楚自己要做什么了吗？"齐唐压着自己的脾气，软语哄劝，"我不是要操控你，只是有点担心……"

他的语气，像是一个家长，苦口婆心地劝阻没有才华的小孩非要去追求不切实际的梦想。

叶昭觉感觉讪讪的，她不怪齐唐不看好她。

"我不可能一直依赖你。"叶昭觉笑笑，"其实我很有自知之明啦，但是我也有自己的计划和想要做的事情……所以，还是让苏沁尽快招人接手我的工作吧。"

她虽然脸上挂着笑，可是眼神里充满了坚毅，那是决心已定的人才有的眼神。

齐唐怔了好半天。

从工作立场来说，他从来都懒得跟任何要辞职的普通员工多费口舌，从叶昭觉一进来，他就看出来了，她是真的去意已决。

按照他一贯的性格，别人要走就走呗，有什么好挽留的。

可是，面对叶昭觉，他还有另一个立场。

过了很长的时间，齐唐像是想通了什么，淡淡一笑："好，我会让苏沁安排的。"

叶昭觉有些不敢相信，自己辞职这件事……竟然这么轻而易举就通过了？齐唐他竟然这么干脆？

因为他的果决，叶昭觉反而有了一点失落。

齐唐的眼睛里，有一种很平静的东西。

她是成年人，她有决定自己去留的自由，而他要尊重这份自由。

小情小爱……就暂时放置一边吧，齐唐心想，现在有更重要的事亟待处理。

"谢谢你一直以来的关照。"叶昭觉站起来，眼神瞟向远方，"我永远不会忘记，你为我所做的一切。"

她久久没有收回目光，生怕在对视之间情难自控。

表面上，她是在辞职，实质上，她是打算淡出他的生活。

到这时，齐唐才意识到很不对劲——她心里藏着很多事，但好像并不准备说出来。

他绕过桌子，走到她身边："是不是有什么事情，你没有告诉我？"

叶昭觉抬起头来，眉头紧锁，眼泪充满了眼眶，喉头发紧，她知道只要再过片刻，自己便会情绪崩溃。

短短片刻，人生中所有和齐唐有关的经历，都在她的脑海中翻腾——

她没有礼服裙去参加 party，是他买来送给她。

她为了工作把自己弄得生病，是他送她去医院打吊水，还一直陪着她。

因为简晨烨和辜伽罗的一张合照，她丧失理智，可是在酒店里，他连碰都没有碰她。

她开店，他支持她，她结业，他收留她，还替她把欠的债还了。

还有，他说的那句话：我不在乎还要等多久，如果那个人真的是你。

…………

从来没有人像他这样，慷慨地爱护她。

没有人像他这样，时时顾及着她那微不足道的尊严，在她所有软弱的时刻，毫不犹豫地伸出自己的手，于人生沼泽中拉她一把。

我们认识很久了吗？叶昭觉不敢说，我觉得好像已经认识了一辈子。

"你到底怎么了？"齐唐神色凝重，他心里有种预感，很不安。

"齐唐，"叶昭觉深吸一口气，"那你呢？你有没有什么事情瞒着我？"

两人之间只隔着这一层纸，可是谁也不愿意戳破。

刹那间，他们在彼此的眼神中已经得到了答案。

叶昭觉的眼泪越来越多，越来越收不住，而齐唐的心里却越来越凉，越来越无言相对。

"到底是哪里出了问题？"叶昭觉低声问，她也不知道是在问齐唐还是问自己，"为什么每次都差一点点？"

以前是因为简晨烨，后来是因为其他乱七八糟的东西——金钱、阶层、地位、阅历、学识、社交圈子……

而现在，是因为他的过去，以及那些潜藏在"过去"的某些糟糕的可能性。

她一次次努力突破自身局限，却又一次次遇到新的问题。

现在，她终于知道了，两个"不对"的人非要在一起，就只会制造出层出不穷的麻烦，一个麻烦接着一个麻烦。

不管他对她有多好多珍惜，不管她有多想成全他成全自己，总是会有各种各样的力量阻挡在他们之间。

现在，她有点认命了。

有些东西，你搭着梯子踮着脚，你手都要断了，可你就是够不着。

齐唐低着头，闭上眼睛，重重地叹了一口气。

他也很茫然，不知道该怎么回答叶昭觉，他也很想知道为什么会搞成这个样子。

长久以来，他一直认为人生中所有的事情都有原因，在他的价值体系里，世界上从来就没有什么意外，只有结果。

从小到大他一路顺遂，生平第一次遇到这种事——连怪都不知道该怪谁。

他轻轻拍了拍叶昭觉的后背，这是一个意欲安慰的动作："我会处理好所有乱七八糟的事情。"

现在，他也只能把话说到这个程度。

"齐唐，有些事情不是那么容易处理的。"叶昭觉用双手抹掉脸上的泪，这个动作既蛮横又凶猛，像是一个大龄儿童，"很多人都说，如果真爱一个人，那就应该什么都不计较。可我是个在市井里长大的人，没有那么大的度量。"

直到几个小时之后，齐唐才真正地听懂了叶昭觉最后说的那句话。

最重要的信息不是"没有那么大的度量"，而是"真爱一个人"。
他几乎震惊了，他简直难以相信——以他的智商——居然要等这么长的时间，才找到这句话的重点。
当意识到这一点之后，他脸上有种奇怪的神情，像是自嘲，又像是发自肺腑的快乐。

淤积在胸腔里旷日持久的烦闷和怒气渐渐地消散了，理智归位，他开始认真地思考自己接下来该做什么——最先要做的，应该是联络在英国的那几个老友。

叶昭觉离职之后，几乎一天都没有耽误，就开始跟着老师学习化妆。
与此同时，齐唐着手准备签证。

安宁的日子没有维持多久。
某天夜里，Nightfall 起了一场大火。
发现火情的是附近酒店的一对情侣，两人正要拉上窗帘亲热——这时，女生看到对面的熊熊大火，一声尖叫划破了夜空。

乔楚是从叶昭觉口中得知这个消息的。

一开始，乔楚还没听进去——她正盯着电视在看一档真人秀节目，时不时发出哈哈大笑声，直到叶昭觉说："现在徐晚来情况很糟糕，闵朗约了我和简晨烨晚上一块儿去看看她。"

突然，乔楚像是见了鬼一般扭过头来，满脸的错愕和震惊，那一瞬间，她被前所未有的恐惧裹挟。
她张了张嘴，却没法出声，有一团棉花堵在她的喉咙口。
此刻，电视机里的综艺节目依然在播放着，成了空洞的背景声。

叶昭觉注意到，乔楚的脸色变得苍白，瞳孔似乎也在放大。
她心中一动，抓住乔楚的手——那手也是冰凉的——正色问道："你怎么了？"

乔楚从来没有像现在这样讨厌过叶昭觉，她的手像一副手铐一样钳住了自己的手。

"是怎么搞的？"乔楚听到有个声音这样问，过了一会儿，她意识到这是自己的声音，她现在就像是打了全身麻醉似的，反应迟钝，肌体麻木。
"具体的情况我还不清楚，闵朗在电话里讲得很含糊。"叶昭觉轻声说，那种特别惶恐、心里特别没底的感觉又出现了，就像那天在咖啡馆里听着齐唐和 Frances 对话时一样。

"什么时候？"乔楚又问了一个问题，她的声音听起来十分缥缈。

叶昭觉说了一个日期。

乔楚回忆了一下，正是她回老街后的第二周。

"我先过去看看，很快就回来，你在家里等我，"叶昭觉柔声安慰着乔楚，"我明天不用上化妆课，我们出去逛街，吃好吃的，好不好？"

乔楚根本没有听见叶昭觉说什么。

她已经进入了另一个世界，只能容纳她一个人，一个充满了罪恶感和悔恨的世界。

叶昭觉离开后，乔楚拿起手机，颤颤巍巍地给阿超打电话，可一直是忙音，再打，又是无法接通。

那场火从 Nightfall 一直烧到了乔楚的心里："快接电话，接电话啊，× 你妈……"她神经质一般骂骂咧咧的，浑身都在颤抖。

她挂掉，又打给当天在场的另一个人，还是打不通。

对乔楚来说，恐怕世界末日都不会比现在更惨。

她定了定神，抓起钥匙和手机胡乱塞进包里，连外套都忘记拿，飞快地出了门。

去老街的这一路上，她的心脏一直悬在喉咙口，几乎停止了跳动。

没有任何宗教信仰的乔楚，向她所知道的每一位上神轮番祈求，祈祷事实并非自己所预想的那样。

"不懂祷告都敢祷告，谁愿眷顾这种信徒"——很多年前，她就会唱这首歌，却从未想到，现实竟会真如歌中所唱。

她从十几岁出来混迹社会，大场面也见过一二，但从未像今天这样怵惧过什么。

她口中喃喃不清，念念有词，一双手几乎要将自己掐出血来，怎么会这样呢，不应该是这样子的……

老街的台球厅门口，没有往日熟悉的那几个身影。

过了很久，她怀着最后一点点侥幸的心情，沉重地走进台球室，问老板："今天阿超他们没来吗？"

老板正拿着手机玩游戏，头都没抬一下："来什么来啊，前天不是刚被带走吗？"

万分之一的希望，在那一瞬间泯灭。

"被谁带走？"乔楚心里其实已经知道答案。

老板不耐烦地抬起头来，看见是乔楚，脸色稍微缓和了点："怎么？你不知道吗？他们几个估计是犯了什么事，警车直接开到老街来，一群人全给拉走了……"

后来老板还说了什么，也可能什么都没说吧，乔楚什么都不记得了。

她只记得，当自己抬起头来仰望天幕时，黑夜早已经无声无息地降临。

◇3◇

在徐晚来家门口，叶昭觉见到了阔别已久的简晨烨，双方都有点尴尬。

上次那一耳光——毫无疑问，双方都还记得，于是一不小心撞上对方的目光，两人就都不知该如何自处。

只好谈徐晚来的事。

简晨烨皱着眉："幸好她自己那晚没留在工作室，不然后果不堪设想……"

叶昭觉无声地点了点头，她也着实为徐晚来感到后怕。

"等下见到小晚，大家都注意一点，别刺激她。"简晨烨特意叮嘱了一句。

闵朗的脸色比任何时候都阴沉，他一直没说话。

他只要一想到"晚来差一点点葬身火海"，一想到自己差点就失去这个人，就恨不能穿越时空回到火灾发生之前阻止这一切，哪怕粉身碎骨也在所不惜。

短短几天的时间，往日光鲜靓丽的时装设计师徐晚来，像是经历过了几生几世的苦难，脸上的憔悴，让人一望即知她承受了多少煎熬。

她本来就瘦，现在看起来，就像是轻轻一碰就会碎掉的样子。

叶昭觉鼻子酸酸的。

没有人比她更理解徐晚来此时此刻的感受，自己一砖一瓦砌造的梦想，最终只能眼睁睁地看它被彻底毁灭，这种无能为力的挫败感和痛苦，别人怎么会明白？

"消防那边已经出了火灾认定书，确定是人为……版师现在在医院接受治疗，她那晚赶工没回家在二楼房间休息，不幸中的大幸是她伤势不算太重……公安那边也已经开始立案调查……是，我没有买保险，为什么，因为我是个傻×呀……我也不知道自己得罪了谁，有没有可能是行业里的竞争对手？不知道是不是意外，也不知道……暂时没有什么打算，谢谢大家关心。"

徐晚来机械化地说出这段话，行云流水。

看得出来这些日子以来，这段话她已经对不少人说过了。

叶昭觉他们三人面面相觑，安慰的话也说不出口，太苍白了，说了也没用。

"这样吧……闵朗，"叶昭觉小声对闵朗说，"我们先走，人多了她也不好发泄，你留下来陪陪她。"

她一边说，一边悄悄地拉了拉简晨烨的袖子。

从徐家出来，两人并排走了很长一段路，可谁也没说话。

那一耳光造成的生疏感，又重新回到了两人之间。

自那之后，叶昭觉反省过很多回，对于自己当时的冲动和蛮横，她不是不后悔的。

她也想过，找个台阶下，把关系缓和一下——好歹是一起长大的情分，好歹是曾经向着一生一世去的爱人。

可是，偏偏就是有这个"可是"，当她一想起简晨烨，自然而然就会想起辜伽罗，想到那张照片，想到他们在法国时就已经"搞在一起"——想到这一层时，先前的反省几乎也就白费了。

你曾经固执地相信过，对方是你生命中不可或缺的存在，你甚至偏执地认为，假如失去对方你就会死掉。

你把自己掏空了去爱他，还是觉得不够。

可是慢慢地，到底是哪个环节出了问题呢？

你们开始彼此攻击，互相伤害，信任瓦解，爱情灰飞烟灭……

你们甚至没能做到相忘于江湖——

他日江湖重逢，你们各自牵着另一个人的手，那时你们才明白，就连"相忘于江湖"都比此情此景要温柔。

你没能够分享他的荣耀，他没能够享有你的成熟，你们临街伫立，谈论的都是无关彼此痛痒的话题。

"小晚这事，太惨了。"简晨烨主动打破沉默，但他其实是想问"你现在每天都在做什么"。

"是啊，希望她足够坚强吧。"叶昭觉顺着简晨烨的话往下说，虽然她很想开口问"你和那个姑娘还好吗"。

…………

两人沉默地沿街又走了一会儿，简晨烨终于忍不住问了："你和齐唐现在怎么样？"

叶昭觉心里"咯噔"一下：妈的！被他抢先了！

她顿了顿，没有直接回答，而是说起了另外的事情："我又辞职了，现在在学化妆，有个朋友正在筹备一个新娘造型工作室，也算是个不错的机会，我想试试看……那你呢？"

"我也还是老样子吧，没什么特别值得说的。"

"装什么傻啊，你知道我指的是什么。"叶昭觉翻了个白眼。

"你都没告诉我，我凭什么告诉你啊？"简晨烨也不甘示弱，"那儿有辆空车，你先上吧。"

　　叶昭觉坐上出租车，好半天没有关上车门。

　　过了很长时间，她终于鼓起勇气说："那次，我乱发脾气，对不起啊。"

　　简晨烨愣住，随即马上说："昭觉，我们之间，不说这个。"

　　她想哭，却笑了出来，这种奇怪的反应连她自己也无法解释。

　　闵朗回到白灰里，已经是深夜。

　　尽管巷子里黑漆漆的，但是闵朗还是一眼就看到有个人蹲在 79 号门口，走近之后他看清楚了。

　　是乔楚。

　　"你不舒服吗？"闵朗也蹲了下来。

　　乔楚将埋在双膝之间的脸抬了起来，看到她的脸，闵朗吓了一跳。

　　在黑夜中，乔楚白得吓人，两只眼睛似两口深不见底的井，好像将任何东西扔进去都不会有回音。她似乎出来得很匆忙，连外套都没有穿，裸露在冷风中的皮肤呈现出灰白色，青色的血管清晰可见。

　　闵朗倒抽一口冷气——这样的面孔，他今天已经见过一回，他赶紧脱掉自己的外衣披在乔楚身上。

　　那件衣服在乔楚身上晃晃荡荡，仿佛还能再装下一个她。

　　"徐晚来出了点事，所以我就过去看了看情况，对了，昭觉和简晨烨也去了……"他误以为乔楚是因为找不到他而生气，便认认真真解释了一通。

　　乔楚没有让他继续啰唆："我知道，Nightfall 起火了。"

"是，损失非常严重，几乎全毁了。"闵朗揉了揉太阳穴，他今天太累了，跟徐晚来说了许多话，但看上去完全没有作用，他希望自己不用在乔楚这儿再花太多精力，"先进去吧。"

他边说话边伸手去扶乔楚，可是没扶起来——她蹲得太久，腿已经麻了。

"闵朗，你爱过我吗？"乔楚的头埋得很低很低，这个问题，像是从地上的裂缝里迸出来的。

闵朗怔了怔，他一时无法理解自己现在面对的一切。

"乔楚，这些事情我们换一天再谈，今天不合适，"他好声好气地哄劝着她，他以为这一次跟过去那几次差不多，"我现在太累了……"

"是我找人干的。"乔楚像是没有听见他的话，自顾自地继续说着。

闵朗呆住了，全身的血液都凝固在血管里，心脏像是被某种武器大力刺穿——痛——剧痛，他的身体比思维更早地明白了乔楚话中的含意。

疲惫感在那一瞬间烟消云散，他只觉得呼吸不畅，意识渐渐溃散。

他们之间一下就远了——比两个陌生人还要远，他盯着乔楚——她脸上那种神情是"事已至此，无力回天"，他觉得自己从来没有真正认识过这个女孩。

乔楚终于站起来了，麻木的双腿里像是有亿万只蚂蚁在爬。

她慢慢地靠向墙壁，像是没有力气支撑自己的身体："我没想到会这么严重，具体发生了什么我也不知道，但是，确实是我的主意。"

　　她说得很平静，仿佛只是一件芝麻大小的事，她眨了眨眼睛："怎么会这样呢？"完全哭不出来了。

　　离开老街之后，乔楚径直来到了白灰里。

　　她的理智所剩无几，千头万绪最终只凝成一个清晰强劲的念头：我必须对闵朗坦白一切。

　　她蹲在黑暗中，默默地练习了很多遍，要如何措辞，要怎么解释，她只是想教训教训徐晚来，她不是真的想毁了 Nightfall，至于火灾，她也不知道是怎么回事……

　　要用什么样的说法，才能证明自己的无辜和清白？

　　可是刚想到这里，她立刻就笑了，一边笑一边落泪，太滑稽了——

　　你哪里无辜？哪里清白？

　　清白的是徐晚来，无辜的是阿超他们……始作俑者是你自己。

　　这场悲剧因你而起，你一个字都不该为自己狡辩。

　　最后，她决定什么废话都不说了，承认这一切都是自己造成的，这是她唯一能做的事情。

　　突然，响起了玻璃粉碎四溅的声音——盛怒之中的闵朗一拳挥向了 79 号的窗户。

　　而乔楚，她早已经元神出窍，这声动静甚至没能让她皱一下眉，眨一下眼。

　　即便是在微弱的灯光下，依然可以看见有几个玻璃碎片扎在闵朗鲜血直流的拳头上，他已经说不出话来，并不是因为皮外伤。

殷红的血液一滴一滴地滴在地上，也在乔楚的心里砸出空洞的闷响。

僵持了很久，闵朗终于开口问："你这么做，是因为我吗？"

他低沉的声音里潜藏着一头野兽。

"不重要了。"乔楚叹了口气，像是从梦中醒过来。

她拉过闵朗那只流血的手，漫不经心地摘去那几块玻璃，解下绑在包包上的丝巾，为闵朗简单地包扎好伤口。

白色的丝巾上很快出现斑斑点点的血迹。

"你知道吗，我今晚蹲在这里想了很多很多，最后我得出一个结论，说给你听你可能会觉得很荒唐，"乔楚的脸上有着满不在乎的神情，"闵朗啊，我觉得，现在一切都公平了。"

她抬起头来，看着闵朗，绽开笑容，那笑容让他心神俱焚："你们俩带给我的所有伤害，都被这场火烧光了。"

"闵朗，我再也不用忍受你在我和她之间摇摆不定，一切都结束了。"

次日清晨。

上早班的年轻警察小张在路口买了几份早餐，他自己已经吃过了，这些是给同事们带的。他刚走到局门口，隔着老远就看见门口有个年轻姑娘，戴着墨镜，仰着头看天。

小张感到有点奇怪。

走近之后，他问那个姑娘："你有什么事吗？是不是要报案？"

听到他的声音，那姑娘回过身来，摘下了墨镜，对他笑了笑。

还没谈过恋爱的小张一下子脸都红了，这个姑娘也太漂亮了吧，简直不输给电视上的女明星。

紧接着，这个姑娘说——

"我是来自首的。"

齐唐在候机室接到了叶昭觉打来的电话。

她的声音听起来像是好几天没有睡过觉，透着历经沧桑的疲惫和沉重，她讲话的时候很平静，但你能听出来她先前是哭过的。

她开门见山，直截了当地表明诉求："齐唐，在我所认识的人当中，除了你之外我想不到现在还能够找谁帮忙。"

她将事情的大致经过讲述了一遍："火灾是个意外，那群人交代说只是砸了店，不知道为什么会起火，可能是烟蒂没灭，加上天气这么干燥……"

齐唐听得眉头紧皱，他一边听，一边在脑中搜寻着自己所认识的、最擅长处理这种案件的律师。

"太他妈傻 × 了……"叶昭觉说着说着，情绪变得有些激动，"乔楚这个大傻 ×，为了闵朗……值得吗？！妈的，是我让他们认识的！"

她说不下去了。

齐唐看了看手表，离登机时间只剩半个小时，也就是说，他不可能在这个时候去到她身边，他能做的，最多也就是陪她讲半个小时电话。

"你先挂掉电话，五分钟后我打给你。"

这空出来的五分钟，齐唐分别打了两个电话。

一个打给了苏沁，让她尽快联络相熟的律师，然后跟律师一起去找叶昭觉，尽最大努力帮助乔楚。

另一个电话，他打给了邵清羽，言简意赅地说："最近我不在国内，短时间里也回不来。乔楚出了事，昭觉……你就当替我多抽点时间去陪陪她。"

邵清羽还不清楚其中的变故，但她从齐唐的语气中听出了事情的严重性，当即应承下来。

她犹豫了一会儿，终于还是问了："你这次去英国是不是和 Frances 有关？"在齐唐简短地"嗯"了一声之后，她像是被开水给烫了一下："我 ×，你不是吧？"

"不是你想的那样。"齐唐知道她是想起了小爱，他顿了顿，"你放心，不会的。"

再次通话时，叶昭觉已经平复下来。

"苏沁稍后会跟你联络，"齐唐想了想，觉得有些话还是应该要讲，"但是你也要明白，每个人都必须为他做错的事情承担后果。乔楚她有非同寻常的勇气，可是，用错地方了。"

叶昭觉吸了一下鼻子，说："我明白。"

齐唐见过好几次她哭的样子，又丑又好笑，可是想起她那个样子，又无端觉得有点心疼。

"昭觉，"齐唐不知道接下来应该再说点什么，只好又叫了一次她的名字，"昭觉啊，你现在进步多了，要是以前的你，就只会呜呜呜……"

"胡说八道，你他妈才只会哭呢！"叶昭觉嘴上骂了一句，笑出了几滴泪。

在这一瞬间，她完全忘记了乔楚他们，忘记了那些烦心事。

她好像才刚刚认识到，齐唐对于自己，有着何等重要的意义——他是那个真正意义上陪着她一路成长的人。

当他叫着她的名字时，她觉得，那几乎就是生离死别了。

机场广播里开始播报航班信息。

叶昭觉陡然惊醒："你在机场？你要去哪里？"

"我很希望现在能够陪在你身边，但是，昭觉，"齐唐停顿了一下，"每个人都有他此刻必须做的事。"

他的目光落在不远处那个登机口，旁边有个小小的 Subway（赛百味，跨国快餐连锁店）的柜台。

当初叶昭觉刚进公司的时候，午餐通常都在楼下的 Subway 解决。

她总是一个人坐在靠窗的那一排单人座位，对着车水马龙的大街一口三明治一口可乐，很孤独，而又似乎并不把孤独当回事。

她的脸上总是有种对命运无所企图的神情，可是如果你认真地听过她说话，就会明白，她缺乏的东西太多了，所以她活得比周围任何一个人都要用力，都要紧张。

她是那种习惯了将一切错误都揽在自己身上的姑娘，即便是别人的错误，她也会多多少少迁怒于自己。

一句极其文艺腔，他平时最鄙夷的那种话，忽然从他脑中一闪而过：你应该活在所有人的希望和祝福中，你应该活在阳光里。

"昭觉，你什么错也没有。"齐唐轻轻地说。

邵清羽出门时，正好遇上汪舸的妈妈从菜市场回来，拎着新鲜的鱼和蔬菜。

"你要出去啊？"汪妈妈连忙把手里的东西放下，要给汪舸打电话，"等一下，让汪舸回来陪你一起去吧。"

"不用了，我去我好朋友家，打个车就到了，不会有什么问题的。"

邵清羽自己并没有意识到，婚姻这件事，从根本上改变了她。

她现在柔和了许多，这一点甚至直接反映在她的面相上。

尽管有些时候，她还是会因为物质条件与从前天差地别而跟汪舸争吵，但更多的时候，比如一家人坐在电视机前守着那些亲子综艺哈哈大笑的周末，她还是会由衷地感受到那种叫作"幸福"的东西。

这就像她记忆中最温馨的童年生活。

那时候，爸爸还没发达，妈妈还在世，一家三口住在老式的楼梯房，每顿饭都是全家人一起吃，那样的时光也曾持续了几年。

再后来，就是完全不同的另一番光景。

"晚上叫朋友一起来家里吃饭啊，给你煮鱼汤。"

"知道了……"结婚这么久，邵清羽还是没法顺利改口跟着汪舸叫"妈"，这个称谓对她来说，像是词典里被撕掉的一页。

好在汪舸一家人都知道她的成长经历，没有任何人会去强迫她做她做不到，又或是不愿意做的事情。

对于这些善意，邵清羽心里是感激的，虽然她常常不说。

叶昭觉开门看到邵清羽，一时忘了其他，脱口而出："你怎么胖了这么多？"

邵清羽一把推开她，翻了个白眼，但她决定待会儿再解释这件事。

"徐晚来也知道了？"邵清羽往沙发上一躺，随手扯过一块绒毯盖在腹部。

提起这件事，叶昭觉瞬间就蔫了，也没心情再继续挖苦邵清羽突然冒出来的双下巴和大了整整一圈的脸。

"她肯定知道了啊，她是受害者，警察应该最先通知的就是她吧……"叶昭觉深深地叹了口气，"我这几天老是在想，如果当初没有介绍乔楚和闵朗认识，这一切或许就不会发生了。"

邵清羽默默地看着叶昭觉。

齐唐说得对，她深陷在一种完全没有必要的自我责问里。

她好像一直都误以为，很多事情，只要她怎么样做或者不怎么样做，结果就会改变。

"你没有那么重要。"冷不丁地，邵清羽说出了这句话。

"什么？"叶昭觉抬起头，有些错愕，还有些茫然。

"乔楚和闵朗的事情，你根本就没有一点责任，或者说，你根本就阻止不了。"邵清羽握住叶昭觉的手，"他们认识的那天晚上，我也在，你记得吧？"

叶昭觉点了点头。

"那晚闵朗唱歌的时候，你一直在和简晨烨说话，但我注意到了乔楚，她装得很镇定很矜持，对啊，就是装的啊。那段时间我不是瞒着你和汪舸来往吗，可以说是做贼心虚吧，反正那一阵子，我对周围的风吹草动格外敏感。

"当时我就觉得，乔楚对闵朗肯定有兴趣，她装，就是为了吸引闵朗的注意，所以后来我知道他们搞在一起了，一点都不意外……话是难听了点，意思没错吧？"

一个人非要爱上另一个人，就像飞蛾扑火，旁人是没有办法的。

叶昭觉怔怔地看着邵清羽一张一合的嘴唇，她以前从来都不知道邵清羽这么心细。

她自己心里那种尖利的痛苦，好像真的因此减轻了一些。

"昭觉，你仔细想想，乔楚是什么样的性格？你从她整容这件事里就能看出点端倪吧。闵朗和徐晚来那样对她……不要说是乔楚这么烈的性子，即便是我，即便是你，都不可能忍受得了。"

邵清羽的声音温和而平稳，她将整桩悲剧剖开来，一点点抽丝剥茧，追根溯源，摆在叶昭觉的面前——你看，这一切都是他们自己造成的，和你有什么关系？

"我知道我其实什么也做不了，"过了很久，叶昭觉才开口说话，"我劝过乔楚，也劝过闵朗，甚至暗示过徐晚来，但他们都没有听。"

对于他们三人的纠葛，她有过不好的预感，但她没有想到最后会如此惨烈。

"但乔楚是我最好的朋友——除了你之外，"叶昭觉瘪了瘪嘴，她想起乔楚曾经帮过自己那么多次，而现在她出了事，自己能做的却是如此有限，"我心里实在是太难受了。"

邵清羽已经黔驴技穷，她不知道还能说点什么来安慰叶昭觉。

从小到大，她们维持友谊的模式都是，她惹事，叶昭觉帮着收拾烂摊子，她闯祸，叶昭觉陪着她一起承担。

叶昭觉总是两个人中更坚强更有主意的那一个。

又过了很久，邵清羽坐起来，正色道："那我告诉你一个消息，可能你会稍微开心一点点。"

叶昭觉转过脸来看着她："你说。"

"我怀孕了，你要当干妈了。"

就像是有一场无形的飓风从屋里呼啸而过。

淤积在叶昭觉心里的苦涩和悲痛，那些滞重的东西，在顷刻间被一扫而光。

她下意识地张大了嘴，形成了一个"O"形，眼睛连眨都不敢眨，像是看到某种神迹，一旦眨眼就会消失不见。

接着，她整个人都开始颤抖起来。

"我将来生了孩子，让你做干妈吧！"

"好啊……等等，那我要给你孩子钱吗？"

"当然啊，干妈就是要经常给孩子钱啊！"

"那我不要做了，我的钱只想给我自己花。"

想起自己十几岁的时候说过的那些蠢话，她们俩的眼睛都微微发红。

从见到邵清羽那一刻开始，叶昭觉就觉得她跟从前有点不一样了，但是哪里不一样，一时又说不出来。

现在，叶昭觉知道了。

多年后，那个一直渴望得到爱和家庭的女孩子——她最好的朋友——坐在她面前，清清淡淡地宣布了生命中最重要的一个消息。

对她们来说，曾经遥不可及的事情，在一朝一夕的更迭之中，现已成真。

极度的喜悦和极度的痛苦有时看起来是如此相似——只有这个原因，才能让叶昭觉为自己汹涌而出的眼泪做出解释。

这一刻，她知道，往后她们再也不会因为一点小事而吵架而冷战了。

她轻轻地抱住邵清羽，就像抱住自己已然逝去、永不重来的青春。

白灰里 79 号。

所有能砸的东西，全都被徐晚来给砸了。

闵朗木然地看着屋里这一地狼藉，和那个丝毫没有停手迹象的疯子。

他不打算阻止她，有几个瞬间，他甚至考虑自己是不是应该帮着她一起砸。

从乔楚离开的那天晚上开始，他就知道，一切都完蛋了。

这些天，闵朗连 79 号的门都没有出过，他一直躺在阁楼的床上。

这张床，乔楚曾经睡过很多次，他在翻身时，看到角落里有几根长头发。

他动作很轻地捏起那几根头发，对着光看了很久，直到眼眶里充满泪水，乔楚用来给他包扎伤口的那条丝巾，此刻就在枕边。

她留给他的，也就只有这些了。

随着她的离开，闵朗觉得，自己有一部分已经死了。

为什么会变成这个样子？

具体是从哪一天、哪一个瞬间，命运急转直下，一切就像是脱缰的马，全都朝着最坏最惨最无可挽救的方向，头也不回地一路狂奔，终至毁灭。

其间，简晨烨来过一趟，两人沉默着，喝了许多酒，却没能说几句话——无话可说，有什么好说的呢？

叶昭觉也来过了，一边骂他一边哭，骂得要多难听就有多难听，后来骂不动了，就抱着他哭，到这个时候已经完全不顾及性别和朋友的界限了。

可闵朗心里一直是麻木的，他脑子里有个声音在说，这场面似曾相识。

再一想，就是奶奶去世的时候。

他一直在等徐晚来，这是他们两个人之间的事情。

这笔账，只有他们自己面对面才算得清。

所以当他听到楼下传来巨大的砸门的声音时，他几乎有种解脱的感觉。

一直悬着的心终于落了下来，他知道，审判的时候到了。

徐晚来看他的眼神就像看一个仇人，她没有化妆的脸让他想起多年前那个下午，她翘课去找他，而他为了面子叫她滚。

那时候，她还没有如此凌厉的眼神，面对伤害，只会哭着说："反正你以后活成什么样，跟我没有任何关系。"

她错了。

她一定想不到，他们的缘分会这么深远而复杂，她一定预料不到，无论他活成什么样子，这一生他们彼此都息息相关。

"我为什么会认识你这个王八蛋……"徐晚来砸累了，就地坐下，坐在一堆废墟里，她点了根烟，眼泪一直流，"我到底欠了你什么，十几年了还没有还清？"

闵朗眼睛发热，喉头发紧，他本想说，我是这个世界上最不愿意看到你受伤害的人，可是话到嘴边，成了"是我欠你"。

徐晚来猛然抬起头来："是乔楚那个贱人，毁了我这么多年的梦想。"

这是这些日子以来，第一次有人在闵朗面前说出这个名字：乔楚。

像是有一只手揭下了贴在他心里的封印，他终于恢复了感知。

又重又闷的痛，随着血液在他全身循环往复，没有放过任何一处，最终汇集到一起，直接冲向心脏。

他想起第一次相见，她冷若冰霜的面孔，与整间屋里热火朝天的气氛形成了强烈的反差。

想起她穿着那件月牙白旗袍的样子。

想起新年夜，她忍着眼泪，独自离开白灰里。

想起她曾经拿刀抵在他的背后，绝望地问他："你说，我干脆杀了你好不好？"

他还想起最后那次见她——她穿着黑色的衣服，冥冥之中就像是来向他告别的，她临走时，亲了一下他的脸。

她说："我从来没有爱过任何人，没有一点关于爱的经验，所以我才会爱你爱得这么糟糕，闵朗，你别恨我。"

　　闵朗慢慢地蹲下来，他终于知道痛彻心扉是什么意思了。

　　"晚来，"他的嗓子完全哑了，"不是她毁了你的梦想，是我们，是你和我毁了她的人生。"

Chapter 7

　　下一个盒子，现在就置于她双手之中，而她却并不急着打开。她希望在打开这个盒子之前，她已经能够真正理解自己的命运。

◇ *1*

对叶昭觉来说，这是一段兵荒马乱的日子，她的生活已经被几件事情划分成了几个固定的部分。

新娘造型工作室开业在即，装修还在收尾，她每天一起床就得赶过去守着工人们干活儿："各位师傅，请一定要抓紧时间啊，拜托拜托！"

陈汀早已经把话说在了前头："你知道我有多懒的，杀了我我上午也起不来，你就多担待担待。"

明面上是朋友、合伙人，实际上多少有点雇用的意思在里边，哪儿能一点不迁就她？

这点人情世故，叶昭觉还是懂的。

到了中午，工人们去吃饭，去休息，她就去 711 买个饭团子、沙拉或者凉面，虽然是简简单单的速食，但好歹能抵饿，勉强算顿饭。

关于吃这件事，叶昭觉现在认为是越省事越好，好不好吃，不要紧。

中午过后，等到陈汀一来，她可以去上化妆课了。

学了这么长时间，她自觉进步巨大，算一算课程，差不多也上完三分之二了。

最初来上课时，其他学员经常会在下课后互相约着一起去逛街，或者看电影、吃火锅，听着都是些让人开心的事情。

她们一开始也会叫叶昭觉一起，可惜每次，叶昭觉都会面露难色，抱歉地推辞："去不了，我还有事，下次吧……"

哪里有什么下次，拒绝的次数多了，大家也就都识趣了。

在同期学员的眼里，叶昭觉是一个礼貌、友善、好打交道，可又极不合群、神神秘秘的人。

叶昭觉的苦衷不好跟任何人讲，她不是不合群，只是实在没时间再匀出来用于社交。

乔楚出事，邵清羽怀孕，闵朗关掉79号……事情一桩接一桩，连喘息的时间都不留给她。

她不是任何一件事中的当事人，可件件事都弄得她焦头烂额。

"责任感"——叶昭觉长到这么大，好像才真正体会到了这三个字是什么意思。

从前闲来无事，她只觉得在这世上，与这几人喝酒谈天最快活，直到这一连串的变故如陨石砸向地球，而他们每一个人的痛苦和踌躇，都令她感同身受。

似乎真是要等到这样的时刻，真正的"交情"才显山露水，她才能明白，这几个人于她而言，是手足之情。

每隔几天她都会去律师事务所见见乔楚的代理律师，尽管还没有太多实质上的进展，但只要去了，她心里就会好过一点。

很奇怪，以前一丁点事她都会手忙脚乱，不是哭就是崩溃，现在遇上这么大的事，她反而比谁都镇定。

有时陈律师在处理别的事情，她就在会客室里安安静静地等着。

这一小会儿时间，便是她一天中唯一清净的时候。

有一次，她实在太困了，等着等着不小心竟然睡着了，直到陈律师的助理不得不来把她叫醒。醒来时，她额头上有一块被压出来的红色印记。

她专心致志地跟陈律师谈了大半天，对自己额头上那块印记浑然不知，最后，她大概听懂了陈律师的意思。

Nightfall 因为火灾而直接造成的经济损失，加上有工作人员因意外受伤，再加上阿超他们一口咬定是受人唆使……种种情况，都让乔楚难逃牢狱之灾。

但是，如果徐晚来愿意接受一定程度上的经济赔偿，法院或许会考虑从轻追究法律责任。

难就难在，要说服徐晚来，这是一件几乎不可能的事情。

叶昭觉去过两次徐家，第一次是单独去的，徐晚来一听她的来意，只差没当场发脾气赶她走。

第二次，她心有余悸地叫上了简晨烨一起，结果并没有比第一次要好，只是回去的路上多了个伴而已。

"我觉得，闵朗应该会比我们更清楚，"坐在车上时，叶昭觉的脸上有种仿佛被人狠狠踩了一脚的表情，"该怎么跟她谈……"

简晨烨叹了口气，习惯性地想伸手去拍拍她的头——手到半空中，又收了回去——他突然意识到，他们之间早就不适合出现这样的举动了："算了，你也尽力了。"

叶昭觉也知道自己是在做白日梦，无用功，但她还是想试一试。

"我试过了，知道此路不通，也死了心了。"叶昭觉笑了一下，将话题转移开，"邵清羽怀孕了你知道吗？"

"真的？"简晨烨露出了不可思议的表情，"那……挺好的啊。"

"是啊，挺好的。"叶昭觉顺着他的话重复了一遍。

他们已经无法像从前那样说话了，这一点，他们心照不宣。

某些话题，一旦要深入地谈下去，势必会牵扯到往事，而这些过去，恰是他们现在必须小心翼翼避开的雷区。

这时，公交车报站的广播在提示，下一站就是叶昭觉的目的地。

她整理了一下包，有句话在喉咙里已经卡了很久，上次见面她就想问。

在下车之前，她终于假装轻描淡写地问出来了："你和那个……叫辜伽罗是吧……怎么样了？"

简晨烨瞟了她一眼，这么多年了，"举重若轻"这回事，她还是做得这么别扭，这么拧巴，一开口就暴露了真实的意图。

"就那样吧……"简晨烨语焉不详地带过了她的问题，"到家给我发个信息，早点睡，你也不是很年轻了，黑眼圈很明显哦。"

"关你屁事！"叶昭觉下意识地捂住脸，脑袋里却一直在思索，就那样……是什么意思？她怎么觉得这话中还有别的深意呢？

下车之后，她慢慢往家里走，忽然，她意识到——

是从什么时候开始，她和简晨烨竟然能够和平共处了。

过去了，都过去了，畴昔种种都过去了，爱也好，恨也好，误会也好，嫉妒也好，全都过去了。

现在，他们是两个全新的人，全新的简晨烨，全新的叶昭觉。

曾经无数次说起"未来"，用尽全部青春却只验证了一件事——对方并不属于自己的"未来"。

那些岁月没有消失，只是没有人会再提起。

再见了，曾经属于叶昭觉的简晨烨，还有曾经属于简晨烨的叶昭觉。

好不容易挨到周末，得了空的叶昭觉便叫了邵清羽来家里吃饭。

既然说好是来吃饭，邵清羽表示——那我就真的只管吃哦，可不要指望我会帮你忙哦。

她挺着日渐隆起的肚子，又恢复了从前颐指气使的模样，连剥几颗蒜几根葱都不肯："我是客人，又是孕妇，凭什么帮你干活儿？"

叶昭觉翻了个白眼："你在婆家也这么作威作福吗？"

"那倒不是，"邵清羽拿着遥控器一通乱摁，"但是他们什么活儿都不让我干，连我洗个澡一家子都提心吊胆的……喂，你怎么穷得连有线电视费都不交啊，无聊死啦！"

　　叶昭觉刚把鸡汤炖上："不是交不起，是没时间看啊，以为谁都像你那么好命啊？嫁人前是大小姐，嫁人后是少奶奶。"

　　话刚一出口，她便意识到自己失言了。

　　果然，客厅里好半天没声响。

　　叶昭觉又翻了个白眼，这次是对自己。

　　她擦干手，从厨房慢慢走到客厅里，小心翼翼地赔着笑："我瞎说的，你别生气，对宝宝不好。"

　　邵清羽放下遥控器，现在电视停在一个购物频道，主持人聒噪的声音暂时掩盖住了略微有点尴尬的气氛。

　　过了好一会儿，邵清羽像是经过了一番激烈的心理斗争，终于缓慢地开口："昭觉，我爸知道我怀孕的事情了。"

　　"啊……"叶昭觉蹲着，把头倚在邵清羽的腿上。

　　这情形很像多年以前的那个下午，她买了一束花，翘课去看望住院的邵清羽。

　　她一直记得，当时邵清羽脸上有种完全不同于平日的神情，眼睛里有种苍茫，就和此刻一样。

　　"前几天，我爸终于给我打电话了，他就说了两三句，一是知道我怀孕了，二是要我尽早回家，"邵清羽一边说着，一边拨弄叶昭觉的头发，"我没问他是怎么知道的，可能是姚姨又找人查我了吧，无所谓，反正也没什么好隐瞒的。"

　　"汪舸知道吗？"

"我暂时还没跟他说，我爸的态度还是很坚决……"邵清羽叹了口气，想起父亲的原话"你一个人回来"，原以为自己离家这么长时间，父亲那边多少会有些松动，事实证明她还是太天真。

"那……你打算怎么办？"叶昭觉也跟着一起头疼，这件事像个死结一样难解。她正想着办法，突然，她听到邵清羽说："我也不知道，后天见齐唐，我听听他的建议吧。"

那几秒钟的时间，叶昭觉的大脑一片空白。

"齐唐，回来了吗？"叶昭觉用力笑了一下，力度没控制好，笑得难看极了，她发现自己的声音有些颤抖。

邵清羽一愣，听出了有些不对劲："怎么？你不知道？"

叶昭觉一下子觉得全身发冷，好像有寒风从领口灌了进来，鸡皮疙瘩全起来了。

"不知道啊，"那种怪异的笑还在她的脸上，按理说跟邵清羽这么熟，不应该在乎丢不丢脸呀，但她还是强撑着，"反正跟我也没什么关系，好了，我去看看汤。"

回到厨房里，她揭开锅盖，蒸腾的热气扑面而来，缓解了她的冷。

这一阵子她为了种种琐事忙得晕头转向，没有精力去想自己的事情，可是到了夜里，回到公寓，洗完澡，那些人和事都变得非常遥远，这时，万千思绪沉淀下去，齐唐的名字从混沌之中清晰地显现出来。

除了那天他在机场时，有过两次短暂的通话之外，她没有再收到过任何直接来源于他的信息。

　　他在英国期间，她甚至从陈律师口中听到齐唐的名字——"他也很关心案情，叮嘱我一定要尽力而为"，她怔了怔，却没有细问。

　　现在她知道了，齐唐是刻意而为之。

　　他愿意和任何人联络，就是不要和她联络。

　　只有那么一次，她也不敢确定。

　　那天晚上她实在是太累了，回到家里刚挨到床立马就睡着了，手机一直放在包里，第二天早晨出门，才看到手机上有一个未接来电。

　　那个号码很奇怪，打来的时间也很诡异。

　　大概是那种无聊的骗子电话吧，她没当回事，更没往齐唐身上想。

　　到这时，她才感觉到心里有点微微的疼，不强烈，但是确实存在，有个声音越来越大：他回来了，他回来了，可是没有告诉你。

　　这很正常，她心里那个声音又说：难道不是你自己先说要退出他的生活吗？

　　是你自己做出的选择，不要怪别人。

　　几分钟之后，邵清羽听见厨房里传来叶昭觉欢快的声音："汤快好了，我现在做别的菜，很快就能吃饭啦。"

　　邵清羽没吭声，她想起了当初跟简晨烨分手时的叶昭觉——就在这张沙发上，她脸色煞白，垂头丧气，仿佛天都塌了，而现在的她，真的和过去完全不一样了。

　　一见到齐唐，邵清羽便毫不客气地质问他："你为什么不告诉昭觉你回来了？你知道她这段时间过得多惨吗，简直就是'猪狗不如'啊。"

齐唐有点崩溃："你平时闲着的时候，稍微花一点时间看看书，提高一下自身文化素养，对胎教也是很有必要的。"

怀孕了的邵清羽脾气比以前好多了，被挖苦也满不在乎："我提起你的时候，她也怪怪的，你们到底出了什么问题？Frances 那个 bitch 到底对你们做了什么啊？"

齐唐深深地叹了一口气："邵清羽小姐，我们还是先谈谈你的事情吧。"

其实根本谈不出什么名堂。

想起父亲，邵清羽神情黯然，一副心灰意冷的样子："他是直接命令我回家，可是对我来说那里早就不是家了。"

她离家时说过的话，父亲可以不计较，她自己却不能不记得。

像是非要争一口气，她又补充了一句："我现在挺好的，收走我的卡，我他妈也一样活下来了。"

"活下来并不是什么了不得的事。"齐唐皱着眉头，仔细打量着"挺好"的邵清羽，怎么看都像是在逞强。

她的穿着打扮和从前是完全不能相提并论了，头发应该也很久没有护理过，全身上下唯有手腕上那只螺丝钉手镯还跟过去有点关联，除此之外，"邵家大小姐"这个身份，在她身上已经一点痕迹都找不到。

唯一令人感到欣慰的是，她气色确实很好，看得出生活的基本需求还是不成问题的。

邵清羽被齐唐看得有点发窘，她悄悄地往椅子下收了收脚，想藏起那双又丑又笨重的运动鞋——天知道，她从小到大都没穿过这么难看的鞋子。

"我父母跟你爸谈过很多次了，我也去过，"齐唐假装没看到她这个小动作，"他只是面子上过不去，心里一直很记挂你，你就让一步，给他个台阶下，低个头不会死。"

"凭什么要我让步？"邵清羽的情绪一下子就上来了，眼泪汹涌而出，"到底是谁不讲道理？他逼我离婚欸！"

"他现在不会了，"齐唐赶紧安抚她，"他那时候是在气头上，现在你都有宝宝了，他其实很高兴的，真的，再说你也为宝宝想想……"他停顿了一下，斟酌着要怎么把话说得不那么伤人，"接下来要花钱的地方很多，你也不愿意汪舸一个人承受那么大的经济压力吧。"

涉及"钱"的话，说得再怎么委婉，也仍是会刺伤自尊。
邵清羽咬着牙没有说话，但眼泪一直收不回去。

如果时间倒退到她离家之前，有人和她说，她将来会因为钱而苦恼……她一定会从 Hermès 包包里拿出钱包来甩到那个人脸上——睁开你的狗眼看清楚。

今非昔比，她越哭越心酸。

衣帽间的包包和鞋子，铺满整张梳妆台的护肤品、化妆品和香水，还有满满当当的大衣柜和舒服得能让人躺残废了的大床……这些，都和她没什么关系了。

逞强归逞强，她实在没法自欺欺人地说她不想念那些东西，不怀念那种生活。

"骨气当然很重要，"齐唐看着泣不成声的邵清羽，她现在这个样子弄得他也很不好受，"但是要分情况啊……"

邵清羽这一哭，把心里的苦都哭出来了："我到现在才明白，以前昭觉为什么要……那么做，她说得很对，没钱干什么都怕，我连去妊娠纹的按摩霜都没钱买……"

齐唐轻轻拍着她的后背，心里已经一片雪亮，他无须再多说什么了。

他知道，她终究是会回家的。

叶昭觉拎着一碗加辣的麻辣烫，晃晃悠悠走到小区门口，忽然晃不动了。

不好——齐唐的车就在离她不到五十米的地方，而他本人，就正坐在驾驶座上。她第一反应就是，我该往哪儿跑呢？

可她同时想起，他们两人的平均视力都在 5.2 以上。

所以她既无法假装没看见他，也没有丝毫可能性从他眼前溜过。

"你能给邵清羽做饭，怎么就不能给自己做点像样的东西吃？"齐唐看到了叶昭觉手里拎着的东西，瞬间就来了脾气。

"我又没怀孕，吃那么好干吗？"叶昭觉一点也不示弱，到这时她才感觉到，自己心里其实一直都窝着一团火，从知道他回来那天开始，这团火一直在熊熊燃烧着。

"别吃这个了，我们一起去找个地方吃饭。"齐唐感受到了那团火的威力，但他不但不惧，居然还有点暗爽。

大概是太久没有看到她暴脾气的这一面，陡然一见还真有点怀念。

"不去。"叶昭觉又戗了一句，"找别的姑娘陪你去吃吧。"

"哪儿有别的姑娘，"齐唐笑了笑，很无赖的样子，拉了拉她的手，"我就认识你一个姑娘。"

　　叶昭觉一下子蒙了。

　　若是换作从前，听到一句这样的话，她不仅不会感动，反而还会因为这种暧昧胶着而感到尴尬，可是这段日子太难挨了——就像邵清羽说的——猪狗不如。

　　她心里藏裹着很多很重的东西，但是事情一件都没有解决，她不敢哭，也不能哭，她怕一哭就泄气，而她又必须撑着这口气。

　　其实齐唐甫一露面，她就已经有点动摇了。

　　叶昭觉感觉自己马上就要哭了，她赶紧暗暗揪了自己一把。

　　真是丢人啊，齐唐上次还在电话里表扬她说，她现在进步了，不是只会哭了，为了把眼泪憋回去，她只好大声骂脏话来转移注意力。

　　一连串平时根本说不出口的脏话从她嘴里飞出来，就像是酝酿了多时，连贯、顺畅、流利、一气呵成。

　　齐唐站着一直没动，也并不试图打断她，他看得出来她憋坏了。

　　这些日子，这些事情，随便一件都足够压垮一个人，可是她硬是撑住了。

　　他又想起了很多年前第一次见到她的时候，说起来也很奇怪，那时候她还是个高中生，拖着两个装满空瓶子的黑色垃圾袋，容貌并不算多出众，一脸凶巴巴的神情……可他偏偏就是记得。

　　他一直等她骂到词穷才开口说话："过瘾了吧？你的麻辣烫都凉了，现在我们可以去吃饭了吧。"

　　"我家里有微波炉，"叶昭觉嘴上还是犟，但那团火已经熄灭了，"热一热就行了……哎，你干吗！"

　　齐唐没有再继续浪费时间，他直接把她塞进了车里，锁上车门：

"作什么啊你，你不是这个路子的。"

　　整顿饭下来，两人之间的友好度稍稍提升，他们谈了邵清羽，谈了乔楚和闵朗，甚至谈了陈汀——不相干的人聊了个遍，却唯独没有聊到他们自己。

　　齐唐对自己去英国做什么只字不提，叶昭觉心里纵然有万分好奇，为了面子，也硬是强忍着没有问。

　　直到回家的时候，叶昭觉发现路线有点不对："这不是回我家的路。"

　　而齐唐面不改色："这是回我家的路。"

　　她已经很久没有来这里了，在他们"分手"之后，每当想到这个词，她都有点恍惚，觉得不够精准不够恰当，因为她自己也弄不清楚，他们曾经是否真的"在一起"过。

　　她站在门口，目光比身体更先进入这所房子——玄关、客厅、卫生间、阳台甚至是卧室，她闭着眼睛都知道该怎么走，走到哪里会撞上什么家具。

　　她太熟悉这里了。

　　齐唐脱掉了外套，看到她还傻站着，又来气了："进来啊，装矜持吗？"

　　"滚。"

　　真假参半的斗嘴已经成了他们最自然的交流方式，齐唐意识到，Frances 的确在他们之间造成了一定程度的破坏性。

　　这种情形不会持续太久了，他心里暗自想着，但没有说出来。

　　叶昭觉径直走到阳台上坐下，满城璀璨灯火尽收眼底，她深深地吸入一口清冷的空气，感觉到身体里的孤单和无助一点点消散。

她无可否认，任何时候只要是和齐唐在一起，她的内心就是笃定的、安全的，无论身处何种混乱之中，都能凭借这股力量泅渡黑暗。

她从来没有对任何人说过，将来或许也永远不会说，这就是她生存于世，最深的秘密。

而其他的事情……
他不说，她就不问。

"我第一次来看这里的时候，也是晚上，"齐唐的声音从她身后传来，她回过头，看到他手里端着两只酒杯，"喝一点，放松一下，你绷得太紧了，"她接过其中一只，没有说话，继续听他讲下去，"当时我赚了一点钱，急匆匆地想要买点什么，朋友带我过来看房子，我就站在你现在坐的这里，看到眼前的画面，脑子里冒出一句诗……"

讲到这里，齐唐的面孔上有些少年般的意气，他不知道这落在叶昭觉眼中会激起怎样的涟漪，那是他们失落在人间的岁月，对她来说，点点滴滴都弥足珍贵。

"你说你孤独，就像很久以前，火星照耀十三个州府。"

他轻轻地念出这句诗，那一瞬间，整个城市陷入寂静。

过了一会儿，他恢复成往常的样子，嬉皮笑脸地说："当场我就决定，买了！是不是显得很阔绰？！"

叶昭觉笑了笑，这笑容中包含着极大的理解，她理解他的反应，理解那吉光片羽的一瞬间发生的一切，而这份理解永远无须宣之于口。

她回过头去，望着远方，不动声色地饮尽了杯中的酒。

夜里，广场一片寂静。

闵朗坐在石阶上，脚边有一堆烟蒂，他看着徐晚来远远地走过来，越来越近，她每一步都像是踩在他的心口上。

他们沉默地望着对方，犹如置身于荒原。

徐晚来像是生过一场大病，形销骨立的身形就像一个尚未发育完全的少女。她似乎丧失了喜怒哀乐，脸上长久地保持着一种空白的表情。

白天她总把自己关在房间里，什么事都不做，也不愿意见任何人，巨大的恨已经快将她整个人都摧毁了。

最可笑的是，叶昭觉和简晨烨，这两个口口声声说"我们是最好的朋友"的人，竟然想要说服她接受赔偿，请求法院从轻判决乔楚那个贱人。

赔偿——是必须的，从轻判决——她是绝对不会同意的！

一想到那天……她面容上的冰霜又更重了一层。

闵朗知道那件事。

那晚简晨烨和叶昭觉分开之后，便去了79号，正好遇上闵朗在跟人谈事情。

他坐在旁边听了几分钟，便明白了来龙去脉。

"何必呢？"简晨烨真心觉得惋惜，但闵朗做了一个手势，示意他不必再劝阻。

那人走了之后，简晨烨简略地将当晚在徐家所发生的事情讲了一遍："我看小晚那个态度，就拉着昭觉走了，不然……我担心将来大家连朋友都做不成。"

闵朗一直若有所思地垂着头，过了很久，他起身拍拍简晨烨的肩膀："这件事，你和昭觉就别再管了。"

"想让我放过她吗？"徐晚来单刀直入，"别做梦了。"

她仿佛御风而来，浑身都是无形的利刃，遇神杀神。

"你先坐下，我有很多话要说，一时说不完，你站着也累。"闵朗指了指自己旁边，"我也不知道能约你去哪里，就在这儿说吧。"

他的语气非常温柔，这让徐晚来有些诧异——因为诧异，她反而放松了一些，敌意也收敛了一点。

"长久以来，有一个画面，总是时不时就浮现在我脑子里，"闵朗轻轻地抓住徐晚来的手，她的手可真凉啊，像是没有血液流通似的，他心里一颤，"奶奶去世的时候，你和简晨烨还有昭觉，陪我一起把骨灰送回乡下，那天晚上我们四个人坐在屋顶上看月亮，你记得吗？"

有什么东西在徐晚来脑中炸开了，"轰"的一声，她头皮一麻，不由自主地闭上眼睛。

闵朗刚说完第一句，她就已经知道他要说什么。

初到异国的那些日子里，这些回忆曾经帮助她抵抗过多少孤单和寂寞，尽管双眼紧闭，但眼泪还是无可抑制地从她的眼角漫溢出来。

闵朗握着她的那只手更紧了，他的语气比先前还要温柔："晚来，我不是个浪漫和诗意的人，但是那天晚上的月光，我能记一辈子，你知道，那是因为和你有关。"

他的温柔里充满了无以复加的悲伤："乔楚跟我说，她一生中没有爱过任何人，所以才会爱我爱得这么糟糕……其实我也是一样，除了你，我没有爱过任何人，你一直都是我在这个世界上最重要的人。"

有一只手，揪着徐晚来的心脏，闵朗每说一句话，那只手就揪得更重一点。

"我一直都知道，从小到大都知道，我们的未来一定有着天壤之别，所以你做的任何决定……我虽然不见得全都支持，但是我全都理解，"闵朗沉默了一下，接着说，"包括你的自私。

"可是，坏就坏在你自私得并不彻底，我也是，所以才会有这么多反反复复……"

"你是不是爱上她了？"冷不丁地，徐晚来问出这个问题。
她依然闭着眼睛。

闵朗有些措手不及，这个问题她以前也问过，但是他不明白为什么这个时候她还会在乎这种小事。

他静了静，决定不回答："我能够为你做的事情原本就不多，也很有限，发生这件事之后，我一直在想有没有什么方式可以弥补……我是说，至少让你的损失减轻一点。"
徐晚来猛然睁开眼睛，转过头来，瞳孔里全是惊恐。
她已经预感到了，但她不敢确认，或者说是不愿相信。

闵朗平静地看着她："晚来，我把 79 号卖掉了。"

等到徐晚来缓过这口气来，已经是后半夜的事情。

她的脸上混合着一万种情绪，那张空白的面孔就像一层表壳被剥去，她又活了过来——生动的，有血有肉的，会哭会痛的。

她的声音听起来像是刚刚看过一场恐怖电影："你卖了 79 号？"

闵朗微微地点了点头后，她整个人都颤抖着："你疯了？"

"我从来没有对你说过这句话，没有想到第一次说，竟然会是在这种情况下。

"我可以为你做任何事，徐晚来，只要是为你。"

◇2◇

"你为什么不和我们商量一下？"

叶昭觉不知道该怎么形容自己听到"闵朗为了赔偿徐晚来的损失，把 79 号卖了"时的心情，她明明是局外人，明明知道这跟自己一点关系都没有，可她还是很生气。

她怄得简直快要吐血了。

"以后你要怎么办，怎么生活？"她在屋子里走来走去，简晨烨示意她坐下，却被她一把甩开，她开始苦口婆心地跟闵朗讲道理，"这不是唯一的办法啊，闵朗，我们三个人难道想不出一个更好的办法吗？"

简晨烨往后仰了仰，朝闵朗做了个表情，意思是，我早知道她会是这个反应。

被徐晚来砸毁之后的 79 号元气大伤，四处都呈现出颓败之势，闵朗曾试图稍做整修，但很快放弃了。

就这样吧，反正都要卖了，不必费力了。

"你能不能坐下来，别他妈走来走去了，晃得人头晕。"看到叶昭觉这么生气，闵朗心里其实还是很感动的。

他心里很清楚，除了自己之外，如果说世界上还有那么几个人同样在乎 79 号这个地方，那面前这两个人一定包含在内。

叶昭觉发泄一般地大叫了一声，在沙发上拨出一块地方来坐下，表情依然闷闷不乐。

"好了，别难过了，"闵朗揽住她的肩膀，用力搂了搂，"无论 79 号在不在，你都是我最喜欢的姑娘嘛，谁也比不了。"

叶昭觉勉强自己笑了一下，顺势将头靠在了闵朗的肩上。

事已至此，她知道说什么都没用了。

简晨烨从破损的酒柜里找到几瓶侥幸存留下来的酒，又不知道从哪个角落里翻出一摞一次性纸杯，他兴高采烈地将这几样东西拎到那两人面前："我们几个很久没一块儿喝酒了吧？"

"是啊，上次一起喝酒的时候，你们俩还没分手吧。"闵朗慢吞吞地说，露出一个很贱的笑，果然，他马上就被叶昭觉掐了一下。

这个尴尬的话题谁也没有去接，它很自然地消逝在夜晚的风里。

"简晨烨，你和那个女孩到底怎么样了？我他妈都问你好几次了，你就不能好好回答我一下吗？"喝了几杯酒之后，叶昭觉脸上泛起微微的红，说起话来也没那么多禁忌了。

"就是，你就不能好好回答吗？"闵朗跟着煽风点火，一副看热闹不嫌事大的样子。

"不是不能回答啊……"简晨烨挠了挠头，躲得过初一没躲过十五，叶昭觉的好奇心和耐心比他估算的更持久，"就是不知道怎么说，我们不在一起了。"

"啊？"叶昭觉猛地抬起头来，她既震惊又抱歉，"分手了？"

"我也不知道算不算是分手。"简晨烨脸上有几分茫然，他是真的不能够确定。

他的情感经历非常有限，在辜伽罗之前，他只有叶昭觉。

可是这两个女生实在太不相像了，他几乎没有一点经验可以借鉴。

叶昭觉是什么都说，辜伽罗是什么都藏在心里不肯说。

叶昭觉对现实世界有诸多祈求，而辜伽罗却仿佛活在另一个宇宙之中。

他永远都知道在哪些地方可以找到叶昭觉，可他永远都不知道该去哪里才能找到辜伽罗。

辜伽罗只留下了一封信给他——连分开的方式都大相径庭，一个是明明白白说清楚，一个是模模糊糊让你猜。

"人们常说，一个人最重要的事情就是弄清楚自己到底想要什么，可是我偏偏就是不知道。不过，我对自己不想要什么却非常清楚，"简晨烨将那封信上的一小部分复述给叶昭觉和闵朗听，"所以我得先离开一下子，去弄清楚自己到底想要追求什么。"

他说完之后，好半天都没动静。

过了很久，叶昭觉试探着问："就没了？"

"没了。"

又是一阵沉默。

叶昭觉重新把头靠在了闵朗肩膀上，她在思考，辜伽罗写的那段绕口令到底是什么意思……简晨烨说了这么多，可是又好像什么都没说。

她想了半天，越想越头晕，大概是酒精的作用吧。

"闵朗，还是继续说说你吧，接下来有什么打算？对了，你可以先住我那儿，反正现在……没什么不方便的。"简晨烨把话题从自己身上引开，他有点害怕叶昭觉再深究下去。

闵朗心领神会地笑了笑，叶昭觉想不明白的，他却一眼就已经看透。

"不用麻烦你了，我有地方去，"闵朗说了一个城市名，在北方，距离 S 城有一千多公里，"有个哥们在那儿做生意，一直让我过去看看，我以前懒得动，现在……或许是个机会吧。"

"你要走？"叶昭觉再次受到严重惊吓。

她眼泪汪汪地看看简晨烨，又看看闵朗，这个表情让她看起来就像只有十几岁，她捂着脸，像是在哀求什么——哀求什么呢？她一个字也说不出来。

其实，她能理解闵朗的决定，无论是卖掉 79 号，还是离开 S 城，她都理解。

她只是难以接受。

简晨烨也呆了一会儿，但很快恢复了理智。

这不算是一个很差的决定，相反，对闵朗现在的处境来说，迈出这一步其实意味着有许多新的可能性。

他的一生还那么长，应该去一个新的环境，尝试一些从前没有做过的事情。

叶昭觉的嘴角有些痉挛，她原本想问——那乔楚呢？

简晨烨用眼神制止了她："希望你一切顺利，有什么需要帮忙的尽管开口。"

两个男生互相碰了碰纸杯，这个话题戛然而止。

木已成舟。

叶昭觉只觉得胸口那里有些闷痛，她不准备再劝阻，也明白劝阻毫无意义，她只是觉得很伤心，79号这个地方曾贯穿了她的青春，而现在一切都面目全非。

她心里有个声音在轻声说：岂止是79号呢，简晨烨、闵朗、徐晚来、邵清羽……这些名字所代表的那些人，早都不是当时的他们了，就连你自己，也不是当时的自己了。

正在这时，她的手机响了。

她从包里翻出手机，一看屏幕，眼泪立马收了回去，表情也变得非常严肃。

她对他们俩做了个接电话的手势之后便跑到屋外去了。

现在只剩下他们俩，那种了然于心的笑容又出现在闵朗的脸上："昭觉确实不算聪明啊。"

"嗯？"简晨烨没明白闵朗的意思。

"少他妈装了，你们分手，是因为昭觉吧。"

简晨烨低下头，过了一会儿，他也忍不住笑了起来："不是昭觉不聪明，是你经验太丰富。"

"去你妈的。"闵朗也笑。

就像闵朗所说的那样，辜伽罗离开简晨烨，很大程度上和叶昭觉有关。

在辜伽罗看来，"回忆"是非常可怕的东西，它意味着简晨烨过去的小半生是她永远无法参与其中的。

如果仅仅是无法参与也就罢了，可是叶昭觉这个人就存在于那小半生中，她的一呼一吸，她的哀愁和挫败，都将因为这个介质而直接传达到简晨烨的心里。

"我知道你没有忘记她，你还爱着她，这是我无法忍受的。"这是整封信下笔最用力的一句话，几乎戳破了那张纸。

"不要让她知道。"简晨烨望着外面叶昭觉的背影，轻声对闵朗说，"我们以前在一起的时候，我太不成熟，她一个人背负了很重的东西……现在有人爱护她照顾她，我也为她开心。"

闵朗点点头，刚想要接下来说点什么——

叶昭觉像疯了一样冲进来，双眼亮如寒星，脸上的表情很奇怪，像是要哭了，又像是蕴含着巨大的、疯狂的喜悦……

她看了看闵朗，又看了看简晨烨，然后，她的眼泪汹涌而出。

"是陈律师打来的，"她无法控制自己的音量，"他说徐晚来同意接

受赔偿，在数额上也不啰唆了，这样，他就可以尽力为乔楚争取从轻处
理了！"

一直悬在闵朗心头的那样东西，像羽毛一样悄然落地，没有一丝
声响。

叶昭觉和简晨烨的声音从他耳边一点点减轻，消退，他的思绪回到
那个夜晚，空无一人的广场。

徐晚来沉默了很久很久，她的眼睛在暗处发着幽幽的光。

当她再开口时，声音又尖厉又冰冷："你不是为了我，你是为了她。"

闵朗笑了，随便吧，他不想解释，她愿意怎么解读就怎么解读吧，
反正这件事他已经做了。

"没用的，闵朗，"徐晚来凑近他，脸几乎贴着他的脸，"你心里想
什么，我一清二楚，你不要忘了我们是一起长大的，我比任何人都了解
你。"她最后几乎是咬牙切齿了。

"没用的，我不会心软的，你休想。"

离开广场时，徐晚来背脊挺得笔直，步伐无比坚定，明晃晃的月亮
就在她的前头，她好像要一直走到月亮里去。

闵朗把 79 号卖掉了，这件事，像一颗子弹穿过她的灵魂。

有句话她说得很对——我们是一起长大的，我比任何人都了解
你——这句话反过来说，也一样成立。

他比任何人都了解她。

"你知道徐晚来会这样做的，对不对？"叶昭觉还沉浸在喜悦中撒着
欢，她给自己倒了满满一杯酒，咕咚咕咚灌下去，但这并没有减轻她的

兴奋，"你肯定一早就确定了！"

闵朗垂下头，躲开了她的指控。

不，我不确定，他心里有个声音轻轻反驳叶昭觉，但他什么也没说。

这只是一场豪赌。

他唯一的筹码是徐晚来对自己残存的感情，他已经不知道那还能不能称为爱，这感情里包含着太多的伤害和怨怼，早已经百孔千疮。

现在，他知道了，纵然是百孔千疮，但它的本质没有改变。

他在那个深夜给徐晚来打了一通电话。

接通之后，他们谁也没有说话，两人沉默地听着对方的呼吸，直到徐晚来的手机电量耗尽，自动挂断。

"谢谢你。"闵朗对着忙音说。

这是他们一生中最后一次，亲近对方的同时也被对方接纳，闵朗知道，这种亲近……往后不会再有了。

第二天，他收到了一个快递，拆开后，他看到了那只玉镯。

他隐忍着胸膛里撕裂的痛，没有流泪。

就像乔楚那天晚上说的——一切都结束了。

他知道，他们终于都获得了自由。

凌晨五点，齐唐的手机响了，他几乎是在瞬间就清醒了。

在过去的这段时间里，他一直在等这通电话。

某种程度上来说，他是在等一个判决。

"我拿到检测结果了。"

317 Collapse of Mundane Life II

"×，别给我拐弯抹角，"齐唐嘴上虽然在调笑，身体里却仿佛有根弦在慢慢绷紧，他一边接电话，一边从床上起来，走到酒柜前，拿出一瓶酒，"说吧，我承受得了。"

"你在倒酒对吧，哈哈哈……"对方的声音听起来有恃无恐，笑得极其嚣张。

齐唐也跟着笑了："真孙子！"

他端着酒杯走到了阳台上，这个时刻，万家灯火已然寂灭，所有人都还在睡梦之中，在墨一样浓稠的黑暗里，只能依稀看到楼群的大致轮廓。

玩笑开够了，那边终于说到正题："嗯，和你想要的结果一样。"

那根弦慢慢地、慢慢地松弛下来。

"我早就料到了，"齐唐故作轻松地说，他不肯承认，心头的千斤巨石在刚刚那一秒才真正落下，顿了顿，他又说，"谢了。"

"说什么谢啊，大家这么多年兄弟，真要谢……不如就送辆豪车给我？"

"行啊。"即便这不是一句玩笑，以齐唐现在的好心情，他觉得自己也是有可能会答应的。

他留在阳台上许久，尘埃落定之后，他反而有些无所适从。
这种感觉在不久之前也曾出现过。

在英国时，他路过了几处过去与 Frances 恋爱时经常出没的地方，虽然已经过去那么久，但街景几乎没有任何变化，许多细节都与他的记忆严丝合缝。

　　是耻感、沮丧，还是挫败——他说不好，但他很清楚地知道，这种感觉太糟糕了，他没有经验对付它。

　　叶昭觉从前说过，他不会明白这种感受，而那一刻，他很想告诉她：我明白。

　　这个念头一旦兴起，他就无法再将它摁回去。

　　他给她打电话，铃声响了很久，那边一直没有接起——他不知道她那天有多累，回到家里，连洗脸刷牙的力气都没了，倒在床上和衣而眠——最后，他想，或许只是因为时差的关系。

　　然而，在电话断掉之后，他忽然又感觉到庆幸，庆幸她没有接，庆幸刚刚那一瞬间的软弱没有被任何人知晓，哪怕是叶昭觉。

　　有些时刻，有些事情，"做"的意义大过"做成"，这个动作已经意味着完满。

　　他没有再提起过这件事。

　　他永远都不会再提起这件事。

　　此刻，手机还握在他手里。

　　鬼使神差一般，他点开叶昭觉的朋友圈，随意地翻了翻，又随意地在其中一条下面点了个赞。

　　他完全不知道自己为什么要这么做，黑夜容易让人放松警惕，理智为感性让路。

　　令他意外的是，叶昭觉发来了信息：你怎么起这么早？就为了给我点赞吗？

　　齐唐惊讶极了，他丝毫没有犹豫地拨通了她的电话，问了同样的问题："你怎么醒这么早？"

　　"我哪儿是醒得早啊，我都出门了，"叶昭觉拖着化妆箱站在路边，"出门干吗？去工作啊！"

　　"什么？"齐唐以为自己听错了，"工作？"

　　"是啊，我要去给新娘子化妆啊白痴！"起床气还没完全过去，叶昭觉很不耐烦，"给新娘化完还得给伴娘化……不跟你啰唆了，我在等车呢，你赶紧去睡觉吧。"

　　"你站那儿别动，发个定位给我。"

　　不到半个小时，齐唐的车便停在了叶昭觉眼前，坦白说这已经算非常快了，但叶昭觉还是一肚子火。

　　"去这儿，"她拿出手机，把地址给齐唐看，接着就开始发牢骚，"你知道我在等你的过程中，有多少辆空车从我眼前开过去吗？"

　　"一万辆。"

　　"七辆！"叶昭觉简直快要气炸了，平白无故地就在路边浪费了这么长时间，早知道还不如多在床上打几个滚呢，"你说你是不是多管闲事！"

　　尽管叶昭觉态度如此恶劣，不识好歹，但齐唐还是一点都不生气，他的脸上始终保持着微笑，对她的怨言照单全收。

　　"你的事，怎么能叫闲事呢？"他没话找话跟她说，"新娘都要起这么早化妆吗？"

　　叶昭觉故意跟他保持了一点距离，她整个身子都倚靠在车门那边，说话充满了火药味："你自己娶一个不就知道了。"

"好啊，"车子拐了个弯，齐唐的视线始终在正前方，他轻描淡写地顺着叶昭觉的话往下说，"就你吧。"

车厢里一时静了下来。

剩下的路程中，叶昭觉没有再发牢骚，她抿着嘴，沉默地抵挡着越来越尴尬的气氛。

"对了，"她绞尽脑汁终于想到一个跟齐唐有关的话题，"我这几个月收入还不错，欠你的钱攒得差不多了，应该年底就可以全部还给你了。"

正好一个红灯，齐唐停下车，对她说的话充耳不闻。

他看了看地图，下个路口左拐就是目的地。

天色已经微亮，叶昭觉的脸在晨光中变得越来越清晰。

他转过头来，静静地凝视着这张脸，一张纯天然的、未施粉黛的脸，有几颗斑点，还有不太明显的黑眼圈。

她虽然还很年轻，但又好像已经不怎么年轻了，长久以来，她所经历的一切都明明白白写在这张脸上。

这是一张有内容的脸——不是多漂亮，但是，很美。

就连齐唐自己也无法解释，为什么他会忽然倾过身体去亲吻这张脸。

没头没脑，可确确实实地发生了。

搞什么？要死啊！

当叶昭觉回过神来的时候，已经到达目的地。

"我就不陪你一起去了……"齐唐定了定神，像是要解释什么似的扯了些别的闲话，"你这几天忙不忙，我们找个都有空的时候，一起吃饭怎么样……我有个朋友上个月新开了家餐厅，我一直还没去过，你跟我一块儿去吧。"

都是些无关痛痒的话，都是些不必非要在此刻说的话。

"可以呀，等我去看完乔楚，我们再约时间好吗？"叶昭觉一边回答，一边伸手去够后座的化妆箱，她不想让齐唐看出来自己的慌乱，"那我走了，你开车小心一点。"

她的背影狼狈得要命。

齐唐开车回去的途中，太阳已经升起，整个城市被一种绚烂的金色笼罩着。

街上的人渐渐多了起来，公交车站台前的队伍已经排得很长，社会这个巨大的机器已然苏醒。

先前飘浮于他心间的快乐现在已然沉静下来。

几个钟头之后，他已经坐在一家餐厅里，在等 brunch（早午餐）的过程中，他打了一个电话。

"晓彤，见个面吧。"

◇3◇

Frances 用手挡着面部打了个哈欠，她一直没有摘墨镜，这样才能掩盖住她因为睡眠不足而微肿的双眼。

服务员将咖啡送来之后，她几乎是一秒钟都没有等待，顾不得烫，端起来一连喝了好几口。

放下咖啡时，她吐出一口气，看起来终于清醒了一点。

尽管看不见，但齐唐感觉到了墨镜镜片后面那两道冰冷的目光，极不友好。

他的耐心也不太多了，速战速决吧，就在他刚想要说话的时候，Frances 抢先开口了。

"你去了一趟英国，为了弄清 Nicholas 和你到底有没有血缘关系，你居然不计前嫌，找人联络我丈夫，不对，现在是前夫了……结果不仅做了 DNA 鉴定，还意外地获知了我离婚的真相。现在你大概已经收到鉴定结果了，所以底气十足地约我出来，打算当面戳穿我，好好欣赏我惊慌失措的样子……"

Frances 气定神闲地说着这番话，语气平稳，不带任何情绪："我都说对了吧，齐唐？"

齐唐有点惊讶，他没想到事态会这样发展，一时竟陷入了被动中。

Frances 对自己的所作所为，供认不讳，这是他完全没预料到的，他原本以为，要她承认这一切会花上一些时间，可现在，措手不及的那个人反而是他。

"你总以为自己是最聪明的，当然，这个毛病我们俩都有。"Frances 语含讥诮，她挑起一边嘴角，笑得很轻蔑，"你刚到那边，我就得到消息了，怎么说呢……齐唐，我的人缘可能比你想象中要好一点。"

话都说开了，场面没有太难堪，情义却也一点都不剩了。

　　齐唐忽然想到，或许这也算是旧相识的好处，因为从前经历过更激烈更不堪的，相比之下，现在的情形真不算什么。

　　"晓彤，"他还是坚持叫她这个名字，"真的是因为他破产，你才提出离婚的吗？"
　　"这有什么错吗？"Frances 继续冷笑着，"你不是很了解我的个性吗，我就是这么自私呀。"
　　她终于摘掉了墨镜。

　　上午十一点的阳光底下，一切矫饰和伪装都无处遁形，她的眼睛里有一股杀气，像是对什么事情失望到了极点。

　　他们互相端详了对方很长时间，像是要从时间手中夺回一点什么——是什么呢？齐唐静静地想，悲哀的感受比他思索的结果更先浮出水面。
　　看到刻骨铭心爱过的人变成现在这个样子，他觉得很无力，又很可笑。
　　她说的谎，那么单薄，那么容易被揭穿，他却费了很大力气去证实这件事，不外是因为心底深处，还有些许悲悯。

　　"为什么要这么做？"他轻声问。
　　"心血来潮跟你开个玩笑呗，顺便想要验证一件事。"她的冷笑退去了，现在换成了一种怅然若失的表情，双眼仿佛弥漫着雾气。
　　齐唐心里有种无法言说的情绪，他必须承认，Frances 依然很美，或许是他前半生认识的、见过的异性中最美的一个。
　　但是，这对他已经不具备丝毫吸引力。

"齐唐，我原以为你真的成熟了，其实你还是搞不懂女人心里想什么。"

她把咖啡喝完，站起来，戴上墨镜，很好，她的杀气消失了，恢复了往常的妩媚妖娆，随时能迷倒任何一个她想要对其下手的男人。

她凑近齐唐的耳边，鼻息轻轻扑在他的脸上："我以前说过，你一定会忘了我，那时你不肯相信，现在，我们都知道了。"

齐唐对着面前那个空掉的咖啡杯发了很长时间呆。

他完全没有想到会是这样的结局，他蓄积了全身的力量，一拳打出去，却打在了空气中。

他觉得自己此刻就像是被滞留在机场或者码头，不值得恼怒或是痛苦，但有点茫然——在下一趟航班或渡轮到达之前，他允许自己短暂地沉浸在这种情境中。

下一趟航班或渡轮很快就来了。

苏沁打来电话："下午的会议，你参加吗？"

"我现在就过去。"他挂掉电话，面容平静得就像一面湖水。

邵清羽是拉着汪舸的手走进自己家门的。

她想过，只要父亲流露出一丁点轻蔑的神色，她马上转身就走，今生今世都不会再回这里。

回来之前，她主动给父亲打了一个电话，明确地提出两个条件："我要和汪舸一起回来"以及"我回来的时候，姚姨不能够在场"。她一边打电话，一边抚摩着自己的肚子，身体深处有种强劲的力量在支撑着她。

她等待了几秒钟——无比漫长的几秒钟，然后，她听见父亲在电话那头说："好。"

邵清羽从踏进屋里的那一刻开始，便一直沉默着，不肯说话。

她不说话，初次见面的她的父亲和丈夫，也只好跟着一起沉默，两个男人面面相觑，先前还是敌对的关系，在这个时刻却形成了某种微妙的默契。

邵清羽坐在沙发上，姿态竟然真有几分像一个客人，她四处环视着，屋子里还是老样子。

果然，我就知道，这个家有我没我一个样——她心里一动气，情绪便有些波动，目光从四面八方收回来，投射到了父亲的脸上。

咦？她心中隐约有个疑问，哪儿不对劲呢？爸爸怎么看起来和以前有点不一样？

她又细看了一番——那眼神让邵凯既不安，又不自在——原来是多了一副眼镜。

"你为什么要戴眼镜？"她茫然极了，语气就像小时候问父亲："彩虹是怎么形成的呀？"或是"毛毛虫为什么会变成蝴蝶呢？"

邵凯尴尬地笑了笑："这是老花镜，早就戴了，是你以前没注意。"

邵清羽呆住了，父亲的话像一记闷棍敲在她脑门上，过了片刻，她发觉自己哭了。

起先还是流泪，慢慢地，那哭声越来越大，毫不克制，到后来便成了号啕。

她好像突然才反应过来，那个强势的、蛮横的、独断专行的父亲早就开始衰老了，而自己以前从来没有意识到这一点。

过去，她偶尔也觉得父亲显得有点上年纪了，但她一直很单纯地认为——都怪他自己找了个过分年轻的老婆，他本来没那么老，就是因为站在姚姨旁边，被衬老了。

可是今天姚姨不在，而他的疲态仍然如此昭彰地被她看在眼里。

她太伤心了，离家以来，她从来没有反省过自己，她一直理直气壮地认为是父亲太势利，太封建，太不讲道理。

直到此刻，她第一次觉得，自己或许也错了，她甚至认为，父亲的极速衰老这件事，她要承担相当大的责任。

当这个想法一出现，她便崩溃了，与此同时，她原本所坚持的立场便开始一点点溃散、坍塌。

她双手捂着脸，眼泪顺着脸颊一路往下。

她什么都想起来了，母亲去世的那个下午，去医院的路上那一路的红灯，早在那么久以前，她在这个世界上就剩下这一位至亲。

想到这里，仿佛有千万根针在扎她的心脏。

汪舸束手无策地看着自己年轻的妻子，他担心这样强烈的悲伤会对她的身体造成伤害，可是他又无法为她分担哪怕一点痛苦。

他唯一能做的事情，就是轻轻拍着她的后背，笨拙地哄劝着她："不要哭了，清羽，你不要哭了。"

尽管这只是徒劳，但他还是在重复着："不要哭了，别难过了，你回家了。"

　　邵凯望着女儿，还有自己原本完全不打算接受的女婿，他们有着成年人的外表，可是内里还是两个孩子。

　　邵清羽离家出走的初期，他严禁家中任何人提起她的名字，就连小女儿怯生生地问一句"姐姐不回来了吗"都要被他狠狠地骂一顿。

　　老朋友们都来劝过，晚辈如齐唐也来当过说客，就连妻子——他当然知道她是在装模作样——也假惺惺地为清羽说了几句好话。

　　谁的话他都听不进去，谁为清羽说话他就甩脸色给谁看。

　　随着她离家的日子越来越长，邵凯的怒气消减了不少，而牵挂和担忧却与日俱增。

　　每天回到家里，坐在饭桌旁，一抬眼就看到那个空位子。

　　晚上休息前，路过清羽的房间，他总会停一停，尽管知道里面没有人，却也不敢进去。

　　家里少了个人，房子突然一下就变大了，他总觉得不是这里少了点什么，就是那里缺了点什么，再多的家具电器都填不了那些空缺。

　　现在，清羽终于回来了，还怀着身孕，这意味着，过不了多久，他就要做外公了。

　　她没有说一句关于道歉的话，可是她的哭声中已经表达了全部的忏悔。

　　他重重地叹了口气，罢了，年轻人的事，随他们自己去吧。

　　像是要极力安慰自己一般，他又想到，好在家中略微还算有些财势，万一将来事实证明清羽选错了人，总不至于无路可退，比起很多婚姻不幸、自家条件又不太好的女孩子，清羽还算是有点后盾。

他站起来，指了指餐厅："清羽，先吃饭吧……"顿了顿，又说："汪舸，你也来。"

工作室的装修终于完成了。

叶昭觉向陈汀请了一天假，她要去看乔楚。

她没有告诉任何人这件事，她不想让其他人和她一起去，原因很简单，她就是不愿意让任何人看到乔楚狼狈的样子。

这天她早早起来，特意认真地化了个妆，又在衣柜里反复挑选了半天，觉得穿哪件都好，又都不好。

出门前，她将镜子里的自己从头到脚审视了一番，眼神凌厉得如同最苛刻的面试官，反复质询自己：还有什么细节需要修饰吗？

这是她第一次去探视乔楚，她希望自己能传递一些好的能量给乔楚。

"拜托你好好打扮一下行不行？"言犹在耳，乔楚以前老是嫌弃她不修边幅，这次可要让她没话说才行。

想起昔日的种种，叶昭觉的眼睛有点酸涩，她拍了拍自己的脸，对着镜子努力地调整面部肌肉。

你要笑得自然点，要让她觉得你是很开心的，不要老让她觉得你过得不好。

见到乔楚之前，叶昭觉一直在抠指甲，抠完左手抠右手，停都停不下来。

这是她从小就有的坏毛病，大概是从前把低分试卷拿回去给家长签字时养成的习惯，只要心里一紧张，就无法控制自己。

两只手的指甲被她抠得越来越秃，已经抠不动了——这时，她一抬头，看到了乔楚。

她的皮肤苍白得像纸一样，头发剪短了很多，下巴上长了两个小痘痘。

她看起来比以前更瘦了，似乎连胸部都小了一罩杯，被铐上的双手一伸出来青筋毕现。

还没来得及说话，叶昭觉喉咙深处已经涌起了哭腔。

"你来啦。"乔楚倒是很轻松，她认真地看了一会儿叶昭觉的红唇，"这个颜色很好看，是不是 Chanel 的丝绒？"

"不是啦，就 MAC 那支啊，你陪我一起买的。"叶昭觉也很轻松，却是装出来的。

她怔怔地望着乔楚，如果不是因为环境限制，此刻的气氛多像是往日的下午茶时光啊，聊聊彩妆、衣服、红尘俗世男欢女爱之类的话题，肤浅又快乐。

乔楚的神色和语气都很清淡："最近怎么样啊你，说说呗。"

叶昭觉据实以告：

"我和陈汀一块儿弄的那个工作室已经装修完了，我跟你说，我他妈累惨了，陈汀是处女座……你知道我的意思吧？超级挑剔，装修工人都被她弄疯了……不过效果真的很棒，而且她把这个工作室看得很重要，所以我心里也更踏实了。

"快开业了，陈汀找大师算过日子……我平时也有些私活儿可以接，她不限制我，不过工作室也会相应地抽一点佣金，挺合理的，我没意见。

"还有一个好消息，清羽怀孕了！对啊，我们大家都很高兴，而且——而且——她爸爸也接受她和汪舸了，没办法嘛，父母总是会让着孩子啊，她爸还送了套房子给他们，还请了专人照顾她，现在她婆婆也没那么累了。

"简晨烨跟那个女孩子分手了……当然不是因为我啊！她说她要去追寻人生的意义，这关我什么事啊！"

她不断地在向乔楚汇报着其他人的生活境况，语速又快又急。
乔楚心里很明白——昭觉是在赶时间，她要说的话这么多，可是时间这么少。

为了不辜负叶昭觉，乔楚一直默默地听着，间或插上一两句"真的吗"或者是"那太好了"。

直到说完简晨烨，叶昭觉停下来了，她说不下去了。
要怎么形容这一刻的感受，她觉得，就像是明面上的浮冰都已经被捞干净。
这些无关痛痒的人和事情，这些乔楚根本就不感兴趣也不在乎的闲杂人等，用来做挡箭牌的谈资和话题，终于耗光了。

那个无法回避的名字，终于到了叶昭觉的唇齿之间。

"闵朗……"她的话里有着明显的闪躲，"他去外地了，要待好一阵子，等他回来我叫他一起来看你。"

"噢，不必了，"乔楚还是那副清淡的口吻，"非亲非故的，不要麻烦他。"

她的平静不是装的。

她与闵朗告别的那个夜里，同时也将他从自己的生命中彻底割除。

并不觉得后悔，也没什么遗憾，再来一次大概还是会重蹈覆辙走到无可挽回的地步，可是她心里空荡荡的，只是觉得，爱不动了。

不爱了，耗完了，熊熊大火过后只有灰烬，爱情也是一样。

虽然暂时身陷囹圄，但长久以来折磨她的事情……都灰飞烟灭，不存在了。与从前欲生欲死爱着闵朗时相比，她反而觉得，自己现在才算是一个完整的人。

叶昭觉的心一直往下沉，她克制了一会儿，但终究没有克制住："他是爱你的。"

她的声音压得很低，乔楚听完，笑了一下，像是听到一个特别幼稚的故事，笑容里有种"懒得跟你计较"的意味。

"真的，"叶昭觉心一横，她不知道为什么这么急于说服乔楚，"他卖掉了79号，把钱全部赔给了徐晚来，自己什么也没有留……"

乔楚的眼睛慢慢地聚了光，也聚了泪。

有那么一个瞬间，叶昭觉误以为那滴泪就要顺着乔楚的眼眶落下来了——

可是，很快，它不见了。

"我并不觉得他这样做很伟大……"叶昭觉往前探着身子，她急切地想要让乔楚明白她想表达的意思，"我只是认为，他爱你这件事应该让你知道，你应该知道。"

她实在说不下去了。

乔楚的脸渐渐变得柔和，她的嘴角动了动，一个轻盈的笑浮现在她的面容上。

"知道或者不知道，现在还有什么意义呢？"她以不易觉察的幅度摇了摇头，"你不明白，有些事情过了那个时间点，就没有人会在乎了。

"昭觉，你有我家的备用钥匙，房子就拜托你帮我照看了，你交物业费什么的顺便帮我也交一下，钱包我留在梳妆台左边的抽屉里，银行卡在钱包里，密码你知道。

"还有，我所有的包包都可以借给你背……不过你要爱惜一点啊，尤其是那个小羊皮的，别给我弄破了。衣服嘛，你想穿也可以穿，但记得看水洗标，该干洗的一定送去干洗店洗，别为了省钱在家自己拿洗衣机绞！

"化妆品那些，也都送你吧，不然过期了也是浪费……"

她说完这些，探视时间差不多也就到了："嘿，搞得像托孤似的。昭觉，当初借那个电吹风给你的时候，我做梦也想不到，竟然会借出一个好朋友，谢谢你来看我。"

她说完之后，自己忍不住笑了起来。

可是叶昭觉笑不出来，她一直强忍着，拼死地强忍着才没流泪，到此时，她终于控制不住了，两行清泪悄然落下。

她哽咽着说："我会经常来看你的，我保证！乔楚，你要打起精神来，两年，很快就过去了。"

"是啊，两个圣诞，两个元旦，两次春节……一下就过去了。"乔楚笑了一下，有点悲凉，又有点玩世不恭。

时间真的到了。

"好了，别哭了，待会儿睫毛膏花了多难看啊，你现在可是专业化妆师了。"她在玻璃那边轻声地安慰叶昭觉，"好好照顾自己，替我谢谢齐唐。"

她站起来，决然地转过身，没有回头。

自始至终，她一个字都没有提闵朗。

按照算命大师给出的吉日，Marry Me 新娘造型工作室在即将进入深秋的时候，顺利开张了。

店名是陈汀取的，她半是哀怨半是玩笑地解释说："因为从来没有男人对我说过这句话，所以，我现在要用这个名字报复命运的玩笑。"

不仅如此，她还弄了一个声势浩大的 party，邀请了许多 S 城红人。

所有人都穿得闪闪发光，尤其是女生，个个都妆容精致得可以直接拉去拍硬照。

她们三五一群，拿着自拍神器或是打开美颜相机，先自拍无数张，然后甲跟乙合影，乙又叫上丙，再算上丁，大家为了在镜头里争夺对自己最有利的角度，调整位置的时间比拍照时间更长。

每个人都有种拿自己当明星的架势，每个人都有种莫名其妙的偶像包袱。

叶昭觉恍惚间觉得这画面似曾相识，仔细一想——原来是 Nightfall 开张的那天，眼看他起高楼，眼看他宴宾客……

"够了！"她连忙打消脑袋里的念头，陈汀要知道后面一句是"眼看他楼塌了"，非掐死她不可。

"昭觉，过来……"陈汀在不远处向她招招手，待她走近之后，逐一向来客介绍："这是叶昭觉，Marry Me 首席化妆师，也是我的合伙人。"

其实还是很不习惯这样的社交方式——怎么说呢，叶昭觉老觉得这有点虚情假意，但一想到这些人都是将来的客户或潜在客户，她便还是压抑着这点抵触情绪，微笑而客套地一一招呼。

短短几十分钟，她的微信已经新增了数十位好友。

"你的朋友们呢？没来吗？"

在洗手间补妆的时候，陈汀忽然察觉到今晚到场的人几乎全都是自己邀请的宾客，叶昭觉的朋友们呢？

"嗯……"叶昭觉咬着下唇，一时也不知道该怎么圆场，她的朋友们不是来不了，就是来不了，还真是有点尴尬。

"无所谓，再交新朋友就是了。"陈汀耸耸肩，又往 T 区扑了点粉，她喝了不少酒，面色酡红，正要打开洗手间的门时，她又退了回来，"刚刚人多，没找着机会跟你说，裙子很美，配这个胸针恰恰好。"

叶昭觉微微一笑，并不接话。

胸针，是陈汀送的那枚；裙子，是齐唐送的那条。

旧物件，新生活。

Party 散场之后已经是后半夜，所有客人都走了，陈汀昏沉沉地等着代驾："待会儿先送你回家，别收拾了，明天约个保洁吧。"

"你先走吧，我自己回去，我想再在这里待一会儿。"叶昭觉拿了一张湿巾贴在陈汀的脸上，柔声说，"回去好好休息。"

陈汀已经睡意蒙眬，也就没再坚持，过了一会儿，代驾到了，叶昭觉搀扶着将她送上车，又叮嘱了几句。

车开走了，现在，只剩下她一个人。

她站在 Marry Me 的门口，抬起头来仰望着月亮，party 上嘈杂的人声和音乐声还残留了一点在她的耳道中，发出轻微的嗡嗡的声音。

温度太低了，她裸露在空气中的皮肤似乎变得极薄极脆，仿佛稍微戳一下便会崩成无数碎片。

即便如此，她还是舍不得进到里面去。

不知道为什么，她是如此贪恋人生中这片刻的清凉。

所有的喧嚣都像潮水一样退去，她是这天地间的一座孤岛。

她心里那个穷凶极恶的女孩，终于平静了下来。

突然，她肩上一暖——这外套上的气味，她太熟悉了。

她没有回头，面无表情但声音是笑着的："是不是我每次穿这条裙子，你都得搭上自己一件外套？"

"没办法啊，你每次都是在这么冷的天气里穿。"齐唐静静地从她身后走到她旁边，"你为什么不邀请我？"

"没邀请你，你不也还是来了。"她轻声说。

"陈汀叫我来的，跟你可没什么关系。"

现在，这座孤岛不再遗世独立，但是她说不好，此刻旁边出现的到底是暂时停靠的船，还是另一座孤岛。

"齐唐，我有没有跟你说过，我以前很爱看一些关于动物的纪录片？有一次，电视里播了一个关于北极熊的片段，旁白说，全球变暖威胁着北极熊的生存，那个播音员的声音很好听，他还说，这个世界变化得太快，北极熊快跟不上了……我看着画面里那头北极熊，从一块冰上跳到另一块冰上，当时，我觉得自己就和它一样。"

她说完之后，终于转过脸来，平静地望着齐唐。

她的脸上有一种孩童般的神情，像是搞不懂这个世界，又像是完全搞懂了。

齐唐一动不动，也平静地看着她。

一种从来没有过的预感，出于直觉，他告诉自己——现在是一个很关键的时刻，不要轻举妄动。

他只要像从前一样，耐心地等着，等着就好。

"人生是一个不断失去的过程，对不对？"

她用了疑问的语气，却又似乎并不需要谁给她一个答案。

在秋天的月光下，她想起很多。

她经历的一切，赤贫的童年，激烈的青春，破碎的初恋，被损耗、被欺骗和折辱的生活，从前她的眼里只看得见这些，心里也只记得这些。

命运给她十个盒子，前面几个拆开全是空的——她曾经为之愤恨过，久久不能释怀。

而现在，她要拆下一个了。

"该处理的事，我都处理好了。"齐唐慢慢地说。

"孩子不是你的？"

"不是。"

"还会有下一个英文名出现吗？"

"不会，中文名也不会。"齐唐笑了起来，"你呢，钱存够了吗？欠条我可还留着呢。"

"快了，还差一点点，你再等等。"

"我都等了这么久了，无所谓再多等几天。"

下一个盒子，现在就置于她双手之中，而她却并不急着打开。

她希望在打开这个盒子之前，她已经能够真正理解自己的命运。

用我所有，换我所想，付出十厘，收获一分。

滚滚红尘，这世间的确有它的污秽不洁，但因为人间这点公平，所以我们才可以说：对于命运，我永不绝望。

　　她靠过去，轻轻抱住齐唐，过了好一会儿，他才接受这个现实。

　　这次终于不会再"差一点点"了，他的下巴磕在她的头顶上，不知为何，竟有淡淡的鼻酸。

　　秋天的月亮，就在他们身后很近的地方。

后记

　　这是迄今为止我写过的篇幅最长的小说，两本加起来字数超过三十万。

　　所有想要在这个故事里完成的，都已经尽我所能书写在其中，因此，后记便无须再长篇累牍，就连标题都一并省略。

　　在我更年轻一些的时候，每次出书（尤其是长篇小说）最喜欢写的不是正文部分，而是跋或者后记。

　　跳脱出小说的人物角色，以作者的身份和视角来阐述种种用意，冷静而又疏离。

　　某个人物在某个场合说的某一句话，做的某一个小动作——曾经希望每一个字都能掰开、揉碎来解释给读者看，以求写出来的所有文字都能够被读到的人充分理解。

　　接受"理解不是一件简单的事"，接受"每一个句子都有可能被理解成千万种意思"，或许是一个写作者慢慢成熟的必经道路。

　　要相信读者，相信他们会有自己的所得。

我小时候算是个相当叛逆的少女，锋芒全露在外边，写作的风格比较局限于天雷地火的爱情、横冲直撞的女孩和残酷黑暗的青春，在现实中，当然也会很激烈地表达自己的爱憎。

或许是因为年轻吧，所以那样去理解生活，也并不会显得格外愚蠢。

而现在，距离我的十八岁都已经过去了十年，无论从任何意义上来说我都已经是一个真正的成年人，所以，现在——

锋芒，我将它藏于心里。

2014 年夏天，我在长沙写完《一粒红尘》，接着便在十个城市做巡回签售会，在现场见到了很多老读者新读者，还有帮女儿排队的父母，帮异地女朋友排队的男生……

如果说在人生中一定有那么一些时刻，你感觉到自己对于他人有那么丁点意义，我想大概就是类似这样的时候吧。

秋天的时候，我决定回北京。

长沙当然是很好的，无论我这一生有多么漫长，而我又将要去到多少地方，它都是我生命中的一张底片，是我最初的梦想和永远不能舍弃的后盾。

很少对人说起，十八岁时离家，敏感、胆小、贫穷、貌不惊人的少女独自对着一个全新的城市，站在某个餐厅门口，近乎绝望地认为自己一生都不可能走进去，坐下来吃顿饭。

这些后来当成笑话想起来的事情，在那个时候，几乎击溃了那个自卑的灵魂。

我是不太相信心灵鸡汤的，但是我相信人可以克服很多东西，只要你真心想要在某种环境中扎根下来。

你所需要做的只是克服你的惰性、你的小聪明，还有你脑袋里随时冒出来的打退堂鼓的念头。

那个年轻时候的我，怀着就连自己也无法解释的偏执和好胜心，在那个城市里一点点地长大，有了自己的朋友，有了安身立命的基础，也有了实现自我价值的机会，然后，她想要去再远一点的地方，试试看。

对我来说，北京是绕不过去的一站。

不是他们说的因为这里有更多新鲜的玩意儿、更多先锋的观念，那些都是外在的东西，我真正在乎的，是自己曾经在这里当过逃兵。

我曾经认为这个城市太大太冷漠，而个体太渺小、太孤独，这种专属于年轻时的矫情让我在那个时候义无反顾地选择了离开。

所以重回北京，待在这里，其中没有任何重大意义，它连跟自己的战斗都算不上，仅仅是一个成年人的某种尝试。

仅仅是因为心里有个声音说：或许你现在可以做到了。

我想起在青藏线的火车上，半夜睡不着觉，我一抬头看到窗外满天的星星，夜空干净得像是被水冲洗过一样。

那一幕如同某种神谕，赦免了所有的苦难和罪责。

我一边发抖一边在手机记事簿上写下自己当时的感受，我说我隐约有一种预感，在我二十七岁过了一半的时候，或许，我的灵魂将会有一个正常的轮廓了。

之后，我回到北京，开始写《一粒红尘》的第二部。

我不想说这是一种使命感，只是内心有一种召唤，认为叶昭觉的故事应该继续写下去，在开始之前，我甚至不敢说自己一定能掌控她的命运，只是跟随着这种召唤，一步一步慢慢往前走，带着一些试探、一些不确定，甚至包含着一些卑微。

我试图去理解她的挫败、她的自我否定，她身边那群人随便拎出一个来都要比她更有个性，更精彩耀眼，更像一个故事的主角该有的样子。

滚滚红尘，她是其中最微小的一颗，而我的初衷，恰是想要写好这个最普通平凡的姑娘。

这一年北京春夏下了很多次雨，对着文档写作的那些雨夜，我经常有种回到了南方的错觉，清新潮湿的空气，雨滴打在玻璃上发出的声响，一个个不眠的夜晚从指间静静流逝。

写长篇从某种程度上来说，是对意志力的考验。

有次去听严歌苓的讲座，她说，文学是我的宗教，是我愿意花几十年时间去做的事，不管别人怎么评价，我认定这一点。

我想，我之所以会为这句话而热泪盈眶，大概是因为对于写作这件事仍有热爱吧。

但愿我所经历的岁月都不是虚度，未来能更游刃有余。
但愿曾经有过的软弱和痛苦，终究是酿出了一点点智慧。

独木舟

2015 年 9 月　于北京

Collapse
of
Mundane Life Ⅱ

◇

没有人知道，命运兜兜转转——某些事情——仿佛又回到了起点。

图书在版编目（CIP）数据

一粒红尘 . II，乔楚 / 独木舟著 . —长沙：湖南
文艺出版社，2019.1
ISBN 978-7-5404-8650-1

Ⅰ . ①一… Ⅱ . ①独… Ⅲ . ①长篇小说—中国—当代
Ⅳ . ① I247.5

中国版本图书馆 CIP 数据核字（2018）第 068373 号

上架建议：长篇小说·青春文学

YI LI HONGCHEN. II，QIAO CHU
一粒红尘 . II，乔楚

作　　者：独木舟
出 版 人：曾赛丰
责任编辑：薛　健　刘诗哲
监　　制：毛闽峰　李　娜　刘霁
特约策划：李　颖　雷清清
特约编辑：王苏苏
营销编辑：杨　帆　周怡文　刘　珣
版式设计：潘雪琴
封面设计：棱角视觉 ANGULAR VISION
出版发行：湖南文艺出版社
　　　　　（长沙市雨花区东二环一段 508 号　邮编：410014）
网　　址：www.hnwy.net
印　　刷：北京中科印刷有限公司
经　　销：新华书店
开　　本：640mm×915mm　1/16
字　　数：284 千字
印　　张：22
版　　次：2019 年 1 月第 1 版
印　　次：2019 年 1 月第 1 次印刷
书　　号：ISBN 978-7-5404-8650-1
定　　价：42.00 元

若有质量问题，请致电质量监督电话：010-59096394
团购电话：010-59320018